Dors ma jolie

Mary Higgins Clark

Dors ma jolie

roman

traduit de l'anglais par
Anne Damour

Albin Michel

Ce livre est une œuvre de fiction. Les noms, personnages, lieux et événements n'existent que dans l'imagination de l'auteur. Toute ressemblance avec des événements, des localités existants ou des personnes vivantes ou mortes est pure coïncidence.

Édition originale américaine :

WHILE MY PRETTY ONE SLEEPS
Copyright © 1989 by Mary Higgins Clark
Simon and Schuster, Inc., New York

Traduction française :

© Éditions Albin Michel S.A., 1989
22, rue Huyghens, 75014 Paris

ISBN 2-226-03766-7
ISSN 0290-3326

Pour mes nouveaux petits-enfants
Courtney Marilyn Clark
et
David Frederick Clark
Avec amour, joie et bonheur

1.

Il conduisait avec prudence sur l'autoroute, en direction du parc Morrison. Les cinquante-cinq kilomètres depuis Manhattan jusqu'à Rockland County avaient été un véritable cauchemar. Il était six heures du matin, et l'aube ne pointait toujours pas. La neige qui s'était mise à tomber pendant la nuit, de plus en plus fort, fouettait à présent sans répit le pare-brise. Les nuages bas, lourds et gris, ressemblaient à d'énormes ballons prêts à éclater. La météo avait prévu cinq centimètres avec « précipitations allant en diminuant après minuit ». Comme d'habitude, le spécialiste s'était trompé.

Il approchait de l'entrée du parc et il y avait toutes les chances pour que la tempête ait découragé les amateurs de marche ou de jogging. Il était passé devant un policier, vingt kilomètres plus tôt, mais la voiture venait maintenant de le dépasser à toute allure, gyrophare en action, fonçant sans doute vers un accident survenu quelque part. Les flics n'avaient certes pas la moindre raison de s'intéresser au contenu de son coffre, de soupçonner que sous une pile de bagages, un sac de plastique contenant le cadavre d'un écrivain célèbre, une femme âgée de soixante et un ans, Ethel Lambston, était comprimé contre la roue de secours, dans un défi à l'exiguïté de l'espace.

Il quitta l'autoroute et parcourut la courte distance qui le séparait du parking. Comme il l'avait espéré, l'endroit était pratiquement vide. À peine quelques voitures éparses et

9

recouvertes de neige. Des cinglés venus camper, supposa-t-il. Le problème était de ne pas les rencontrer.

Il regarda avec attention autour de lui en sortant de sa voiture. Personne. La neige s'entassait en congères. Elle effacerait ses traces après son départ, ferait disparaître toute indication de l'endroit où il allait mettre le corps. Avec de la chance, lorsqu'on le découvrirait, il ne resterait plus rien à trouver.

Il alla d'abord repérer l'endroit. Il avait l'ouïe fine. À présent, il tendait l'oreille au maximum, s'efforçant de filtrer les bruits à travers le soupir du vent et le craquement des branches déjà alourdies par la neige. Il y avait un chemin pentu dans cette direction. Plus loin, au flanc d'une butte, se trouvait un amoncellement de rochers couronnés de grosses pierres branlantes. Peu de gens s'amusaient à y grimper. C'était interdit aux cavaliers... le centre d'équitation n'avait pas envie de voir les mères de famille des environs, ses principales clientes, s'y rompre le cou.

Un an plus tôt, la curiosité l'avait poussé à escalader la butte, et il s'était reposé sur un gros bloc de pierre. En passant la main sur la roche, il avait senti une ouverture derrière celle-ci. Non pas l'entrée d'une grotte, mais une cavité naturelle qui ressemblait à une cheminée. À cette époque, la pensée lui avait traversé l'esprit que ce trou ferait une cachette formidable.

Parvenir jusqu'à la cavité sur cette pente verglacée lui demanda un effort épuisant, mais, glissant, dérapant, il accomplit l'escalade. L'ouverture se trouvait toujours là, un peu moins grande que dans son souvenir, mais suffisamment large pour qu'il puisse y introduire le corps. L'étape suivante était la plus difficile. En regagnant la voiture, il lui faudrait prendre des précautions infinies pour éviter tout risque d'être vu. Il s'était garé de telle façon que personne en pénétrant dans le parking ne pût voir ce qu'il sortait du coffre ; de toute façon, un sac de plastique noir n'avait rien d'anormal en soi.

En vie, Ethel était une fausse maigre. Mais tout en soulevant le corps dans son linceul de plastique, il se dit que ses coûteux vêtements dissimulaient en réalité une silhouette bien charpentée. Il essaya de soulever le sac sur son épaule mais, perverse dans la mort comme dans la vie, Ethel était déjà en proie à la rigidité cadavérique. Son corps refusait de prendre une forme maniable. Finalement, le portant et le traînant à moitié, il amena le sac jusqu'au pied de la butte, puis une décharge d'adrénaline lui donna la force de le hisser sur la pente jusqu'à l'endroit choisi.

Sa première intention avait été de la laisser dans le sac. Mais à la dernière minute, il changea d'avis. Ils devenaient vraiment trop forts dans les instituts médico-légaux. Ils dénichaient des indices sur n'importe quoi, des fibres provenant de vêtements ou de tapis, des cheveux ou même des poils qu'aucun œil ne pouvait remarquer.

Ignorant le froid, les bourrasques de vent qui lui cinglaient le front, les flocons de neige qui transformaient ses joues et son menton en un bloc de glace, il plaça le sac au-dessus de la cavité et commença à le déchirer. Le plastique résista. Double épaisseur, pensa-t-il amèrement, se souvenant des slogans publicitaires. Il tira dessus avec fureur et fit une grimace quand l'ouverture céda, laissant apparaître le corps d'Ethel.

Le tailleur de lainage blanc était taché de sang. Le col de son chemisier rentrait dans le trou béant de sa gorge. Un œil était entrouvert. Dans l'aube naissante, le regard semblait moins aveugle que méditatif. La bouche, qui n'avait jamais connu de repos du vivant d'Ethel, faisait la moue comme si elle s'apprêtait à prononcer une de ses interminables phrases. La dernière qu'elle avait proférée avait été une erreur fatale de sa part, se dit-il avec une sombre satisfaction.

Même avec des gants, la toucher lui fit horreur. Elle était morte depuis près de quatorze heures. Il lui sembla qu'une odeur imperceptible, douceâtre, s'échappait du corps. Avec un dégoût subit, il poussa le cadavre dans l'ouverture et commença à entasser des pierres par-dessus. Le trou était plus profond qu'il ne l'avait cru, et les pierres tombèrent exactement à l'endroit voulu au-dessus du corps d'Ethel. Un éventuel grimpeur ne les délogerait pas.

Il en avait terminé. Les rafales de neige avaient déjà recouvert les marques de ses pas. Dix minutes après son départ, toute trace de sa présence ou de celle de la voiture aurait disparu.

Il froissa la housse de plastique, en fit une boule et pressa le pas vers sa voiture. Il avait une hâte féroce de partir à présent, de s'éloigner du risque d'être découvert. À l'orée du parking, il attendit. Les mêmes voitures étaient à leur place. Il n'y avait aucune trace récente.

Cinq minutes plus tard, il roulait sur l'autoroute, le sac déchiré et ensanglanté, le linceul d'Ethel, tassé sous la roue de secours. Désormais, il y avait tout l'espace suffisant pour les valises d'Ethel, son fourre-tout et son sac à main.

La chaussée était verglacée, les banlieusards commençaient à affluer, mais il serait de retour à New York dans quelques heures, de retour au royaume de la raison et de la réalité. Il s'arrêta une dernière fois, près de l'autoroute au bord d'un lac dont il avait gardé le souvenir, aujourd'hui trop pollué pour la pêche. L'endroit idéal pour se débarrasser du sac et des bagages d'Ethel. Ils pesaient lourd. Le lac était profond et il savait qu'ils couleraient, se mêlant à la multitude d'ordures qui croupissaient au fond. On venait même y jeter de vieilles voitures.

Il lança les affaires d'Ethel aussi loin qu'il le put et les regarda s'enfoncer sous la surface noirâtre de l'eau. Il lui restait une seule chose à faire maintenant, se débarrasser du plastique déchiré et taché de sang. Il décida de s'arrêter devant une poubelle à la sortie de l'autoroute du West Side. Il serait perdu dans la montagne d'ordures destinées à être ramassées demain matin.

Revenir en ville lui prit trois heures. La conduite devenait plus difficile, et il s'efforça de rester à distance des autres voitures. Mieux valait ne pas heurter un pare-chocs. Dans des mois, personne n'aurait aucune raison de savoir qu'il était sorti de la ville aujourd'hui.

Tout se déroula comme prévu. Il s'arrêta une seconde Neuvième Rue et se débarrassa du sac de plastique.

À huit heures, il rendait la voiture à la station-service de la Dixième Rue qui louait de vieilles bagnoles au noir. En liquide uniquement. Pas de comptabilité.

À dix heures, il était chez lui, douché et changé, et avalait un bourbon sec, luttant contre les frissons soudains qui annonçaient la crise de nerfs. Il revit en esprit chaque instant des heures qui s'étaient écoulées depuis le moment où il avait pénétré dans l'appartement d'Ethel, la veille au soir, et écouté ses sarcasmes, ses railleries, ses menaces.

Puis elle avait compris. Le poignard ancien qu'il avait pris sur son bureau. Son visage s'était empreint de frayeur, et elle avait lentement reculé.

L'ivresse de lui trancher la gorge, de la regarder tituber en arrière, à travers le seuil de la cuisine, s'effondrer sur le sol carrelé.

Il était encore étonné du calme qu'il avait montré. Il avait verrouillé la porte afin que, mus par un malheureux hasard, le gardien ou un ami muni d'une clé ne puissent entrer. Tout le monde connaissait le caractère excentrique d'Ethel. Si quelqu'un s'apercevait que la porte était fermée de l'intérieur, il présumerait qu'Ethel ne voulait pas se donner la peine d'ouvrir.

Il s'était ensuite déshabillé, ne gardant que ses sous-vêtements, et avait enfilé des gants. Ethel avait l'intention de s'éloigner de New York pour écrire un livre. S'il parvenait à la transporter hors de chez elle, les gens croiraient qu'elle était partie de sa propre initiative. Personne ne se préoccuperait d'elle pendant des semaines, des mois même.

Maintenant, tout en avalant une gorgée de bourbon, il revoyait la façon dont il avait choisi les vêtements dans sa penderie, dont il lui avait ôté sa robe d'intérieur ensanglantée, enfilé des collants, introduit les bras dans le chemisier et la veste, boutonné sa jupe, ôté ses bijoux, rentré de force les pieds dans des escarpins. Il grimaça au souvenir du moment où il l'avait soulevée afin que le sang éclabousse le chemisier

13

et le tailleur. Mais c'était nécessaire. Quand on la trouverait, si on la trouvait, il faudrait que tout le monde croie qu'elle était morte dans ces vêtements.

Il n'avait pas omis de couper les griffes qui les auraient sur-le-champ identifiés. Il avait trouvé la grande housse de plastique dans la penderie, probablement rendue par un teinturier avec une robe du soir. Après y avoir péniblement introduit le corps, il s'était mis à nettoyer les taches de sang sur le tapis d'Orient, il avait lavé les carreaux de la cuisine à l'eau de Javel, bourré les valises de vêtements et d'accessoires, pressé par le temps...

Il remplit à nouveau son verre à ras bord de bourbon, se rappelant l'instant où le téléphone avait sonné. Le répondeur s'était mis en marche, et il avait reconnu le débit rapide d'Ethel : « Laissez un message. Je vous rappellerai lorsque j'en aurai l'occasion ou l'envie. » Il avait failli céder à la panique. La communication avait été coupée, et il avait éteint l'appareil. Il ne voulait pas que soient enregistrés des appels de gens qui se souviendraient peut-être plus tard qu'elle leur avait fait faux bond.

Ethel habitait le rez-de-chaussée d'un immeuble de brique de trois étages. Son entrée privée se trouvait sur la gauche du porche menant au hall principal. En fait, sa porte d'entrée était dissimulée à la vue des passants et seules les douze marches qui descendaient jusqu'au trottoir constituaient un moment délicat.

Dans l'appartement, il s'était senti relativement en sécurité. Après avoir caché le corps d'Ethel étroitement enveloppé et ses bagages sous le lit, le moment le plus difficile avait été d'ouvrir la porte. L'air était âpre et humide, la neige s'annonçait. Le vent s'était engouffré dans l'appartement. Il avait immédiatement refermé la porte. Il était à peine plus de dix-huit heures. Les rues grouillaient de gens qui rentraient chez eux. Il avait attendu près de deux heures, puis il s'était glissé furtivement dehors, donnant deux tours de clé, et s'était dirigé vers le loueur de voitures d'occasion. Il était revenu chez Ethel en voiture. La chance lui souriait. Il avait pu se garer presque en face de l'immeuble. Il faisait noir et la rue était déserte.

Deux voyages avaient suffi pour porter les bagages dans le coffre. Le troisième avait été le pire. Il avait remonté le col de son manteau, enfoncé sur sa tête un vieux chapeau qui traînait sur le plancher de la voiture louée, et porté le sac de plastique avec le corps d'Ethel hors de l'appartement. Au moment où il claquait le couvercle de la malle arrière, il avait éprouvé pour la première fois la sensation qu'il était près d'atteindre son but en toute sécurité.

Cela avait été une torture de revenir dans l'appartement et de s'assurer qu'il ne restait aucune trace de sang, aucun indice de son passage. Il brûlait de se rendre dans le parc sur-le-champ, de se débarrasser du corps, mais il savait que c'était de la folie. La police risquait de remarquer quelqu'un en train de pénétrer dans le parc de nuit. Il avait choisi de laisser la voiture dans la rue, six blocs plus loin, de ne rien changer à ses habitudes, et, à cinq heures du matin, il était sorti avec le premier flot des banlieusards...

Tout allait bien maintenant, se dit-il. Il était en sécurité.

En avalant la dernière gorgée de bourbon il se rendit compte qu'il avait commis une seule et fatale erreur, et il sut qui s'en apercevrait inévitablement.

Neeve Kearny.

2.

La RADIO se mit en marche à six heures trente. Neeve tendit la main droite, cherchant à tâtons le bouton pour régler la voix obstinément joyeuse du speaker, et l'arrêta au moment où le sens de ses paroles pénétrait sa conscience. Vingt centimètres de neige étaient tombés en ville au cours de la nuit. S'abstenir de rouler à moins de nécessité absolue. Stationnement alternatif suspendu. Annonce imminente de la fermeture des écoles. La météo prévoyait que la neige ne cesserait pas de tomber avant la fin de l'après-midi.

« La barbe », ragea Neeve en se renversant sur ses oreillers, remontant l'édredon jusqu'à son nez. Elle détestait manquer son jogging matinal. Puis elle fit une grimace au souvenir des retouches qu'il fallait impérativement terminer aujourd'hui. Deux des retoucheuses habitaient dans le New Jersey, et ne pourraient pas venir. Cela signifiait qu'elle ferait mieux de se rendre le plus tôt possible à la boutique et voir comment jongler avec l'emploi du temps de Betty, la seule autre retoucheuse. Betty habitait Quatre-vingt-deuxième Rue et Seconde Avenue, et parcourait à pied les quatre blocs qui la séparaient de la boutique, quel que soit le temps.

Quittant à contrecœur la chaleur douillette de son lit, Neeve rejeta les couvertures, traversa rapidement la pièce et prit dans la penderie la vieille robe de chambre en tissu-éponge que Myles s'obstinait à qualifier de relique des Croisades. « Si une seule des femmes qui dépensent des fortunes pour s'habiller chez toi pouvait te voir dans ces haillons, elle courrait acheter ses robes chez Klein.

— Klein a fermé il y a vingt ans, et de toute façon, si mes clientes me voyaient dans ces haillons, elles penseraient que je suis une originale, lui avait-elle rétorqué. Ça renforcerait la magie. »

Elle serra la ceinture autour de sa taille, éprouvant l'habituel et fugace regret de ne pas avoir hérité de la minceur exquise de sa mère au lieu de la silhouette élancée aux épaules carrées de ses ancêtres celtes, puis elle brossa en arrière ses cheveux noirs et bouclés, marque de famille des Rossetti. Elle avait aussi les yeux des Rossetti, de grands yeux interrogateurs sous l'arc parfait des sourcils, étincelants avec leur iris ambré bordé d'un cercle plus foncé. Mais sa peau avait la blancheur de lait des Celtes, éclaboussée de taches de rousseur de part et d'autre de son nez droit. La bouche généreuse et les dents bien plantées étaient celles de Myles Kearny.

Il y a six ans, lorsqu'elle était sortie diplômée de l'université et avait convaincu Myles qu'elle ne voulait pas quitter l'appartement, il avait insisté pour qu'elle redécore sa chambre. À force de hanter les ventes de Sotheby's et de Christie's, elle avait fini par rassembler un mobilier éclectique composé d'un lit de cuivre, d'une armoire ancienne et d'un coffre indien, d'une méridienne victorienne et d'un tapis persan ancien multicolore. Aujourd'hui, l'édredon, les coussins et la garniture à volants du lit étaient d'un blanc immaculé, la méridienne capitonnée de neuf recouverte d'un velours turquoise, en harmonie avec la bordure du tapis ; les murs blancs mettaient en valeur les gravures et tableaux délicats qui lui venaient de la famille de sa mère. Le *Women's Wear Daily* l'avait photographiée dans cette chambre qu'ils avaient qualifiée de pièce d'une élégance pleine de gaieté, où se reconnaissait le goût unique de Neeve Kearny.

Neeve glissa ses pieds dans les pantoufles matelassées que Myles traitait de chaussons et releva le store. Elle décréta qu'il n'était pas besoin d'être grand clerc pour annoncer qu'il s'agissait d'une grosse tempête de neige. Sa chambre, dans Schwab House, Soixante-quatorzième Rue et Riverside Drive, donnait directement sur l'Hudson, mais ce matin Neeve pouvait à peine distinguer les buildings de l'autre côté du fleuve, dans le New Jersey. La voie express Henry Hudson était couverte de neige et déjà encombrée de voitures qui roulaient au pas. Les courageux banlieusards avaient pris à l'aube la route pour venir en ville.

Myles était déjà dans la cuisine et avait préparé le café. Neeve l'embrassa sur la joue, préférant ne pas remarquer sa mine fatiguée, signe qu'il avait à nouveau mal dormi. Si seulement il acceptait de prendre un somnifère de temps en temps, pensa-t-elle. « Comment va la Légende ? » lui demanda-t-elle. Depuis qu'il avait pris sa retraite, l'année précédente, les journaux parlaient constamment de lui comme du « Légendaire préfet de police de New York ». Ça le mettait en rage.

Il négligea la question, lui jeta un coup d'œil et prit l'air étonné. « Ne me dis pas que tu renonces à ton tour de piste dans Central Park ? s'exclama-t-il. Qu'est-ce que trente centimètres de neige pour l'intrépide Neeve ? »

Pendant des années, ils avaient fait du jogging ensemble. Maintenant qu'il ne pouvait plus l'accompagner, il s'inquiétait de la voir partir courir tôt le matin. De toute façon, elle le soupçonnait de toujours se tourmenter à son sujet.

Elle prit le pichet à orangeade dans le réfrigérateur, en versa d'office un grand verre pour lui, un petit pour elle, et commença à faire griller les toasts. Autrefois, Myles aimait prendre de solides petits déjeuners, mais le bacon et les œufs lui étaient maintenant interdits, ainsi que le fromage et le bœuf et, comme il le faisait remarquer, « la moitié de la nourriture qui vous donne envie de manger ». Une grosse attaque cardiaque l'avait obligé à un régime sévère, tout en mettant fin à sa carrière.

Ils restèrent assis dans un agréable silence, parcourant la première édition du *Times*. Mais lorsqu'elle leva les yeux,

Neeve se rendit compte que Myles ne lisait pas. Il fixait le journal sans le voir. Le toast et le jus de fruit étaient intacts devant lui. Il avait seulement trempé ses lèvres dans son café. Neeve reposa la deuxième partie du journal.

« Allons-y, dit-elle. Dis-moi tout. Est-ce parce que tu te sens mal fichu ? Pour l'amour du ciel, j'espère que tu es assez intelligent pour ne pas jouer celui qui souffre en silence.

— Non, je vais bien, dit Myles. Ou du moins, si tu me demandes si j'ai des douleurs dans la poitrine, la réponse est non. » Il jeta le journal par terre et prit sa tasse de café. « Nicky Sepetti sort aujourd'hui de prison. »

Neeve eut un sursaut.

« Mais je croyais qu'on lui avait refusé sa mise en liberté conditionnelle l'an dernier ?

— L'année dernière, il comparaissait pour la quatrième fois. Il a accompli sa peine jusqu'au dernier jour, avec réduction pour bonne conduite. Il sera de retour à New York dès ce soir. »

Une haine froide durcit les traits de Myles.

« Papa, regarde-toi dans la glace. Continue comme ça et tu es bon pour une seconde attaque. » Neeve constata que ses mains tremblaient. Elle agrippa la table, espérant que Myles ne verrait rien et ne penserait pas qu'elle avait peur. « Je me fiche que Sepetti ait proféré ou non cette menace le jour de sa condamnation. Tu as passé des années à vouloir le rendre responsable de... » Elle se tut, puis continua : « Et il n'y a pas eu l'ombre d'un indice pour le prouver. Pour l'amour de Dieu, ne commence pas à t'inquiéter pour moi parce qu'il est en liberté. »

C'était son père qui, à l'époque où il était procureur général, avait fait mettre le chef du clan Sepetti derrière les barreaux. À la fin de la sentence, on avait demandé à Nicky s'il avait quelque chose à dire. Il avait pointé le doigt vers Myles.

« J'ai appris que vous aviez fait du si bon boulot avec moi, qu'ils vous ont nommé préfet de police. Félicitations. Il y a eu un bel article dans le *Post* sur vous et votre famille

Prenez soin de votre femme et de votre môme. Elles pourraient avoir besoin d'un peu de protection. »

Deux semaines plus tard Myles était nommé préfet de police. Un mois plus tard, on retrouvait le corps de sa jeune femme, la mère de Neeve, Renata Rossetti Kearny, âgée de trente-quatre ans, la gorge tranchée dans Central Park. Le crime n'avait jamais été élucidé.

Neeve ne discuta pas lorsque Myles voulut appeler un taxi pour la conduire à son travail.

« Tu ne peux pas t'y rendre à pied avec cette neige, lui dit-il.

— Ce n'est pas la neige, et nous le savons l'un comme l'autre », lui avait-elle rétorqué. En l'embrassant avant de le quitter, elle passa ses bras autour de son cou et l'étreignit. « Myles, ta santé est la seule chose dont nous devions nous soucier, toi et moi. Nicky Sepetti n'a certes pas l'intention de retourner en prison. S'il sait prier, je parie qu'il invoque le ciel pour qu'il ne m'arrive rien pendant le plus longtemps possible. En dehors de toi, tout le monde à New York pense que c'est un voleur minable qui a agressé Maman et l'a tuée quand elle a refusé de lui donner son portefeuille. Elle s'est probablement mise à l'invectiver en italien et il a été pris de panique. Alors, je t'en prie, oublie Nicky Sepetti et laisse au diable celui qui nous a pris Maman. D'accord ? Promis ? »

Elle ne fut que modérément rassurée par son hochement de tête.

« File à présent, dit-il. Le compteur du taxi tourne et mon jeu télévisé va commencer dans une minute. »

Les chasse-neige avaient tenté ce que Myles appelait un « brin de toilette » pour dégager partiellement la neige accumulée dans West End Avenue. Tandis que le taxi roulait au ralenti sur la chaussée verglacée et tournait dans la transversale est-ouest qui coupe le parc à la hauteur de la Quatre-vingt-unième Rue, Neeve se surprit à formuler en elle-même un vain « si seulement ». Si seulement on avait découvert le meurtrier de sa mère. Peut-être qu'avec le temps Myles se serait consolé, comme elle, de sa disparition. Alors que pour lui c'était resté une blessure ouverte, encore sanglante. Il s'en était toujours voulu d'avoir en quelque sorte abandonné Renata. Pendant toutes ces années, il s'était amèrement reproché de n'avoir pas pris la menace au sérieux. Il ne supportait pas le fait qu'avec les moyens illimités de la police de la ville de New York à sa disposition, il ait été incapable de démasquer l'ordure qui, d'après lui, avait agi sur ordre de Sepetti. C'était le seul désir insatisfait de sa vie — trouver ce tueur, lui faire payer, ainsi qu'à Sepetti, la mort de Renata.

Neeve frissonna. Il faisait froid dans le taxi. Le chauffeur regardait sans doute dans le rétroviseur car il dit :

« Navré, ma belle, le chauffage bat de l'aile.

— Ce n'est pas grave. »

Elle détourna la tête pour éviter d'entamer une conversation. Les « si seulement » ne cessaient de tourner dans sa tête. Si seulement on avait trouvé et condamné le tueur, il y a des années, Myles aurait pu continuer normalement son existence. À soixante-huit ans, il était encore très séduisant et bien des femmes avaient montré qu'elles n'étaient pas insensibles au svelte et robuste préfet, avec son épaisse chevelure prématurément blanchie, ses yeux d'un bleu profond et son sourire chaleureux et déconcertant.

Elle était si profondément plongée dans ses pensées qu'elle ne s'aperçut pas que le taxi s'arrêtait devant la boutique. « Chez Neeve » s'inscrivait en lettres anglaises sur l'auvent ivoire et bleu. Les flocons ruisselaient sur les vitrines qui donnaient à la fois sur Madison et la Quatre-vingt-quatrième Rue, ajoutant des reflets changeants aux robes de soie printanières superbement coupées présentées sur des mannequins aux poses alanguies. C'était elle qui avait eu l'idée de commander des ombrelles. De légers imperméables assortis à l'un des tons de l'imprimé étaient posés sur les épaules des mannequins. Neeve disait en riant que c'était son côté « Dansons sous la pluie », mais cela avait formidablement marché.

« Vous travaillez ici ? » demanda le chauffeur tandis qu'elle réglait la course. « Pas l'air bon marché. »

Neeve hocha évasivement la tête tout en pensant, ça m'appartient, mon cher. C'était une constatation qui la transportait encore de joie. Il y a six ans, la boutique située à cet endroit avait fait faillite. C'était le vieil ami de son père, le couturier aujourd'hui célèbre Anthony della Salva, qui l'avait poussée à la reprendre. « Tu es jeune », lui avait-il dit, oubliant le fort accent italien qui faisait aujourd'hui partie de son personnage, « c'est un plus. Tu as travaillé dans la mode depuis que tu es sortie de l'université. Mieux, tu as le savoir-faire, le flair. Je te prêterai de l'argent pour débuter. Si ça ne marche pas, je le passerai en profits et pertes, mais ça marchera. Tu possèdes ce qu'il faut pour réussir. Par ailleurs, j'ai besoin d'un autre endroit où vendre mes vêtements. » C'était la dernière chose dont Sal eût besoin, et ils le savaient tous les deux, mais elle lui en fut reconnaissante.

Myles s'était montré farouchement opposé à ce qu'elle emprunte à Sal. Mais elle avait sauté sur l'occasion. Outre sa chevelure et ses yeux, elle avait hérité de Renata un sens aigu de la mode. L'année dernière, elle avait remboursé son prêt à Sal, insistant pour y ajouter les intérêts au taux légal.

Elle ne s'étonna pas de trouver Betty au travail dans l'atelier. Elle avait la tête penchée, le front et les sourcils plissés en un réseau de rides devenu permanent sous l'effet de la concentration. Ses mains, fines et sèches, maniaient l'aiguille et le fil avec l'habileté d'un chirurgien. Elle ourlait un corsage orné d'un motif compliqué de perles. Ses cheveux teints d'un roux criard accentuaient l'aspect parcheminé de son visage. Neeve refusait de penser que Betty avait soixante-dix ans passés et d'envisager le jour où elle déciderait de partir à la retraite.

« J'ai pensé que je ferais mieux de m'y mettre sans

attendre, annonça Betty. On a une quantité épouvantable de commandes à livrer aujourd'hui. »

Neeve ôta ses gants et dénoua son écharpe.

« À qui le dis-tu. Et Ethel Lambston veut toutes ses affaires dans l'après-midi.

— Je sais. J'attaquerai ce qu'il reste à faire pour elle dès que j'en aurai fini avec ça. Je préfère ne pas l'entendre brailler si tous ses chiffons ne sont pas prêts.

— Si toutes les femmes étaient aussi bonnes clientes qu'elle... », fit remarquer doucement Neeve.

Betty hocha la tête.

« Peut-être. Et, à propos, je suis contente que vous ayez persuadé Mme Yates de choisir cet ensemble. L'autre lui donnait l'air d'une vache dans un pré.

— Il coûtait aussi quinze cents dollars de plus, mais je ne pouvais pas la laisser faire. Tôt ou tard, elle se serait réellement regardée dans la glace. Le haut en sequins est suffisant. Il lui faut une jupe ample, souple. »

Un nombre surprenant de clientes bravèrent la neige et les trottoirs glissants pour entrer dans la boutique. Deux des vendeuses n'ayant pu venir, Neeve passa la journée dans le petit salon. C'était l'aspect de son travail qui l'amusait le plus, mais l'an passé, elle avait dû limiter ses conseils à quelques clientes personnelles.

A midi, elle entra dans son bureau à l'arrière de la boutique pour avaler un sandwich, du café et téléphoner chez elle.

Myles semblait à nouveau lui-même.

« J'aurais gagné quatorze mille dollars et un camion Champion à la Roue de la Fortune, annonça-t-il. J'ai tellement gagné que j'aurais même eu droit à ce dalmatien en plâtre de six cents dollars qu'ils ont le culot d'appeler un prix.

— Tu as l'air beaucoup mieux, fit remarquer Neeve.

— J'ai parlé aux gars en ville. Ils gardent Sepetti à l'œil. Ils disent qu'il est sérieusement malade et plutôt à plat. »

Une certaine satisfaction perçait dans le ton de Myles.

« Et ils t'ont rappelé qu'il n'avait probablement rien à

voir avec la mort de Maman. » Elle n'attendit pas la réponse. « On fêtera ça ce soir avec des pâtes. Il y a de la sauce dans le congélateur. Peux-tu la sortir ? »

Neeve raccrocha, un peu rassurée. Elle avala la dernière bouchée de son sandwich, le reste du café et regagna le petit salon. Trois des six cabines d'essayage étaient occupées. D'un œil exercé, elle embrassa chaque détail de la boutique. L'entrée sur Madison donnait directement dans le rayon des accessoires. Neeve savait que l'une des principales raisons de son succès était le choix de bijoux, sacs, chaussures, chapeaux et écharpes proposé aux clientes qui venaient acheter une robe ou un ensemble et n'avaient pas à courir ailleurs pour les accessoires. Une tonalité ivoire dominait à l'intérieur de la boutique, avec quelques touches de rose fuchsia sur les canapés et les fauteuils. Les vêtements de sport et les coordonnés se trouvaient dans des alcôves spacieuses quelques marches au-dessus des vitrines. A l'exception des mannequins habillés avec un goût exquis, il n'y avait aucun vêtement en vue. Les clientes étaient accompagnées jusqu'à un siège dans le petit salon et une vendeuse leur montrait les robes, tenues du soir et tailleurs.

C'étaient les conseils de Sal qui l'avaient guidée. « Sinon, tu auras des gourdes qui passeront leur temps à sortir les vêtements des rayons. Sois exclusive dès le début, ma chérie, et reste-le », avait-il dit. Et comme d'habitude, il avait raison.

Neeve avait choisi les tons ivoire et le fuchsia. « Quand une femme se regarde dans la glace, je ne veux pas que le décor aille à l'encontre de ce que j'essaye de lui vendre », avait-elle dit au décorateur qui voulait la pousser à choisir de grandes taches de couleurs.

Dans l'après-midi, les clientes se firent moins nombreuses. À quinze heures, Betty sortit de l'atelier.

« Les vêtements de Lambston sont prêts », dit-elle à Neeve.

Neeve disposa elle-même la commande d'Ethel Lambston, uniquement des tenues de printemps.

Ethel était une journaliste indépendante d'une soixan-

25

taine d'années, et auteur d'un best-seller. « Tous les sujets m'intéressent », avait-elle confié à Neeve d'une voix rapide, le jour de l'inauguration de la boutique. « J'aborde les choses d'un œil neuf, le regard inquisiteur. Je suis n'importe quelle femme qui voit quelque chose pour la première fois ou sous un angle nouveau. J'écris sur le sexe, les relations entre les gens, les animaux, les cliniques, les organisations, l'immobilier, sur le bénévolat et les partis politiques et... » Elle avait conclu, hors d'haleine, ses yeux bleu sombre étincelants, ses cheveux d'un blond platiné voletant autour de son visage : « L'ennui c'est que je suis tellement prise par mon travail que je n'ai pas une minute pour moi. Si j'achète une robe noire, je finis par la porter avec des chaussures marron. Dites donc, vous avez tout ici. Quelle bonne idée ! Ça me réconforte. »

Depuis dix ans, Ethel était devenue une cliente importante. Elle tenait à ce que Neeve l'aide à choisir le moindre bout de tissu, ainsi que les accessoires, et qu'elle établisse des listes lui indiquant ce qui allait avec quoi. Neeve passait de temps en temps chez elle pour l'aider à décider quels vêtements elle devait garder d'une année sur l'autre et ceux qui étaient à donner.

Il y a trois semaines, Neeve était allée vérifier la garde-robe d'Ethel. Le lendemain, Ethel était venue à la boutique et avait commandé de nouvelles tenues.

« J'ai presque fini cet article sur la mode pour lequel je vous ai interviewée », avait-elle dit à Neeve. « Des tas de gens vont vouloir ma mort quand il sortira, mais vous l'adorerez. C'est de la publicité gratuite pour vous. »

Lorsque Ethel avait fait sa sélection, Neeve s'était montrée en désaccord avec elle sur une seule tenue. Elle avait commencé par la retirer.

« Je ne veux pas vous vendre ça. C'est un tailleur de Gordon Steuber. Je refuse de toucher à un seul de ses vêtements. Ce tailleur aurait dû repartir. J'ai cet homme en horreur. »

Ethel avait éclaté de rire.

« Attendez de lire ce que j'ai écrit sur lui. Je l'ai éreinté. Mais je veux ce tailleur. Il me va bien. »

Aujourd'hui, tout en disposant les vêtements dans de solides housses de protection, Neeve sentit ses lèvres se crisper à la vue du tailleur de Steuber. Six semaines auparavant, la femme de ménage de la boutique lui avait demandé de conseiller une amie qui avait des problèmes. L'amie en question, une Mexicaine, avait raconté à Neeve qu'elle travaillait dans un atelier au noir, dans le sud du Bronx, dont le propriétaire était Gordon Steuber. « Nous n'avons pas de cartes de travail. Il menace de nous livrer à la police. La semaine dernière j'ai été malade. Il nous a renvoyées, moi et ma fille, et n'a pas voulu payer ce qu'il nous doit. »

La jeune femme semblait à peine âgée de trente ans.

« Votre fille ! s'était exclamée Neeve. Quel âge a-t-elle ?

— Quatorze ans. »

Neeve avait annulé la commande qu'elle venait de passer à Gordon Steuber, en lui adressant une copie du poème d'Elizabeth Browning qui avait contribué à changer les lois sur le travail des enfants en Angleterre. Elle avait souligné la strophe : « Mais les jeunes, jeunes enfants, oh, mes frères, ils pleurent de douleur. »

Quelqu'un dans le bureau de Steuber avait mis le *Women's Wear Daily* au courant. La rédaction avait publié le poème en première page, avec la lettre cinglante de Neeve à Steuber, et invité les autres revendeurs à boycotter les fabricants qui violaient la loi.

Anthony della Salva s'était montré inquiet.

« Neeve, on dit que Steuber a bien plus à cacher que des ateliers au noir. Grâce au lièvre que tu as soulevé, le F.B.I. met son nez dans ses déclarations de revenus.

— Parfait », avait rétorqué Neeve. « S'il fraude aussi sur ce point, j'espère qu'ils vont l'épingler. »

Bon, décida-t-elle en plaçant le tailleur de Steuber sur le cintre, c'est bien la dernière de ses créations qui sortira de ma boutique. Elle avait hâte de lire l'article d'Ethel. Elle savait qu'il devait prochainement sortir dans *Contemporary Woman*, le magazine dans lequel Ethel rédigeait une chronique régulière.

Pour finir, Neeve établit les listes à l'intention d'Ethel. « Avec l'ensemble du soir en soie bleue, porter une blouse de soie blanche ; bijoux dans la boîte A. Avec le trois-pièces rose et gris, chaussures grises, sac assorti, bijoux dans la boîte B. Robe de cocktail noire... » Huit tenues en tout. Avec les accessoires, le tout coûtait près de sept mille dollars. Ethel dépensait cette somme trois ou quatre fois par an. Elle avait confié à Neeve que lors de son divorce, vingt-deux ans auparavant, elle avait obtenu une grosse indemnité qu'elle s'était employée à placer intelligemment. « Et il me verse mille dollars par mois de pension alimentaire jusqu'à ma mort », avait-elle dit en riant. « À l'époque où nous avons divorcé, tout allait bien pour lui. Il a dit à ses avocats qu'il donnerait jusqu'à son dernier cent pour être débarrassé de moi. Au tribunal, il a déclaré que si jamais je me remariais, le type ferait mieux d'être sourd comme un pot. Sans cette vacherie, je lui aurais peut-être donné une chance. Il s'est remarié, il a eu trois gosses, et depuis que Columbus Avenue est devenue à la mode, son bistrot marche de plus en plus mal. A chaque fois il me téléphone et me supplie de lui lâcher la bride, mais je réponds que je n'ai encore trouvé personne qui soit sourd comme un pot. »

À cet instant, Neeve fut près de détester Ethel. Puis Ethel avait ajouté avec tristesse : « J'ai toujours désiré fonder une famille. J'avais trente-sept ans lorsque nous nous sommes séparés. Pendant les cinq années de notre mariage, il n'a jamais voulu me faire un enfant. »

Neeve avait alors commencé à lire régulièrement les articles d'Ethel et elle s'était rapidement rendu compte que si Ethel pouvait être une bavarde impénitente à l'air écervelé, c'était aussi une femme qui écrivait remarquablement. Quel que soit le sujet traité, il était clair qu'elle poussait toujours ses recherches à fond.

Avec l'aide de la réceptionniste, Neeve agrafa le bas des housses. Les chaussures et les bijoux furent rangés dans des boîtes individuelles et ensuite rassemblés dans les cartons ivoire et rose où on lisait : « Chez Neeve ». Avec un soupir de soulagement, elle composa le numéro d'Ethel.

Il n'y eut pas de réponse. Et Ethel n'avait pas laissé son répondeur en marche. Elle allait probablement arriver d'une minute à l'autre, hors d'haleine, un taxi l'attendant dans la rue.

À seize heures, il n'y avait plus une seule cliente dans la boutique et Neeve renvoya ses employées chez elles. Satanée Ethel, pensa-t-elle. Elle aurait aimé pouvoir rentrer chez elle, elle aussi. La neige tombait encore régulièrement. Si ça continuait, il ne resterait pas un taxi disponible. Elle composa à nouveau le numéro d'Ethel à seize heures trente ; à dix-sept heures, à dix-sept heures trente. Que faire maintenant ? se demanda-t-elle. Puis elle eut une idée. Elle allait attendre jusqu'à dix-huit heures trente, l'heure habituelle de fermeture, et déposerait les affaires d'Ethel en rentrant chez elle. Elle pourrait sûrement les confier au gardien. Ainsi, si Ethel avait brusquement envie de partir en voyage, elle aurait sa nouvelle garde-robe.

Le dispatcher de la compagnie de taxis se montra réticent lorsqu'elle téléphona. « Nous avons dit à toutes nos voitures de rentrer, madame. La circulation est impossible. Mais donnez-moi votre nom et votre numéro de téléphone. » Lorsqu'il entendit son nom, il changea immédiatement de ton. « Neeve Kearny ! Pourquoi n'avez-vous pas dit tout de suite que vous étiez la fille du préfet de police ? Vous parlez qu'on va vous ramener chez vous ! »

Le taxi arriva à dix-huit heures quarante. Ils roulèrent au pas dans les rues devenues presque impraticables. Le chauffeur rechigna à l'idée de faire un arrêt supplémentaire. « Ma petite dame, je n'ai vraiment pas envie de moisir ici. »

Personne ne répondit dans l'appartement d'Ethel. Neeve sonna en vain pour appeler le gardien. Il y avait quatre autres appartements dans l'immeuble, mais elle ne savait pas qui les habitait et ne pouvait prendre le risque de laisser les vêtements à des inconnus. Elle finit par déchirer une page de son agenda, écrivit une note sur le dos et la glissa sous la porte d'Ethel : « Vos affaires sont prêtes. Téléphonez-moi à la maison lorsque vous rentrerez. » Elle ajouta son numéro de téléphone personnel sous sa signature. Puis, se débattant sous le poids des housses et des boîtes, elle regagna le taxi.

À l'intérieur de l'appartement d'Ethel Lambston, une main saisit le billet que Neeve avait poussé sous la porte, le lut, le jeta de côté et reprit sa recherche périodique des cent dollars qu'Ethel fourrait régulièrement sous les tapis ou entre les coussins du canapé, l'argent qu'elle désignait avec jubilation comme « la pension alimentaire de cette pauvre cloche de Seamus ».

Myles Kearny ne parvenait pas à chasser l'inquiétude qui grandissait en lui depuis des semaines. Sa grand-mère avait toujours eu un sixième sens. « J'ai le pressentiment, disait-elle, qu'il va arriver un malheur. » Myles revoyait comme si c'était hier le jour où, lorsqu'il avait dix ans, sa grand-mère avait reçu une photo de son cousin en Irlande. Elle s'était écriée : « Il a la mort dans les yeux ! » Deux heures plus tard, le téléphone avait sonné. Son cousin avait été tué dans un accident.

Il y a dix-sept ans, Myles avait négligé la menace de Nicky Sepetti. La Mafia avait son propre code de l'honneur. Elle ne s'attaquait jamais aux femmes et aux enfants de ses ennemis. Et peu après Renata était morte. À trois heures de l'après-midi, alors qu'elle traversait à pied Central Park pour aller chercher Neeve à l'école du Sacré-Cœur, elle avait été assassinée. C'était un jour de novembre, froid et venteux. Le parc était désert. Aucun témoin pour dire qui avait attiré ou forcé Renata à quitter le chemin et à se diriger derrière le musée.

Il se trouvait dans son bureau lorsque le proviseur du

Sacré-Cœur l'avait appelé à seize heures trente. Mme Kearny n'était pas venue chercher Neeve. Ils avaient téléphoné, mais elle ne se trouvait pas chez elle. Avait-elle eu un empêchement? En raccrochant, Myles avait su avec une affreuse certitude qu'il était arrivé quelque chose de terrible à Renata. Dix minutes plus tard, la police fouillait Central Park. Sa voiture se dirigeait vers le nord de la ville quand un appel l'avait averti que l'on venait de retrouver son corps.

Lorsqu'il avait atteint le parc, un cordon de policiers retenait les badauds et les amateurs de sensations fortes. Les médias étaient déjà sur place. Il se souvint que les flashes des photographes l'avaient ébloui tandis qu'il se dirigeait vers l'endroit où gisait son corps. Herb Schwartz, son adjoint, se trouvait là. « Ne la regarde pas, Myles », avait-il supplié.

Il avait repoussé le bras de Herb, s'était agenouillé sur la terre gelée et avait écarté la couverture qui la recouvrait. On aurait dit qu'elle dormait. Son visage était toujours aussi ravissant dans le dernier repos, sans cette expression de terreur qu'il avait vue inscrite sur tant de visages frappés par la mort. Ses yeux étaient clos. Les avait-elle fermés au moment final ou est-ce Herb qui s'en était chargé? Il crut d'abord qu'elle portait une écharpe rouge. Erreur. La vue des victimes lui était coutumière, mais son professionnalisme le quitta, ce jour-là. Il ne voulait pas voir qu'on lui avait entaillé la veine jugulaire sur toute la longueur, puis tranché la gorge. C'était son sang qui rougissait le col de son anorak blanc. Le capuchon avait glissé en arrière, dévoilant son visage encadré par la masse de ses cheveux noir de jais. Le fuseau de ski rouge, le rouge de son sang, l'anorak blanc, la neige tassée sous son corps — même morte, elle avait l'air d'une photographie de mode.

Il aurait voulu la tenir contre lui, lui insuffler la vie, mais il savait qu'il ne devait pas la bouger. Il s'était contenté de lui embrasser les joues, les yeux, les lèvres. Il avait effleuré son cou de sa main, l'avait retirée tachée de sang, songeant, nous nous sommes rencontrés dans le sang, nous nous séparons dans le sang.

Il était un jeune flic de vingt et un ans le jour de l'attaque de Pearl Harbor et, le lendemain matin, il s'était enrôlé dans l'armée. Trois ans plus tard, il se trouvait avec la Cinquième Armée de Mark Clark en train de faire la campagne d'Italie. Ils avaient repris ville après ville. À Pontici, il était entré dans une église qui semblait déserte. L'instant d'après, il avait entendu une explosion et un flot de sang avait jailli de son front. Il avait pivoté sur lui-même et aperçu un soldat allemand accroupi derrière l'autel, dans la sacristie. Il était parvenu à le descendre avant de s'évanouir.

En revenant à lui, il avait senti une petite main qui le secouait. « Venez avec moi », avait chuchoté une voix à son oreille en anglais avec un fort accent. Les vagues doulou-reuses qui battaient dans sa tête lui brouillaient l'esprit. Il avait des croûtes de sang séché sur les yeux. Dehors, il faisait nuit noire. Les bruits de tir éclataient au loin, sur la gauche. L'enfant — il s'était rendu compte que c'était une enfant — l'avait conduit par des chemins déserts. Il se rappelait s'être demandé où elle l'emmenait, car elle était seule. Il entendit le crissement de ses bottes militaires sur les marches de pierre, le bruit d'une grille rouillée qu'on ouvrait, puis un chuchotement pressé, l'explication de l'enfant. Elle parlait italien, à présent. Il ne comprenait pas ce qu'elle disait. Puis il avait senti un bras le soutenir, éprouvé la sensation d'être étendu sur un lit. Il avait perdu connaissance, se réveillant par intermittence, conscient de la douceur des mains qui lui humectaient et lui bandaient la tête. Son premier souvenir clair était celui d'un médecin militaire en train de l'examiner. « Vous ne connaissez pas votre chance », lui avait-il dit. « Ils nous ont ramenés hier. Ça n'a pas été la fête pour ceux qui ne s'en sont pas tirés.

Après la guerre, Myles avait profité d'une bourse de soldats vétérans pour s'inscrire à l'université. Le campus de Fordhom Rose Hill se trouvait à quelques kilomètres seulement de l'endroit où il avait grandi dans le Bronx. Son père, capitaine de police, s'était montré sceptique. « On n'a jamais pu faire mieux que t'envoyer au lycée », avait-il fait remarquer. « Non que tu ne sois pas doué de cervelle, mais tu n'as jamais voulu mettre ton nez dans les bouquins. »

Quatre ans plus tard, diplômé avec les félicitations du jury, Myles avait voulu faire des études de droit. Ravi, son père l'avait néanmoins prévenu : « Tu as du sang de flic en toi. Ne l'oublie pas une fois que tu seras bardé de tes diplômes divers et variés. »

La faculté de droit. Le bureau du procureur régional. L'expérience dans le privé. Il avait alors réalisé combien il était facile pour un bon avocat d'obtenir un verdict d'acquittement. Il ne se sentait pas motivé pour ça. Il avait sauté sur l'occasion de devenir procureur de la République.

C'était en 1958. Il avait trente-sept ans. Il avait connu bien des filles au cours des années, et les avait vues se marier, l'une après l'autre. Mais chaque fois qu'il avait failli se décider, une voix murmurait à son oreille : « Il existe mieux. Attends un peu. »

L'idée de retourner en Italie lui était venue petit à petit. « Se faire tirer dessus en Europe, ça n'a rien à voir avec un voyage d'agrément », lui avait dit sa mère un soir où il avait exposé ses projets au cours d'un dîner à la maison. « Pourquoi ne cherches-tu pas à revoir cette famille qui t'a caché à Pontici ? Je doute que tu aies été en état de les remercier à l'époque. »

Il bénissait encore sa mère pour ce conseil. Car lorsqu'il avait frappé à leur porte, c'était Renata qui avait ouvert. Renata âgée maintenant de vingt-trois ans, non de dix. Renata, grande et élancée, avec à peine une demi-tête de moins que lui. Renata qui avait dit, à son grand étonnement :

« Je sais qui vous êtes. C'est vous que j'ai ramené chez nous ce soir-là.

33

— Comment pouvez-vous me reconnaître ? avait-il demandé.

— Mon père m'a photographiée avec vous avant qu'ils ne vous emmènent. J'ai toujours gardé la photo sur ma commode. »

Ils s'étaient mariés trois semaines plus tard. Les onze années les plus heureuses de sa vie.

Myles se dirigea vers la fenêtre et regarda dehors. En principe, le printemps était là depuis une semaine, mais personne ne s'était donné la peine de passer le mot à Mère Nature. Il s'efforça d'oublier combien Renata aimait marcher dans la neige.

Il rinça sa tasse à café et l'assiette à salade et les mit dans la machine à laver. Si tous les thons disparaissaient soudainement des océans, que mangeraient les gens au régime pour leur déjeuner ? se demanda-t-il. Peut-être reviendraient-ils aux bons hamburgers bien consistants. Cette pensée le fit saliver, mais lui rappela aussi qu'il était censé décongeler la sauce pour les pâtes.

À dix-huit heures, il commença à préparer le dîner. Il sortit du réfrigérateur de quoi faire une salade, et avec habileté coupa les feuilles de laitue, éplucha les concombres, trancha les poivrons verts en fines lamelles. Malgré lui, il sourit intérieurement en songeant que, dans sa jeunesse, il croyait qu'une salade était un mélange de tomates et de laitue à la mayonnaise. Sa mère était une femme merveilleuse mais cuisiner n'était véritablement pas son fort. Et elle laissait la viande sur le feu jusqu'à ce que « tous les microbes soient tués », si bien qu'il fallait pratiquer le karaté pour découper une côtelette de porc ou un steak...

C'était Renata qui lui avait appris à apprécier les saveurs subtiles, le régal d'un plat de pâtes, la délicatesse du saumon, les salades relevées d'une pointe d'ail. Neeve avait hérité de sa mère un réel talent culinaire, mais Myles reconnaissait qu'à la longue, il avait appris lui aussi à préparer une sacrée bonne salade.

À dix-huit heures quarante, il commença à s'inquiéter sérieusement de ne pas voir rentrer Neeve. Les taxis étaient probablement introuvables. Seigneur Dieu, qu'elle ne traverse pas le parc à pied par un soir pareil! Il essaya de téléphoner à la boutique, mais n'obtint aucune réponse. Au moment où elle pénétrait dans l'appartement, se débattant sous une montagne de vêtements et de boîtes, il s'apprêtait à téléphoner au commissariat central pour leur demander d'aller à sa recherche dans le parc. Il serra les lèvres, se retenant d'avouer son inquiétude.

Il parvint même à prendre l'air étonné en lui ôtant les boîtes des bras.

« C'est encore Noël? demanda-t-il. De la part de Neeve pour Neeve avec toute mon affection? As-tu dépensé les bénéfices de la journée à ton profit?

— Ne fais pas l'idiot, Myles », répliqua Neeve de mauvaise humeur. « Je vais te dire une chose, Ethel Lambston est peut-être une bonne cliente, mais c'est aussi une emmerdeuse de première. »

Tout en laissant tomber les boîtes sur le canapé, elle lui fit le bref récit de sa tentative pour livrer les vêtements à Ethel.

Myles prit l'air horrifié. « Ethel Lambston! N'est-ce pas cette excitée que tu avais invitée pour la réception de Noël?

— Exactement. »

Prise d'une impulsion, Neeve avait invité Ethel à la soirée de Noël qu'elle et Myles donnaient tous les ans dans l'appartement. Après avoir coincé Monseigneur l'Évêque Stanton dans un coin et lui avoir expliqué pourquoi l'Église catholique n'avait plus de poids au XXe siècle, Ethel avait réalisé que Myles était veuf et ne l'avait plus quitté de la soirée.

« Je me fiche que tu aies à camper à sa porte pendant les deux prochaines années », prévint Myles. « Ne laisse pas cette femme mettre à nouveau les pieds ici. »

3.

CE N'ÉTAIT pas par plaisir que Denny Adler se décarcassait pour un salaire minable plus les pourboires à la *delicatessen** de la Quatre-vingt-troisième Rue et Lexington Avenue. Mais Denny avait un problème. Il était en liberté surveillée. Son responsable, Mike Toohey, était une ordure qui savourait l'autorité dont l'avait investi l'État de New York. Denny savait que, faute d'emploi, il lui serait impossible de dépenser un sou sans que Toohey lui demande de quoi il vivait ; il travaillait donc, et avait en horreur chaque minute du boulot qu'il accomplissait.

Il louait une pièce sordide dans un meublé miteux, Première Avenue et Cent cinquième Rue. Ce qu'ignorait son responsable, c'est que Denny passait la plus grande partie de ses loisirs à faire la manche dans la rue. Il changeait fréquemment d'endroit et de déguisement. Parfois, il s'habillait en clochard, enfilait des vêtements crasseux et des baskets élimées, s'enduisait le visage et les cheveux d'une couche de saleté, et s'appuyait contre le mur d'un immeuble en tenant un bout de carton sur lequel était inscrit : « AIDEZ-MOI, J'AI FAIM. »

C'était un des meilleurs attrape-couillons.

À d'autres occasions, il mettait un pantalon kaki défraîchi et une perruque grise. Il portait des lunettes noires, une canne, épinglait un insigne sur son manteau : « VÉTÉRAN

---

* *Delicatessen* : de l'allemand *Delikatessen*, sorte de charcutier-traiteur où les clients peuvent consommer (*N.d.T.*).

SANS LOGIS. » À ses pieds, la coupelle se remplissait rapidement de quarters et de dimes.

Denny ramassait pas mal d'argent de poche de cette façon. Rien de comparable à l'excitation de monter un vrai coup, mais ça l'aidait à ne pas perdre la main. À une ou deux reprises seulement, il avait croisé par hasard un poivrot pourvu de quelques dollars, et succombé à l'envie de supprimer quelqu'un. Mais les flics se foutaient pas mal d'un ivrogne ou d'un clochard battu ou poignardé, si bien que c'était pratiquement sans risque.

Sa mise en liberté conditionnelle devait prendre fin dans trois mois, il pourrait alors se mettre à l'ombre et chercher comment entrer à nouveau dans le circuit. Même le policier chargé de le surveiller se montrait plus coulant. Samedi matin, Mike Toohey lui avait téléphoné à son boulot. Denny se représentait sa silhouette malingre penchée sur ses papiers dans son bureau en foutoir.

« J'ai parlé à ton patron, Denny. Il dit que tu es un de ses employés les plus sérieux.

— Merci, monsieur. »

Si Denny s'était trouvé devant Toohey dans son bureau, il aurait tordu ses mains en un geste de fébrile gratitude. Il aurait embué de larmes son regard bleu pâle et fait apparaître sur ses lèvres un sourire empressé. Au lieu de quoi, il formula silencieusement une obscénité dans l'appareil.

« Denny, tu n'as pas besoin de venir au rapport lundi. J'ai un emploi du temps très chargé et je sais que je peux compter sur toi. Je te verrai la semaine prochaine

— Bien, monsieur. »

Denny raccrocha. Une caricature de sourire balafra son visage aux pommettes saillantes. Il avait commis son premier cambriolage à l'âge de douze ans et passé la moitié de ses trente-sept ans en détention. Sa peau avait pris à jamais la pâleur grisâtre de la prison.

Il parcourut la delicatessen du regard, les tables cucul la praline entourées de chaises métalliques, le comptoir de Formica blanc, le panneau où étaient affichées les spécialités, les habitués bien sapés, qui mastiquaient leur pain grillé ou leurs céréales en lisant le journal. Il rêvait à ce qu'il aimerait faire à cet endroit et à Mike Toohey, lorsqu'il fut interrompu par le gérant.

« Hé, Adler, remue-toi. Les commandes vont pas se livrer toutes seules.

— Oui, monsieur ! »

Compte les *oui monsieur* pendant qu'il est temps, pensa Denny, tout en prenant sa veste et le carton de sacs en papier.

À son retour, le gérant était au téléphone. Il regarda Denny avec son air rébarbatif habituel.

« Je t'ai déjà dit que je ne voulais pas d'appels personnels pendant les heures de service. »

Il flanqua brusquement le récepteur dans la main de Denny.

Le seul à l'appeler ici était Mike Toohey. Denny grommela son nom et entendit un « Salut, Denny » étouffé. Il reconnut la voix sur-le-champ. Le Grand Charley Santino. Il y a dix ans, Denny avait partagé une cellule à Attica avec le Grand Charley, et il avait fait un ou deux coups pour lui. Il savait que Charley entretenait d'importantes relations avec le milieu.

Denny ignora le « grouille-toi » silencieux du gérant. Il n'y avait que deux personnes au comptoir. Les tables étaient vides. Il eut l'intuition soudaine que Charley allait lui proposer quelque chose d'intéressant. Il se tourna instinctivement vers le mur et mit ses mains en coupe autour du récepteur.

« Ouais ?

— Demain. Onze heures. Bryant Park derrière la bibliothèque. Une Chevrolet noire 84. »

Denny ne s'aperçut pas qu'il souriait de toutes ses dents quand le déclic indiqua que la communication était terminée

Pendant ce week-end neigeux, Seamus Lambston se terra dans l'appartement familial Soixante et onzième Rue, West

End Avenue. Vendredi après-midi, il avait téléphoné au barman. « Je suis mal fichu. Demande à Matty de me remplacer jusqu'à lundi. » Il avait dormi comme une souche dans la nuit de vendredi, émotionnellement épuisé, mais il s'était réveillé samedi matin avec un sentiment d'extrême appréhension.

Jeudi, Ruth était partie en voiture pour Boston, et devait y rester jusqu'à dimanche. Jeannie, leur plus jeune fille, était étudiante en première année à l'université du Massachusetts. Le chèque que Seamus avait envoyé pour le deuxième semestre était retourné sans provision. Ruth avait fait un emprunt d'urgence à son bureau et avait filé en catastrophe à Boston avec le chèque de remplacement. Après l'appel affolé de Jeannie, ils avaient eu une dispute qui avait dû s'entendre à cinq blocs de chez eux.

« Bon sang, Ruth, je fais ce que je peux », avait-il hurlé. « Les affaires marchent mal. Avec trois gosses à l'université, est-ce ma faute si nous raclons les fonds de tiroir ? Est-ce que tu t'imagines que je peux sortir de l'argent de mon chapeau ? »

Ils s'étaient affrontés, effrayés, épuisés, désespérés. Il s'était senti humilié par le dégoût qu'il lisait dans son regard. Il savait qu'il avait mal vieilli. Soixante-deux ans. Il avait entretenu sa stature d'un mètre quatre-vingts à force d'exercices abdominaux et d'haltères. Mais aujourd'hui il avait un ventre bedonnant qui ne voulait pas disparaître, ses cheveux autrefois blonds et épais étaient clairsemés et jaunasses et ses lunettes accentuaient l'aspect bouffi de son visage. Il se regardait parfois dans la glace, et contemplait ensuite la photo de leur mariage. Ruth et lui vêtus avec élégance, dans la force de l'âge, se mariant tous les deux pour la deuxième fois, heureux, amoureux fous. Le bar marchait très bien, à l'époque, et même s'il avait emprunté un maximum, il ne doutait pas de pouvoir tout rembourser en deux ans. Le calme de Ruth, son goût de l'ordre étaient un havre après ce qu'il avait enduré avec Ethel. « Je paierais jusqu'au dernier nickel pour avoir la paix », avait-il déclaré à l'avocat qui voulait le retenir d'accepter une pension alimentaire à vie.

La naissance de Marcy l'avait comblé. Ils ne s'attendaient pas à celle de Linda, deux ans après. Et ils avaient été bouleversés lorsque Jeannie avait suivi, alors qu'ils approchaient de quarante-cinq ans.

La svelte silhouette de Ruth s'était épaissie. Alors que le loyer du bar doublait et même triplait, et que les vieux clients changeaient de quartier, le visage serein de sa femme avait pris un air d'inquiétude permanente. Elle aurait tellement voulu faire plaisir aux filles, leur donner des choses qu'ils ne pouvaient s'offrir. Il s'en prenait souvent à elle : « Pourquoi ne leur donnes-tu pas un foyer heureux au lieu d'un tas de babioles ? »

Ces dernières années, avec le coût des études, avaient été atroces. L'argent manquait. Et ces mille dollars par mois versés à Ethel jusqu'à ce qu'elle meure ou se remarie étaient devenus une pomme de discorde, une pomme que Ruth passait son temps à ronger. « Retourne au tribunal, pour l'amour du ciel », le harcelait-elle. Dis au juge que tu n'arrives pas à payer les études de tes enfants et que cette parasite gagne une fortune. Elle n'a pas *besoin* de ton argent. Elle gagne plus qu'elle ne peut dépenser. »

Leur dernière querelle, la semaine passée, avait été la pire. Ruth avait lu dans le *Post* qu'Ethel venait de signer un contrat avec un demi-million de dollars d'avance. Ethel disait que le livre en question serait « un bâton de dynamite jeté dans le monde de la mode ».

Pour Ruth, ce fut la goutte d'eau qui fit déborder le vase. Ça et le chèque refusé pour non-provision.

« Tu vas aller voir cette, cette... » Ruth ne jurait jamais. Mais c'était comme si elle avait crié l'injure à tue-tête. « Tu lui diras que je vais aller trouver les chroniqueurs et leur raconter qu'elle te saigne à blanc. Douze mille dollars par an, pendant vingt ans ! » La voix de Ruth montait à chaque syllabe : « Je veux m'arrêter de travailler. J'ai soixante-deux ans. Bientôt, ce sont les mariages des filles qui vont nous tomber dessus. Nous serons ruinés quand nous irons dans la tombe, si ça continue. Tu lui diras qu'on va bel et bien parler d'elle ! Ne crois-tu pas que ses chers magazines pourraient désapprouver que l'une de leurs rédactrices féministes fasse chanter son ex-mari ?

— Ce n'est pas du chantage. C'est une pension alimentaire. » Seamus avait essayé de prendre un ton raisonnable. « Mais, d'accord, j'irai la trouver. »

Ruth devait rentrer tard dans l'après-midi de dimanche. À midi, Seamus avait secoué sa léthargie et commencé à nettoyer l'appartement. Il y a deux ans, ils avaient renoncé à la femme de ménage qui venait chez eux une fois par semaine. Ils se partageaient les tâches maintenant, avec les plaintes de Ruth, de surcroît. « Passer l'aspirateur pendant le week-end, c'est exactement ce dont j'ai besoin après avoir été compressée dans le métro de la Septième Avenue », se plaignait-elle. La semaine dernière, elle avait brusquement éclaté en sanglots. « Je n'en peux plus. »

À seize heures, l'appartement était à peu près en ordre. Il avait besoin d'être repeint. Le linoléum de la cuisine était usé. L'immeuble avait été vendu en copropriété, mais ils n'avaient pas eu les moyens d'acheter leur appartement. Vingt ans dont il ne restait rien que des reçus de loyer.

Seamus disposa le fromage et le vin sur la table basse dans le living-room. Le mobilier était défraîchi et râpé, mais dans la pâle lumière de cette fin d'après-midi, il ne faisait pas mauvais effet. Dans trois ans, Jeannie aurait terminé ses études secondaires. Marcy était en dernière année à l'université. Linda venait d'y entrer. Passer sa vie à espérer, pensa-t-il.

Plus se rapprochait l'heure du retour de Ruth, plus ses mains tremblaient. Remarquerait-elle quelque chose de différent chez lui ?

Elle arriva à dix-sept heures quinze.

« La circulation était abominable, annonça-t-elle d'un air querelleur.

— Leur as-tu remis le chèque certifié et raconté ce qui s'était passé pour l'autre ? demanda-t-il, s'efforçant d'ignorer l'intonation de sa voix. C'était son ton des explications orageuses.

— Bien sûr. Et laisse-moi te dire une chose, l'intendant a été drôlement secoué quand je lui ai rapporté qu'Ethel Lambston te réclame une pension alimentaire depuis toutes ces années. Ils ont invité Ethel à une table ronde au lycée il y a six mois, et elle leur a tenu tout un discours sur l'égalité des salaires des femmes. »

Ruth accepta le verre de vin qu'il lui tendait et avala une grande gorgée.

Avec un choc, il s'aperçut qu'elle avait pris l'habitude d'Ethel de se passer la langue sur les lèvres à la fin de chaque phrase, quand elle était en colère. Était-il vrai que vous épousiez toujours la même personne ? À cette pensée, il faillit éclater d'un rire hystérique.

« Bon, parlons sérieusement. Est-ce que tu l'as vue ? » dit-elle sèchement.

Une immense lassitude s'empara de Seamus. Le souvenir de la scène finale... « Oui, je l'ai vue.

— Et... »

Il choisit soigneusement ses mots.

« Tu avais raison. Elle n'a pas envie que tout le monde apprenne qu'elle reçoit une pension alimentaire depuis vingt ans. Elle va me lâcher la bride. »

Ruth reposa son verre de vin, le visage transfiguré.

« Je n'arrive pas à y croire. Comment l'as-tu amenée à accepter ? »

Le rire dédaigneux, sarcastique d'Ethel devant ses menaces et ses supplications. Le sursaut de colère primitive qui s'était emparé de lui, le regard de terreur dans les yeux de son ex-femme... La dernière menace qu'elle avait proférée... Ô Dieu...

« À partir de maintenant, quand Ethel ira acheter des robes qui coûtent une fortune chez Neeve Kearny et se goinfrera dans des restaurants de luxe, ce n'est pas *toi* qui paieras. »

Le rire triomphant de Ruth lui déchira les tympans tandis que les mots pénétraient dans sa conscience.

Seamus reposa son verre de vin.

« Qu'est-ce qui te fait dire ça ? » demanda-t-il tranquillement à sa femme.

Le samedi matin, la neige avait cessé de tomber et les rues étaient à peu près praticables. Neeve rapporta tous les vêtements d'Ethel à la boutique.

Betty se précipita pour l'aider.

« Ne me dites pas qu'elle n'aime *rien* ?

— Comment le saurais-je ? fit Neeve. Il n'y avait pas la moindre trace de sa présence à son appartement. Franchement, Betty, quand je pense à la façon dont nous nous sommes pressées, je l'enverrais volontiers au diable. »

La journée fut chargée. Elles avaient passé une publicité dans le *Times*, montrant les robes imprimées et les imperméables, et la réaction était enthousiaste. Les yeux de Neeve étincelèrent en voyant ses vendeuses inscrire les chiffres des ventes. Une fois encore, elle remercia en secret Sal pour avoir misé sur elle six ans auparavant.

À quatorze heures, Eugenia, un ancien mannequin de race noire qui était devenue l'assistante de Neeve, lui rappela qu'elle ne s'était pas arrêtée pour déjeuner. « J'ai des yaourts dans le frigo », proposa-t-elle.

Neeve finissait seulement d'aider une de ses clientes personnelles à choisir une robe de « mère de la mariée » de quatre mille dollars. Elle eut un bref sourire.

« Tu sais que j'ai horreur du yaourt. Fais-moi apporter un sandwich au thon et aux crudités et un Coca non sucré, veux-tu ? »

Dix minutes plus tard, lorsque la commande arriva dans son bureau, elle s'aperçut qu'elle mourait de faim.

« Le meilleur thon aux crudités de New York, Denny, dit-elle au garçon-livreur.

— Si vous le dites, mademoiselle Kearny. »

Son visage pâle se creusa d'un sourire obligeant.

Tout en avalant rapidement son déjeuner, Neeve composa le numéro de téléphone d'Ethel. Une fois encore

Ethel ne répondit pas. Pendant l'après-midi, la réceptionniste tenta à plusieurs reprises de la joindre. En fin de journée, Neeve annonça à Betty :

« Je vais une fois de plus ramener tout ça chez moi. Je n'ai pas l'intention de gâcher mon dimanche à revenir à la boutique parce que Ethel décide subitement qu'elle a un avion à prendre et qu'il lui faut toutes ses affaires dans les dix minutes.

— Telle que je la connais, elle obligera l'avion à venir la chercher à la salle d'embarquement, si elle l'a raté », dit Betty d'un ton railleur.

Elles éclatèrent de rire, mais Betty poursuivit calmement : « Vous vous rappelez ces pressentiments bizarres que vous avez parfois, Neeve ? Je vous jure qu'ils sont contagieux. Aussi casse-pieds qu'elle puisse être, Ethel n'a jamais agi ainsi. »

Samedi soir, Neeve et Myles allèrent au Met entendre Pavarotti.

« Tu devrais sortir avec quelqu'un d'autre que moi », se plaignit Myles tandis que le serveur du Ginger Man leur tendait la carte du souper après le théâtre.

Neeve lui jeta un coup d'œil. « Écoute, Myles, je passe mon temps à sortir. Tu le sais. Lorsque quelqu'un d'important se présentera dans ma vie, je le saurai, exactement comme vous l'avez su, Maman et toi. Maintenant, tu devrais me commander des scampi. »

Myles assistait généralement tôt à la messe du dimanche. Neeve aimait faire la grasse matinée et se rendre à la grand-messe à la cathédrale. Quand elle se leva, elle s'étonna de trouver Myles en robe de chambre dans la cuisine.

« Tu as renoncé à la foi ? demanda-t-elle.

— Non. J'ai eu envie de t'accompagner aujourd'hui. »
Il s'efforçait de prendre un ton désinvolte.

« Cette envie soudaine aurait-elle un rapport avec la mise

en liberté de Nicky Sepetti ? soupira Neeve. Ne te donne pas la peine de répondre. »

Après la messe, ils décidèrent de prendre un brunch au Café des Artistes, puis allèrent voir un film dans un cinéma du quartier. De retour à l'appartement, Neeve composa à nouveau le numéro d'Ethel Lambston, laissa le téléphone sonner une demi-douzaine de fois, haussa les épaules et se lança avec Myles dans leur compétition hebdomadaire à qui finirait le premier les mots croisés du *Times*.

« Agréable journée », soupira Neeve en se penchant par-dessus le fauteuil de Myles pour lui embrasser le sommet du crâne après les nouvelles de vingt-trois heures. Elle surprit l'expression sur son visage. « Ne dis rien », le prévint-elle.

Myles serra les lèvres. Il savait qu'elle avait raison. Il avait été sur le point de dire :

« Même s'il fait beau demain, je préférerais que tu n'ailles pas courir toute seule. »

Quelqu'un entendit la sonnerie persistante du téléphone dans l'appartement d'Ethel Lambston.

Douglas Brown, le neveu de vingt-huit ans d'Ethel, s'était installé chez elle dès le vendredi après-midi. Il avait hésité à prendre le risque, mais il pourrait toujours prouver qu'on venait de le mettre à la porte du studio qu'il sous-louait illégalement.

« J'avais seulement besoin d'un endroit où loger le temps de trouver un nouvel appartement », expliquerait-il.

Il jugea qu'il valait mieux ne pas répondre au téléphone. Les appels renouvelés l'irritèrent, mais il préféra que sa présence restât secrète. Ethel lui interdisait de répondre au téléphone. « Tu n'as pas à savoir qui m'appelle », lui avait-elle dit. Elle l'avait peut-être également dit à d'autres.

Il était certain d'avoir pris une sage décision en ne répondant pas au coup de sonnette, vendredi soir. Le billet glissé sous la porte d'entrée concernait les vêtements commandés par Ethel.

Doug grimaça un sourire. Sans doute la course dont Ethel voulait le charger.

Le dimanche matin, Denny Adler attendait impatiemment dans les rafales cinglantes de vent. À onze heures précises, il vit s'approcher une Chevrolet noire. À grandes enjambées, il sortit de l'abri précaire de Bryant Park et s'avança dans la rue. La voiture s'arrêta. Il ouvrit la porte du passager et se glissa à l'intérieur. La voiture démarra alors qu'il refermait la portière d'un coup sec.

Depuis Attica, le Grand Charley avait grisonné et pris du poids. Le volant s'enfonçait dans les plis de son estomac. Denny dit « Salut », sans attendre de réponse. Le Grand Charley hocha la tête.

La voiture s'engagea rapidement sur la voie express Henry Hudson et franchit le pont George Washington. Denny remarqua que si la neige à New York se transformait rapidement en gadoue noirâtre, elle était encore blanche sur les bords de l'autoroute. New Jersey, le Garden State*, songea-t-il avec ironie.

Une fois passé la sortie 3, il y avait un point panoramique pour les gens qui, comme Denny aimait à le faire remarquer, n'avaient rien de mieux à faire que contempler New York depuis l'autre rive de l'Hudson. Denny ne fut pas surpris de voir Charley se garer dans l'aire déserte du parking. C'était là qu'ils avaient mis au point d'autres coups.

Charley arrêta le moteur et tendit le bras derrière son siège, grognant sous l'effort. Il souleva un sac de papier contenant deux boîtes de bière et le laissa tomber entre eux deux. « Ta marque préférée. »

Denny se sentit rempli de gratitude.

« C'est gentil de t'en souvenir, Charley. »

Il ouvrit la boîte de Coors.

* Nom donné au New Jersey pour l'abondance de ses parcs (N.d.T.)

47

Charley avala lui-même une longue gorgée avant de répondre :

« Je n'oublie rien. » Il sortit une enveloppe de sa poche intérieure. « Dix mille, dit-il à Denny. La même chose quand tu auras terminé. »

Denny accepta l'enveloppe, prenant un plaisir sensuel à la palper.

« Qui ?

— Tu lui apportes son déjeuner deux fois par semaine. Elle habite Schwab House, ce grand truc Soixante-quatorzième Rue entre West End et Riverside Drive. Fait généralement deux fois par semaine le trajet à pied jusqu'à son boulot. Coupe par Central Park. Pique-lui son sac et liquide-la. Prends le fric et bazarde le sac pour faire croire que c'est un drogué qui l'a refroidie. Si tu peux pas l'avoir dans le parc, le quartier de la confection fera l'affaire. Elle s'y rend tous les lundis après-midi. Les rues sont bondées. C'est la bousculade. Des camions stationnés en double file. Heurte-la en passant, pousse-la devant un camion. Prends ton temps. Faut que ça ait l'air d'un accident ou d'une agression pour vol. Suis-la dans tes frusques de mendiant. »

La voix du Grand Charley était épaisse et gutturale comme si les bourrelets de graisse autour de son cou étouffaient ses cordes vocales.

Pour Charley c'était un long discours. Il avala une autre longue gorgée de bière.

Denny commençait à se sentir mal à l'aise. « Qui ?

— Neeve Kearny. »

Denny repoussa l'enveloppe vers Charley comme si elle contenait une bombe à retardement.

« La fille du préfet de police ? Tu es malade ?

— La fille de l'ex-préfet de police. »

Denny sentit la sueur mouiller son front.

« Kearny a été en poste pendant seize ans. Il n'y a pas un flic dans toute la ville qui ne risquerait sa vie pour lui. Quand sa femme est morte, ils ont cuisiné jusqu'à un mec qui avait volé une pomme à l'étalage. Impossible. »

Un changement presque imperceptible altéra la physionomie du Grand Charley, mais sa voix garda la même intonation gutturale et monocorde :

« Denny, je t'ai dit que je n'oubliais jamais. Souviens-toi de toutes ces nuits à Attica, quand tu te vantais des mauvais coups que tu avais combinés. J'ai juste besoin de passer un coup de fil anonyme aux flics et tu n'auras plus jamais l'occasion de livrer un de tes minables sandwichs. Ne fais pas de moi un indic, Denny. »

Denny réfléchit, se souvint et maudit sa grande gueule. Il effleura à nouveau l'enveloppe et pensa à Neeve Kearny. Il lui livrait ses repas à sa boutique depuis près d'une année. Au début, la réceptionniste prenait le sac, mais à présent il se rendait directement dans le bureau privé, à l'arrière. Même si elle était au téléphone, Neeve lui adressait un sourire, un vrai sourire, pas un de ces petits hochements de tête pincés et dédaigneux dont le gratifiaient la plupart des clients. Elle lui disait toujours que tout était excellent.

Et elle était drôlement belle.

Denny repoussa d'un haussement d'épaules le moment de regret. Il n'avait pas le choix. Charley ne le balancerait pas aux flics, et ils le savaient l'un comme l'autre. Le fait qu'il fût au courant du contrat le rendait trop dangereux. Refuser signifiait qu'il ne repasserait jamais le pont George Washington en sens inverse.

Il empocha l'argent.

« Voilà qui est mieux, dit Charley. Quels sont tes horaires à la delicatessen ?

— Neuf à dix-huit heures. Congé le lundi.

— Elle part travailler entre sept heures trente et huit heures. Commence à traîner du côté de son immeuble. La boutique ferme à dix-huit heures trente. Souviens-toi, prends ton temps. *On ne doit pas croire à un meurtre prémédité.* »

Le Grand Charley mit le moteur en marche pour regagner New York. Il retomba dans son silence coutumier, rompu seulement par le ronflement de sa respiration. Une irrésistible curiosité consumait Denny. Alors que Charley quittait le périphérique du West Side et traversait la Cinquante-septième Rue, il demanda :

« Charley, t'as une idée de qui a lancé le contrat ? Elle a pas l'air du genre à marcher sur les pieds de quelqu'un. Sepetti a été relâché. On dirait qu'il a une bonne mémoire. »

Il sentit l'éclair du regard noir que le Grand Charley lançait dans sa direction. La voix gutturale devint brusquement sèche et claire, et les mots tombèrent comme un couperet :

« Tu deviens imprudent, Denny. J'ignore qui veut sa peau. Le type qui m'a contacté l'ignore aussi. Et le type qui l'a contacté ne le sait pas non plus. C'est ainsi que ça marche, et on ne pose pas de questions. Tu n'es qu'un tocard, un minable, Denny, et certaines choses ne sont pas tes oignons. Maintenant, dégage. »

La voiture s'arrêta brusquement au coin de la Huitième Avenue et de la Cinquante-septième Rue.

Denny ouvrit la porte d'un geste hésitant. « Charley, excuse-moi, dit-il. C'était seulement... »

Une bourrasque de vent s'engouffra dans la voiture. « Contente-toi de la fermer et fais en sorte d'exécuter le boulot. »

Un instant plus tard, Denny regardait l'arrière de la Chevrolet de Charley disparaître dans la Cinquante-septième Rue. Il se dirigea vers Columbus Circle, acheta un hot dog et un Coca à un marchand ambulant. Quand il eut fini, il s'essuya la bouche avec le dos de sa main. Il se sentait moins nerveux. Ses doigts caressèrent l'enveloppe volumineuse dans la poche de sa veste.

« J' ferais aussi bien de commencer à gagner ma croûte », marmonna-t-il pour lui-même, et il remonta Broadway vers la Soixante-quatorzième Rue et West End Avenue.

Arrivé devant Schwab House, il flâna nonchalamment dans les parages, nota l'entrée de l'immeuble sur Riverside Drive. Aucune chance qu'elle passe par là. L'entrée sur West End Avenue était plus pratique.

Satisfait, il traversa la rue et s'appuya contre l'immeuble en face. Ça ferait un point d'observation de premier ordre, décida-t-il. La porte s'ouvrit près de lui et un groupe de résidents en sortit. Préférant qu'on ne le remarquât pas, il s'éloigna d'un air désinvolte, calculant qu'il se fondrait dans le paysage dans ses vêtements de pochard pendant qu'il filerait Neeve Kearny.

À quatorze heures trente, alors qu'il se dirigeait vers l'est de la ville, il passa devant une file de gens qui attendaient devant un guichet de cinéma. Ses yeux étroits s'agrandirent. Neeve Kearny se tenait au milieu de la queue, près d'un homme aux cheveux blancs dont Denny reconnut le visage. Son père. Denny hâta le pas, la tête rentrée dans les épaules. Et je ne la cherchais même pas, pensa-t-il. Ça va être le contrat le plus facile à exécuter qui soit.

4.

L E LUNDI matin, Neeve se trouvait dans le hall, les bras à
nouveau chargés des vêtements d'Ethel, lorsque Tse-
Tse, une actrice de vingt-trois ans, sortit en trombe de
l'ascenseur. Ses cheveux blonds bouclés étaient coiffés
comme Phyllis Diller à ses débuts. Elle avait les yeux
maquillés d'ombres violettes et une jolie petite bouche
peinte avec une moue de poupée Barbie. Tse-Tse, née Mary
Margaret McBride, faisait toujours une apparition dans des
spectacles d'avant-garde à Broadway, dont la plupart ne
duraient pas plus d'une semaine.

Neeve était allée la voir plusieurs fois, constatant avec
surprise que Tse-Tse était réellement une bonne actrice.
Tse-Tse pouvait bouger une épaule, avancer une lippe
boudeuse, changer de maintien et devenir littéralement
quelqu'un d'autre. Elle avait une oreille excellente pour
piquer les accents et pouvait passer des inflexions suraiguës
de Butterfly McQueen à la voix rauque et traînante de
Lauren Bacall. Elle partageait un studio dans Schwab
House avec une autre actrice en puissance et augmentait la
maigre pension que lui envoyaient à regret ses parents avec
des petits boulots. Elle avait renoncé à être serveuse et à
promener des chiens et préférait faire des ménages. « Cinquante dollars pour quatre heures, et sans avoir à se balader
avec un ramasse-crottes », avait-elle expliqué à Neeve.

Neeve avait recommandé Tse-Tse à Ethel Lambston et
elle savait que la jeune fille faisait le ménage chez Ethel
plusieurs fois par mois. Elle l'accueillit comme un messager

du ciel. Alors que son taxi arrivait, elle exposa son problème.

« Je suis censée y aller demain », dit Tse-Tse hors d'haleine. « Franchement, Neeve, cet endroit suffit à me donner envie de promener à nouveau des bull-terriers. Je peux le laisser aussi impeccable que possible, je le retrouve toujours en foutoir.

— J'ai vu », dit Neeve d'un air songeur. « Écoute, si Ethel ne vient pas chercher ses affaires aujourd'hui, je te prendrai ici en taxi, demain matin, et nous irons déposer tout ça dans sa penderie. Tu as une clé, je suppose.

— Elle m'en a donné une il y a six mois. Tiens-moi au courant. Salut. »

Tse-Tse envoya un baiser à Neeve et partit dans la rue en courant, flamboyante avec ses boucles dorées, son incroyable maquillage, sa veste de lainage violette, ses collants rouges et ses tennis jaunes.

À la boutique, Betty aida à Neeve à suspendre à nouveau les effets d'Ethel sur le portant des vêtements « En attente », dans l'atelier de retouches.

« Ça dépasse les habituelles inconséquences d'Ethel », dit-elle calmement, un froncement d'inquiétude plissant les rides de son front. « Croyez-vous qu'elle ait pu avoir un accident ? Peut-être devrions-nous signaler sa disparition. »

Neeve empila les boîtes d'accessoires à côté du portant.

« Je peux demander à Myles de vérifier les rapports d'accidents, dit-elle, mais il est trop tôt pour faire état de sa disparition. »

Betty eut un sourire. « Peut-être a-t-elle enfin trouvé un petit ami et est-elle partie quelque part passer un week-end d'amoureux. »

Neeve jeta un coup d'œil par la porte ouverte vers le petit salon. La première cliente était arrivée et une nouvelle vendeuse lui montrait des robes du soir qui ne lui allaient absolument pas. Neeve se mordit les lèvres. Elle avait hérité du caractère emporté de Renata et savait qu'elle devait se contrôler.

« Je l'espère de tout mon cœur pour Ethel », dit-elle, puis, avec un sourire accueillant, elle s'approcha de la cliente et de sa vendeuse : « Marian, vous devriez montrer à Madame la robe de mousseline verte de Della Rosa », dit-elle.

La boutique ne désemplit pas de la matinée. La réceptionniste essaya à plusieurs reprises le numéro de téléphone d'Ethel. Lorsqu'elle signala encore une fois « Pas de réponse », Neeve songea fugitivement que si Ethel avait enfin rencontré l'homme de sa vie, personne ne se réjouirait autant que son ex-mari, qui depuis vingt-deux ans lui envoyait chaque mois sa pension alimentaire.

Lundi était le jour de congé de Denny Adler. Il avait prévu de le passer à filer Neeve Kearny, mais le dimanche soir, il y eut un appel pour lui à la cabine téléphonique dans le couloir de son meublé.

Le gérant de la delicatessen annonça à Denny qu'il avait besoin de lui le lendemain. Le caissier avait été viré.

« J'ai vérifié les livres de comptabilité et le salaud piquait dans la caisse. Je compte sur toi. »

Denny jura en silence. Mais il serait stupide de refuser. « Je viendrai », maugréa-t-il. En raccrochant, il revit Neeve Kearny en pensée, le sourire qu'elle lui avait adressé la veille, quand il lui avait apporté son déjeuner, l'auréole que faisaient ses cheveux noirs autour de son visage, le gonflement de sa poitrine sous le luxueux pull-over. Le Grand Charley avait dit qu'elle se rendait Septième Avenue tous les lundis après-midi. Cela signifiait qu'il était inutile de chercher à la rattraper en sortant du boulot. C'était peut-être aussi bien. Il avait des plans pour lundi soir avec la serveuse du bar d'en face, et n'avait pas envie de les annuler.

Alors qu'il s'engageait dans le couloir humide, froid et

empestant l'urine pour rejoindre sa chambre, il pensa : Tu seras pas une autre enfant du lundi *, Kearny.

L'enfant du lundi avait un joli minois. Mais pas après quelques semaines au cimetière.

Neeve passait habituellement le lundi après-midi Septième Avenue. Elle aimait l'incroyable effervescence du quartier de la confection, les trottoirs bondés, les camions de livraison garés en double file dans les rues étroites, les garçons de courses qui manœuvraient avec agilité des portants de vêtements à travers la circulation, la sensation que tout le monde était pressé, qu'il n'y avait pas de temps à perdre.

Elle avait commencé à venir ici avec Renata, alors qu'elle était à peine âgée de huit ans. Passant outre les objections amusées de Myles, Renata avait pris un travail à mi-temps dans une boutique de vêtements de la Soixante-douzième Rue, à deux blocs de leur immeuble. Peu de temps après, la propriétaire devenue trop âgée lui avait confié la tâche d'acheter les vêtements pour la boutique. Neeve revoyait encore Renata secouer négativement la tête alors qu'un couturier trop insistant cherchait à la convaincre de prendre une tenue plutôt qu'une autre.

« Quand une femme vêtue de cette robe s'assiéra, le corsage fera des plis dans le dos, disait Renata. » Dès qu'une chose lui tenait à cœur, son accent italien réapparaissait. « Une femme devrait s'habiller, se regarder dans la glace, s'assurer qu'elle n'a pas une maille filée, un ourlet décousu, et ensuite oublier ce qu'elle porte sur elle. Ses vêtements doivent lui aller comme une seconde peau. »

Mais elle avait aussi un œil juste pour les nouveaux couturiers. Neeve conservait la broche que l'un d'eux avait offerte à Renata. Elle avait été la première à vendre sa collection. « Ta maman, c'est elle qui m'a fait démarrer »,

---

* Comptine anglaise : *Monday's child is fair of face / Tuesday's child was full of grace / Wednesday's child...*

rappelait volontiers Jacob Gold à Neeve. « Une femme ravissante et qui connaissait la mode. Comme toi. » C'était le plus beau des compliments.

Aujourd'hui, tandis que Neeve parcourait les rues Trente à Quarante Ouest en partant de la Septième Avenue, elle se rendit compte qu'elle était vaguement déprimée. Une tristesse douloureuse pesait sur elle, lancinante. Elle se gourmanda : À ce train, je vais devenir une de ces superstitieuses irlandaises qui trouvent « un signe » dans le premier ennui venu.

Chez Artless, le fabricant de vêtements de sport, elle commanda des blazers de lin et des bermudas assortis.

« J'aime les pastels, murmura-t-elle, mais ils ont besoin d'être rehaussés.

— Nous suggérons ces chemisiers. »

L'employé, son cahier de commandes à la main, désigna un rayon de chemisiers de nylon de couleur claire ornés de boutons blancs.

« Humm... Ils iraient plutôt sous une robe-chasuble d'écolière. » Neeve passa en revue les *showrooms*, et s'arrêta devant un T-shirt de soie multicolore. « Voilà ce que je cherche. » Elle en prit plusieurs avec différents motifs colorés et les mit à côté des ensembles. « Celui-ci avec le pêche ; celui-là avec le mauve. Maintenant, nous avons quelque chose de bien. »

Chez Victor Costa, elle choisit des robes romantiques en mousseline de soie à encolure bateau qui flottaient gracieusement sur leurs portemanteaux. À nouveau, le souvenir de Renata lui traversa l'esprit. Renata dans un velours noir de Victor Costa, prête à se rendre à une réception du premier de l'an avec Myles. Elle portait son cadeau de Noël autour du cou, un collier de perles avec un bouquet de petits diamants.

« Tu ressembles à une princesse, Maman », lui avait dit Neeve. Ce moment s'était imprimé dans sa mémoire. Elle s'était sentie tellement fière d'eux. Myles, droit et élégant avec ses cheveux prématurément blancs ; Renata, si mince, ses cheveux noirs de jais retenus en chignon.

Le premier janvier de l'année suivante, quelques rares personnes étaient venues chez eux. Le père Devin Stanton, aujourd'hui évêque, et Oncle Sal, qui s'efforçait alors de se faire un nom dans la haute couture. Herb Schwartz, l'adjoint de Myles, et sa femme. Renata était morte sept semaines auparavant...

Neeve se rendit compte que l'employé attendait patiemment à côté d'elle. « Je suis dans les nuages, s'excusa-t-elle, et ce n'est pas de saison, n'est-ce pas ? »

Elle passa sa commande, se rendit rapidement chez les trois autres fabricants inscrits sur sa liste et, à la tombée de la nuit, alla faire sa visite habituelle à l'Oncle Sal.

Les showrooms d'Anthony della Salva s'étendaient à présent dans tout le quartier de la confection. Sa ligne de sport se trouvait Trente-septième Rue Ouest. Ses accessoires, Trente-cinquième Rue. Ses bureaux de vente, Sixième Avenue. Mais Neeve savait qu'elle le trouverait dans son bureau principal, Trente-sixième Rue Ouest. C'est là qu'il avait débuté, dans deux pièces minuscules. Aujourd'hui, il occupait trois étages somptueusement aménagés. Anthony della Salva, né Salvadore Esposito, originaire du Bronx, était un couturier du même renom que Bill Blass, Calvin Klein et Oscar de La Renta.

Alors qu'elle traversait la Trente-septième Rue, Neeve se retrouva à son grand déplaisir nez à nez avec Gordon Steuber. Vêtu avec recherche d'une veste de cachemire couleur poil de chameau sur un pull-over Jacquard marron et beige, d'un pantalon brun foncé et de mocassins Gucci, Gordon aurait pu faire une carrière réussie de mannequin avec sa couronne de cheveux bouclés châtains, son visage mince aux traits réguliers, ses épaules carrées et sa taille étroite. Au lieu de cela, il était devenu à l'âge de quarante ans un homme d'affaires habile, doué d'un talent particulier pour découvrir de jeunes couturiers inconnus et les exploiter jusqu'à ce qu'ils puissent se permettre de le quitter.

Grâce à ces jeunes créateurs, sa collection de robes et d'ensembles féminins était excitante et provocante. Il gagnait suffisamment d'argent pour ne pas avoir besoin d'escroquer des travailleurs en situation irrégulière, pensa Neeve en le regardant froidement. Et si, comme l'insinuait Sal, il avait des ennuis avec le fisc, bien fait pour lui !

Ils se croisèrent sans mot dire, mais Neeve eut l'impression que la colère sourdait de toute sa personne. Elle se rappela avoir entendu dire que les gens exhalaient une aura. Je préfère ne pas en connaître la teneur, se dit-elle, et elle se hâta vers le bureau de Sal.

Dès qu'elle aperçut Neeve, la réceptionniste appela le bureau personnel du directeur. Un instant plus tard, Anthony della Salva, « Oncle Sal », apparut sur le seuil de la porte. Son visage de chérubin s'éclaira tandis qu'il se précipitait pour embrasser Neeve.

Neeve sourit à la vue de la tenue de Sal. Il était sa meilleure publicité pour sa collection de printemps pour hommes. Sa version de la tenue de safari était un heureux mélange de combinaison de parachutisme et de Jim la Jungle.

« C'est superbe. On ne verra que ça à East Hampton, le mois prochain, le félicita-t-elle en l'embrassant.

— C'est déjà fait, chérie. Ça fait même fureur à Iowa City. Je suis un peu effrayé. Je dois perdre la main. Viens. Parlons d'autre chose. » En se dirigeant vers son bureau, il s'arrêta pour saluer des acheteurs de province. « Vous n'avez besoin de rien ? Est-ce que Susan prend bien soin de vous ? Parfait, Susan, montrez la collection Moment de Nonchalance. Elle va faire un malheur. Je peux vous l'assurer.

— Oncle Sal, préfères-tu t'occuper de ces gens ? demanda Neeve tandis qu'ils traversaient la salle d'exposition.

— Absolument pas. Ils vont faire perdre deux heures à Susan et finiront par acheter trois ou quatre des ensembles les moins chers. » Avec un soupir de soulagement, il referma la porte de son bureau privé. « Nous n'avons pas arrêté de la journée. Où tous ces gens trouvent-ils l'argent ? J'ai à nouveau augmenté mes prix. Ils sont exorbitants et on se bat pour passer des commandes. »

Il semblait aux anges. Son visage rond s'était empâté ces dernières années, et ses yeux se plissaient jusqu'à disparaître sous ses paupières lourdes. Lui, Myles et l'Évêque avaient grandi dans le même quartier du Bronx, joué au base-ball ensemble, fait leurs études au lycée Christopher Columbus ensemble. On avait peine à croire que Sal aussi avait soixante-huit ans.

Il y avait un assortiment de montres sur son bureau. « Peux-tu imaginer ça ? On vient de nous demander de dessiner des intérieurs de Mercedes modèle réduit pour des gosses de trois ans. À l'âge de trois ans, j'avais un camion rouge d'occasion dont une roue passait son temps à se détacher. À chaque fois, mon père me filait une raclée en m'accusant de ne pas prendre soin de mes jouets. »

Neeve sentit son moral remonter.

« Oncle Sal, je donnerais n'importe quoi pour t'enregistrer. Je ferais fortune en te faisant chanter.

— Tu es trop bonne. Assieds-toi. Prends une tasse de café. Il vient d'être fait, promis.

— Je sais que tu es très occupé, Oncle Sal. Cinq minutes seulement. »

Neeve déboutonna sa veste.

« Veux-tu laisser tomber cette histoire d'" oncle ". Je deviens trop vieux pour qu'on me traite avec respect. » Sal la dévisagea d'un œil critique. « Tu es aussi belle qu'à l'accoutumée. Comment vont les affaires ?

— Formidable !

— Comment se porte Myles ? J'ai appris que Nicky Sepetti a été relâché vendredi. Je suppose que ça le met dans tous ses états.

— Il était inquiet vendredi, et s'est calmé pendant le week-end. Aujourd'hui, je ne sais pas.

— Invite-moi à dîner cette semaine. Je ne l'ai pas vu depuis un mois.

— Entendu. » Neeve regarda Sal verser le café sur un

plateau posé à côté de son bureau. Elle jeta un coup d'œil autour d'elle. « J'adore cette pièce. »

La tenture murale derrière le bureau était une reproduction du motif Barrière du Pacifique, le dessin qui avait fait la célébrité de Sal.

Sal lui avait souvent raconté d'où lui était venue son inspiration pour cette collection.

« Écoute Neeve, je visitais l'Aquarium de Chicago. C'était en 1972. La mode était un vrai désastre cette année-là. On en avait tous assez de la minijupe. Personne n'osait inventer quelque chose de nouveau. Les plus grands couturiers présentaient des ensembles coupés comme des costumes d'homme, des bermudas, des tailleurs près du corps et non doublés. Des couleurs pâles. Des couleurs sombres. Des trucs à volants dignes d'écolières. Rien qui donne envie à une femme de dire : " Je veux ressembler à ça. " Je me promenai dans l'Aquarium et montai à l'étage où se tenait l'exposition de la Barrière du Pacifique. Neeve, on avait l'impression de marcher sous l'eau. Du sol au plafond, il y avait des réservoirs remplis de centaines de poissons exotiques, de plantes, de coraux et de coquillages. Et toutes ces couleurs — on les aurait crues peintes par Michel-Ange. Avec des douzaines et des douzaines de formes, de motifs, chacun unique en son genre. Des bleus argentés ; du corail veiné de rouge. Je me souviens d'un poisson jaune, étincelant comme un soleil matinal, rayé de noir. Et la grâce des mouvements ! Je pensai, si seulement je pouvais reproduire ça sur du tissu ! Je me suis mis aussitôt à mes crayons. J'ai tout de suite su que c'était superbe. J'ai gagné le prix Coty cette année-là. Ce fut un tournant dans la mode. Les ventes furent fantastiques. Plus les licences pour la diffusion et les accessoires. Et tout ça parce que j'ai été assez malin pour copier Mère Nature. »

Il suivit son regard.

« Ce dessin ? Magnifique, hein ? Gai. Élégant. Gracieux. Flatteur. C'est encore aujourd'hui ce que j'ai créé de mieux. Mais ne le dis à personne. Ils ne m'ont pas encore rattrapé. La semaine prochaine, tu auras droit à une avant-première de ma collection d'automne. Mon second coup de génie. Sensationnel. Comment va l'amour de ta vie?

— Il n'y en a pas.

— Et ce type que tu avais invité à dîner il y a deux mois? Il était fou de toi.

— Le fait que tu aies oublié son nom est significatif. Il fait toujours fortune à Wall Steet. Vient d'acheter un Cessna et un appartement à Vail. N'y pense plus. C'était sans le moindre intérêt. Je ne cesse de le répéter à Myles et je te le dis : lorsque l'homme de ma vie se présentera, je le saurai.

— N'attends pas trop longtemps, Neeve. Tu as grandi au milieu d'un roman d'amour de conte de fées, l'histoire de ta mère et de ton père. » Sal avala d'un trait la dernière gorgée de son café. « Pour le commun des mortels, il en va autrement. »

Neeve eut un instant envie de rire à la pensée que dès qu'il se trouvait avec des proches et se laissait aller à l'éloquence, Sal perdait son accent italien raffiné et retrouvait son jargon natal.

Sal continua : « La plupart d'entre nous se rencontrent. Se plaisent un peu. Puis un peu moins. Mais continuent à se voir, et progressivement il se passe quelque chose. Rien de magique. Peut-être seulement de l'amitié. Chacun s'en arrange. Nous n'aimons peut-être pas l'opéra, mais nous allons à l'opéra. Nous détestons courir ou prendre de l'exercice, mais nous nous mettons à jouer au tennis ou à faire du jogging. Puis l'amour s'installe. C'est comme ça pour quatre-vingt-dix pour cent des gens dans le monde, Neeve. Crois-moi.

— Est-ce ainsi que c'est arrivé dans ton cas? demanda doucement Neeve.

— À quatre reprises. » Sal eut un large sourire. « Ne sois pas si impertinente. J'ai un tempérament optimiste. »

Neeve termina son café et se leva, complètement réconfortée.

« Moi aussi, je pense, et tu l'as réveillé. Veux-tu venir dîner mardi?

— Parfait. Et n'oublie pas, je ne suis pas le régime de Myles, et ne me dis pas que j'ai tort. »

Neeve le quitta en l'embrassant, le laissa dans son bureau et traversa rapidement le showroom, examinant d'un œil exercé les modèles présentés sur les mannequins. Rien d'époustouflant, mais du bon travail. Une utilisation subtile de la couleur, des lignes pures, de l'innovation sans trop d'audace. Ils se vendraient très bien. Elle se demanda ce qu'était la collection d'automne de Sal. Était-elle aussi bonne qu'il l'affirmait ?

Elle fut de retour « Chez Neeve » à temps pour discuter de la nouvelle vitrine avec la décoratrice. À dix-huit heures trente, lorsqu'elle ferma la boutique, elle s'astreignit à nouveau à emporter les affaires d'Ethel chez elle. Une fois encore, il n'y avait eu aucun message de celle-ci ; aucune réponse à la demi-douzaine d'appels téléphoniques. Mais il y avait au moins une issue en vue. Demain matin, elle accompagnerait Tse-Tse à l'appartement d'Ethel et y déposerait le tout.

Cette perspective lui remit en mémoire un vers du poignant poème d'Eugène Field « Le Petit Garçon Bleu » : « Il les embrassa et les laissa là. »

Tout en retenant les housses qui lui glissaient des bras, Neeve se rappela que le Petit Garçon Bleu n'avait jamais retrouvé ses jolis jouets.

5.

LE LENDEMAIN matin, Tse-Tse la retrouva dans le hall à huit heures trente précises. Elle avait ses cheveux coiffés en macarons. Une ample cape de velours noir négligemment posée sur ses épaules lui descendait jusqu'aux chevilles. En dessous, elle était vêtue d'un uniforme noir avec un tablier blanc.

« Je viens de décrocher un rôle de femme de chambre dans une nouvelle pièce », confia-t-elle en prenant les boîtes des mains de Neeve. « J'ai pensé que je pourrais répéter. Si Ethel est là, elle va me fiche à la porte en me voyant déguisée. »

Son accent suédois était excellent.

Le vigoureux coup de sonnette resta sans réponse dans l'appartement d'Ethel. Tse-Tse chercha la clé dans son sac. Après avoir ouvert la porte, elle fit un pas de côté et laissa Neeve la précéder. Avec un soupir de soulagement, celle-ci déposa son paquet de vêtements sur le divan et se redressa. « Merci, mon Dieu », murmura-t-elle, puis sa voix s'étrangla.

Un jeune homme musclé se tenait dans le couloir qui menait à la chambre et à la salle de bains. Visiblement en train de s'habiller, il tenait une cravate à la main. Sa chemise blanche et fraîchement repassée n'était pas complètement boutonnée. Ses yeux vert pâle, dans un visage qui aurait pu être attirant avec une expression différente, se plissaient sous l'effet de la contrariété. Ses cheveux encore décoiffés tombaient en boucles sur son front. Au premier instant de surprise succéda chez Neeve l'impression que ces cheveux emmêlés étaient le résultat d'une permanente. Derrière elle, elle entendit Tse-Tse retenir brusquement sa respiration.

« Qui êtes-vous ? demanda Neeve. Et pourquoi n'avez-vous pas répondu au coup de sonnette ?

— Il me semble que c'est à moi de poser la première question. » Le ton était sarcastique. « Et je réponds aux coups de sonnette quand ça me chante. »

Tse-Tse prit la parole :

« Vous êtes le neveu de Mlle Lambston, dit-elle. J'ai vu votre photo. » Sa prononciation avait des pointes d'accent suédois. « Vous êtes Douglas Brown.

— Je sais qui je suis. Auriez-vous l'obligeance de me dire qui *vous* êtes ? » Il avait toujours la même intonation railleuse.

Neeve sentit la colère la gagner.

« Je suis Neeve Kearny, dit-elle. Et voici Tse-Tse. C'est elle qui fait le ménage chez Mlle Lambston. Pourriez-vous me dire où se trouve Mlle Lambston ? Elle disait avoir besoin de ces vêtements pour vendredi, et je ne cesse de les apporter et de les remporter depuis.

— Ainsi, vous êtes Neeve Kearny. » Son sourire se fit insolent. « Chaussures numéro trois avec le costume beige. Porter le sac numéro trois et la boîte de bijoux A. Est-ce que vous faites ça pour toutes vos clientes ? »

Les mâchoires de Neeve se durcirent.

« Mlle Lambston est une très bonne cliente et c'est une femme extrêmement occupée. Et *je* suis une femme très occupée. Est-elle ici, et sinon, quand doit-elle revenir ? »

Douglas Brown haussa les épaules. Un peu de son agressivité le quitta. « Je n'ai aucune idée de l'endroit où se trouve ma tante. Elle m'a demandé de la rejoindre ici, vendredi après-midi. Je devais faire une course pour elle.

— Vendredi après-midi ? interrogea vivement Neeve.

— Oui. Je suis venu et elle n'était pas là. Je possède une clé de l'appartement, je suis entré. Elle n'est jamais venue. J'ai fait mon lit sur le divan et je suis resté. Je viens de perdre ma sous-location et le Y.M.C.A., c'est pas mon truc. »

Il y avait trop de désinvolture dans l'explication. Neeve parcourut la pièce du regard. Une couverture et un oreiller étaient rangés en pile sur un bout du divan où elle venait de déposer les vêtements d'Ethel. Des journaux s'entassaient par terre. Chaque fois qu'elle était venue ici auparavant, il y avait tellement de dossiers et de magazines sur les coussins qu'on ne voyait plus le tissu qui recouvrait le divan. Des coupures de presse jonchaient la table du coin-repas. Parce que l'appartement donnait de plain-pied sur la rue, les fenêtres étaient munies de barreaux, et même ces derniers servaient de classeurs de fortune. Neeve apercevait la cuisine, à l'autre bout de la pièce. Comme à l'accoutumée, la pagaille régnait sur les comptoirs. Les murs étaient couverts au petit bonheur de photos d'Ethel encadrées n'importe comment, des photos découpées dans les journaux et les magazines. Ethel recevant le prix du Magazine de l'Année attribué par la Société américaine des journalistes et des écrivains, récompense pour son article fracassant sur les foyers de l'aide sociale et les logements à l'abandon. Ethel à côté de Lyndon et de Lady Bird Johnson. Elle avait soutenu sa campagne en 1964. Ethel sur le podium du Waldorf, avec le maire auquel *Contemporary Woman* venait de rendre hommage.

Une pensée frappa Neeve.

« Je suis venue vendredi en début de soirée, dit-elle. À quelle heure dites-vous être arrivé ?

— Vers quinze heures. Je ne décroche jamais le téléphone. Ethel ne supporte pas qu'on réponde en son absence.

— C'est vrai », dit Tse-Tse. Pendant un moment elle oublia son accent suédois. Puis il revint. « Ja, ja, c'est vrai. »

Douglas Brown glissa sa cravate autour de son cou. « Je dois partir travailler. Laissez les vêtements d'Ethel, mademoiselle Kearny. » Il se tourna vers Tse-Tse. « Et si vous trouvez un moyen de faire le ménage là-dedans, ce ne serait

67

pas du luxe. Je vais ranger mes affaires dans un coin au cas où Ethel déciderait de nous faire la faveur de son retour. »

Il paraissait pressé de partir, à présent. Il pivota sur lui-même et se dirigea vers la chambre.

« Une minute », dit Neeve. Elle attendit qu'il se retourne. « Vous dites que vous êtes arrivé vendredi vers quinze heures. Vous deviez donc être là quand j'ai essayé de livrer ces vêtements. Voudriez-vous m'expliquer pourquoi vous n'avez pas ouvert la porte ce soir-là ? Cela aurait pu être Ethel qui avait perdu sa clé. Non ?

— À quelle heure êtes-vous venue ?

— Vers dix-neuf heures.

— Je suis sorti chercher quelque chose à manger. Navré. »

Il disparut dans la chambre et referma la porte.

Neeve et Tse-Tse se regardèrent. Tse-Tse haussa les épaules.

« Je ferais bien de me mettre au travail. » Elle prit l'accent chantant. « Zut et flûte, Stockholm serait plus facile à nettoyer que cet endroit avec tout ce fourbi. » Sa voix changea. « Tu ne crois pas qu'il est arrivé quelque chose à Ethel, hein ?

— Je demanderai peut-être à Myles de vérifier les déclarations d'accidents. Mais je dois dire que le charmant neveu ne paraît pas mort d'inquiétude. Lorsqu'il s'en ira, je suspendrai ces affaires dans la penderie d'Ethel. »

Douglas Brown sortit de la chambre à coucher un moment plus tard. Vêtu d'un costume bleu nuit, un imperméable sur le bras, ses cheveux brossés en vagues épaisses, il était séduisant malgré son air boudeur. Il sembla surpris et peu ravi que Neeve fût encore là.

« Je vous croyais très occupée, lui dit-il. Avez-vous l'intention de faire le ménage, vous aussi ? »

Les lèvres de Neeve prirent un pli menaçant.

« J'ai l'intention de suspendre ces vêtements dans la penderie de votre tante, afin qu'elle puisse les avoir sous la main lorsqu'elle en aura besoin, et je compte ensuite m'en aller. » Elle lui tendit brusquement sa carte. « Prévenez-moi si vous avez de ses nouvelles. Moi, en tout cas, je commence à m'inquiéter. »

Douglas Brown jeta un coup d'œil sur la carte et la glissa dans sa poche.

« Je ne vois pas pourquoi. Ça fait deux ans que je vis à New York, et elle m'a fait le coup de la disparition au moins trois fois, s'arrangeant habituellement pour me faire poireauter au restaurant ou ici même. Je me demande si elle n'est pas bonne à enfermer.

— Avez-vous l'intention de rester jusqu'à son retour?

— Je ne vois pas en quoi ça vous regarde, mademoiselle Kearny, mais il est probable que oui.

— Avez-vous une carte de l'endroit où je peux vous joindre durant vos heures de travail? » Neeve sentait la moutarde lui monter au nez.

« Malheureusement, ils n'impriment pas de cartes pour les réceptionnistes, au Cosmic Oil Building. Voyez-vous, comme ma bien-aimée tante, je suis écrivain. Mais contrairement à elle, je n'ai pas encore été découvert par le monde de l'édition, si bien que je gagne de quoi subsister en restant assis au bureau de réception dans le hall du Cosmic et en annonçant les rendez-vous des visiteurs. Ce n'est pas un travail pour surdoué mental, mais Herman Melville était employé à Ellis Island, si mes souvenirs sont exacts.

— Vous prenez-vous pour un nouvel Herman Melville? » Neeve n'essaya pas de dissimuler le sarcasme dans sa voix.

« Non. J'écris des livres d'un genre différent. Mon dernier s'intitule *La Vie spirituelle d'Hugh Hefner**. Jusqu'ici aucun éditeur n'a vu le côté plaisant de la chose. »

Il partit enfin. Neeve et Tse-Tse restèrent un moment silencieuses.

« Il ne me plaît pas, dit enfin Tse-Tse. Et dire que c'est le seul parent de cette pauvre Ethel. »

Neeve fit appel à ses souvenirs.

« Je ne crois pas qu'elle m'en ait jamais parlé.

* Directeur de *Play-Boy*.

69

— Elle lui a téléphoné un jour où je me trouvais là, il y a deux semaines, elle était hors d'elle. Elle a l'habitude de planquer de l'argent un peu partout dans l'appartement et elle pensait qu'une partie avait disparu. Elle l'a pratiquement accusé de l'avoir volé. »

Les pièces poussiéreuses, encombrées, donnèrent soudain à Neeve une sensation de claustrophobie. Il lui tardait de s'en aller. « Allons ranger ces vêtements. »

Si Douglas avait dormi sur le divan la première nuit, il était clair qu'il avait ensuite utilisé la chambre à coucher d'Ethel. Il y avait un cendrier plein de mégots sur la table de nuit. Ethel ne fumait pas. Comme partout ailleurs dans l'appartement, les meubles traditionnels de bois clair étaient des pièces de valeur, mais se fondaient dans le désordre environnant. Des flacons de parfum et une brosse en argent terni, un peigne et un miroir étaient disposés n'importe comment sur la commode. Ethel avait glissé des mémos dans le cadre doré du grand miroir. Plusieurs costumes d'homme, des vestes de sport et des pantalons étaient étalés sur une méridienne recouverte de soie damassée rose. Il y avait une valise d'homme par terre, repoussée sous la méridienne.

« Il n'a tout de même pas eu le culot de déranger la penderie d'Ethel », fit remarquer Neeve.

Sur le mur du fond de la grande chambre, une penderie encastrée prenait toute la longueur de la pièce. Il y a quatre ans, lorsque Ethel l'avait pour la première fois priée de venir inspecter sa penderie, Neeve ne s'était pas étonnée qu'elle n'arrive jamais à assembler ses tenues. Il lui fallait davantage d'espace de rangement. Trois semaines plus tard, Ethel avait invité Neeve à revenir. Elle l'avait conduite jusqu'à sa chambre, toute fière de sa nouvelle acquisition, une penderie sur mesure qui lui avait coûté dix mille dollars. Elle contenait des tringles basses pour les chemisiers, des tringles hautes pour les robes du soir. Elle était divisée en plusieurs sections, les manteaux pendus dans l'une, les tailleurs et ensembles dans l'autre, les robes d'après-midi dans une troisième. Il y avait des étagères pour les pull-overs et les sacs ; des rangements pour les chaussures ; un compartiment pour les bijoux avec des rallonges de cuivre en forme de branches d'arbres où l'on enfilait les colliers et les bracelets. Une paire de mains en plastique à l'air macabre se dressait en un geste de prière, les doigts séparés.

Ethel les avait fait remarquer à Neeve. « Est-ce qu'elles ne donnent pas l'impression de vouloir vous étrangler ? » avait-elle demandé avec jubilation. « Elles servent de support pour les bagues. J'ai dit au type qui fabrique ces penderies que je gardais tous mes bijoux dans des boîtes étiquetées, mais il a tenu à les laisser quand même. Un jour, je regretterais de ne pas les avoir prises, m'a-t-il dit. »

Contrairement au reste de l'appartement, la penderie était dans un ordre parfait. Les vêtements étaient pendus sans un pli sur leurs cintres recouverts de satin, les fermetures à glissère remontées, les vestes boutonnées. « Depuis le jour où tu as commencé à l'habiller, les gens ne cessent de s'exclamer sur les tenues d'Ethel », fit remarquer Tse-Tse. « Elle est aux anges. » À l'intérieur des portes, Ethel avait collé les listes composées par Neeve, avec les accessoires correspondant à chaque ensemble.

« Je suis venue tout vérifier avec Ethel le mois dernier, murmura Neeve. Nous avons fait de la place pour ses nouveaux achats. » Elle posa les vêtements sur le lit et commença à retirer les housses de plastique. « Bon, je vais ranger tout ça et compléter la liste, comme je le fais quand elle est là. »

Tandis qu'elle triait et suspendait les nouveaux vêtements, elle vérifia le contenu de la penderie. La zibeline d'Ethel. Sa veste de loutre grise. Le manteau-redingote de cachemire rouge. Le Burberrys. La cape à chevrons. Le manteau croisé blanc avec un col en lynx. Le pardessus de cuir ceinturé. Puis venaient les tailleurs. Les Donna Karan, les Beenes, les... Neeve s'interrompit, deux nouveaux tailleurs dans la main.

« Attends un peu », dit-elle. Elle examina le dessus de l'étagère. Elle savait que les bagages Vuitton d'Ethel comprenaient quatre valises assorties. Une penderie portative avec des poches zippées, un vaste fourre-tout, une grande valise et une autre de taille moyenne. La penderie portative, le fourre-tout et une des valises manquaient. « Cette bonne vieille Ethel », dit Neeve tout en rangeant les nouveaux tailleurs. « Elle est vraiment partie. Le tailleur beige à col de vison n'est plus là. » Elle se mit à passer les portemanteaux en revue. Le tailleur de lainage blanc, l'ensemble de tricot vert, l'imprimé noir et blanc. « C'est incroyable, elle a fait ses bagages et elle a filé ! Je l'étranglerais volontiers de mes mains. » Elle repoussa ses cheveux sur son front. « Regarde », dit-elle, en désignant la liste épinglée sur la porte et les places vides sur les étagères. « Elle a emporté tout ce qu'il lui fallait pour se faire belle. Je parie qu'avec ce temps de chien, elle a décidé de ne prendre aucune tenue légère. Très bien. Où qu'elle se trouve, j'espère qu'il y fera 40°. *Che noiosa ! spero che muoia di caldo !*

— Du calme Neeve, dit Tse-Tse. Dès que tu te mets à parler italien, tu perds ton contrôle. »

Neeve haussa les épaules.

« Qu'elle aille au diable. J'enverrai la facture à son comptable. Lui au moins a la tête vissée sur les épaules. Il n'oublie jamais de régler à temps. » Elle regarda Tse-Tse. « Et toi ? Est-ce que tu comptais être payée aujourd'hui ? »

Tse-Tse secoua la tête.

« La dernière fois, elle m'a payée à l'avance. Ça va. »

De retour à la boutique, Neeve raconta à Betty ce qui était arrivé.

« Vous devriez lui envoyer la note du taxi et de l'assistance à domicile, dit Betty. Cette femme dépasse les bornes. »

À midi, lorsque Neeve parla à Myles au téléphone, elle lui raconta son histoire.

« Quand je pense que je voulais te demander de vérifier les déclarations d'accidents, dit-elle.

— Écoute, si un train voyait cette femme sur son passage, il déraillerait pour l'éviter », répliqua Myles.

Mais pour une raison quelconque, l'irritation de Neeve ne dura pas. Il y avait quelque chose d'anormal dans le départ subit d'Ethel. Un sentiment d'angoisse s'empara d'elle. Il ne l'avait pas quittée lorsqu'elle eut fermé la boutique à dix-huit heures trente et qu'elle courut au cocktail donné par le *Women's Wear Daily* au St. Regis. Dans le chatoiement de la foule vêtue à la dernière mode, elle repéra Toni Mendell, l'élégante rédactrice en chef de *Contemporary Woman*, et se précipita vers elle.

« Savez-vous pour combien de temps Ethel s'est absentée ? parvint-elle à lui demander dans le brouhaha.

— Je suis surprise de ne pas la voir ici, lui dit Toni. Elle avait dit qu'elle viendrait, mais nous connaissons tous Ethel.

— Quand son article sur la mode doit-il sortir ?

— Elle l'a rendu jeudi matin. J'ai dû demander à nos avocats de s'assurer que nous ne risquions pas d'être poursuivis. Ils nous ont obligés à couper certains passages, mais c'est encore formidable. Vous avez entendu parler du contrat qu'elle a signé chez Givvons and Marks ?

— Non. »

Un serveur présenta des canapés, saumon fumé et caviar sur toasts. Neeve se servit. Toni refusa avec une moue maussade.

« Maintenant que la taille fine revient à la mode, je ne peux même plus me permettre une olive. » Toni faisait du 38. « Toujours est-il que l'article d'Ethel porte sur les grandes tendances qui ont marqué les cinquante dernières années et sur les couturiers qui les ont lancées. Disons-le franchement, c'est un sujet battu et rebattu, mais vous savez comment est Ethel ! Tout devient drôle et méchant sous sa plume. Puis, il y a deux semaines, elle est devenue terriblement mystérieuse. Et j'apprends le lendemain qu'elle s'est ruée dans le bureau de Jack Campbell et l'a persuadé de signer un contrat pour un livre sur la mode avec une avance à six chiffres. Elle a dû partir l'écrire quelque part.

— Mon chou, tu es divine! s'exclama une voix derrière Neeve.

Le sourire de Toni révéla chacune de ses dents impeccablement refaites.

« Carmen, j'ai laissé une douzaine de messages pour toi! Où te cachais-tu? »

Neeve fit mine de s'écarter, mais Toni l'arrêta :

« Neeve, Jack Campbell vient d'arriver. C'est ce grand type en costume gris. Peut-être saura-t-il où joindre Ethel. »

Le temps que Neeve soit parvenue à traverser la pièce, Jack Campbell était déjà entouré d'un tas de gens. Elle attendit, écoutant les félicitations qu'on lui adressait. D'après ce qu'elle perçut de la conversation, elle en conclut qu'il venait d'être nommé président des éditions Givvons and Marks, qu'il avait acheté un appartement Cinquante-deuxième rue Est, et se réjouissait à l'idée de vivre à New York.

Elle lui donna un peu moins de quarante ans, ce qui était jeune pour ce poste. Ses cheveux bruns étaient coupés court. Ils boucleraient sans doute s'ils étaient plus longs, se dit-elle. Il avait la silhouette élancée et nerveuse d'un coureur, le visage mince, les yeux du même brun que ses cheveux. Son sourire semblait sincère. Il creusait des petites pattes-d'oie au coin de l'œil. Elle aima la façon dont il penchait la tête pour écouter l'éditeur âgé qui lui parlait et se tournait ensuite vers quelqu'un d'autre sans paraître grossier.

L'art et la manière, pensa Neeve; le genre de choses que font naturellement les hommes politiques, mais peu d'hommes d'affaires.

Il lui fut possible de rester à l'observer sans paraître indiscrète. Qu'y avait-il chez Jack Campbell qui lui paraissait familier? Quelque chose. Elle l'avait déjà rencontré auparavant. Mais où?

Un serveur passait et elle accepta un autre verre de vin. Le second et le dernier, mais boire lui donnait une contenance.

« Vous êtes Neeve, n'est-ce pas? »

Au moment où elle lui avait tourné le dos, Jack Campbell s'était approché d'elle. Il se présenta :

« Chicago, il y a six ans. Vous reveniez d'un séjour aux sports d'hiver, et j'étais en voyage d'affaires. Nous avons commencé à parler cinq minutes avant l'atterrissage de l'avion. Vous étiez tout excitée à l'idée d'ouvrir une boutique de mode. Comment cela a-t-il marché ?

— Très bien. » Neeve se rappelait vaguement leur conversation. Elle était sortie en trombe de l'avion pour attraper sa correspondance. Ils avaient parlé de leur travail. C'est ça. « Ne veniez-vous pas d'entrer chez un nouvel éditeur ?

— Si.

— Apparemment, c'était le bon choix.

— Jack, j'aimerais vous présenter certaines personnes. » La rédactrice en chef de *Contemporary Woman* le tirait par la manche.

« Je ne voudrais pas vous importuner, dit rapidement Neeve, mais juste une question. J'ai entendu dire qu'Ethel Lambston écrivait un livre pour vous. Savez-vous où je peux la joindre ?

— J'ai son numéro personnel. Cela peut-il vous aider ?

— Merci, mais je l'ai aussi. » Neeve leva la main dans un geste rapide d'excuse. « Je ne veux pas vous retenir. »

Elle tourna les talons et se glissa dans la foule, soudain lasse du brouhaha et fatiguée de sa journée.

Il y avait l'habituel attroupement de gens en train d'attendre un taxi devant le St. Regis. Neeve haussa les épaules, marcha vers la Cinquième Avenue et se dirigea vers le haut de la ville. Il faisait bon. Peut-être couperait-elle par le parc. Rentrer chez elle à pied lui éclaircirait les idées. Mais à la hauteur de l'entrée sud de Central Park, un taxi s'arrêta devant elle et déposa un client. Elle hésita, puis tint la porte et monta dans la voiture. Soudain, la perspective de marcher deux kilomètres supplémentaires perchée sur des talons hauts la rebutait.

Elle ne vit pas l'expression de frustration sur le visage de Denny. Il avait patiemment attendu à l'extérieur du St. Re-

75

gis et l'avait suivie dans la Cinquième Avenue. Quand elle avait commencé à se diriger vers le parc, il avait cru le moment enfin venu.

À deux heures du matin, Neeve se réveilla d'un sommeil profond. Elle avait rêvé. Elle se tenait devant la penderie d'Ethel, en train d'établir une liste.

Une liste.

« J'espère qu'elle meurt de chaud, où qu'elle soit. »

C'était ça. Les manteaux. La zibeline. La veste. La cape. Le Burberrys. Le manteau croisé. La redingote. Ils étaient tous là.

Ethel avait rendu son article jeudi. Personne ne l'avait vue vendredi. Il avait fait un vent et un froid de tous les diables pendant ces deux jours-là. Il y avait eu une tempête de neige vendredi. Mais chacun des manteaux d'hiver d'Ethel était à sa place, dans sa penderie...

Nicky Sepetti frissonna dans le cardigan torsadé que sa femme lui avait tricoté l'année où il était parti en prison. Il allait encore de carrure, mais bâillait au milieu. Nicky avait perdu quinze kilos en prison.

Il n'y avait qu'un bloc d'immeubles de chez lui jusqu'à la promenade. Secouant la tête avec impatience au souvenir des recommandations de sa femme — « Mets une écharpe, Nicky. Tu as oublié que le vent de l'océan est fort. » —, il ouvrit la porte principale et la referma derrière lui. L'odeur de l'air salé lui piqua les narines et il l'aspira avec bonheur. Lorsqu'il était môme, à Brooklyn, sa mère l'emmenait souvent en autobus se baigner à Rockaway Beach. Il y a trente ans, il avait acheté une maison à Belle Harbor comme résidence d'été pour Marie et les enfants. Elle s'y était complètement installée après sa condamnation.

Dix-sept ans qui avaient pris fin vendredi dernier ! Sa première gorgée d'air frais hors des murs de la prison lui serra douloureusement la poitrine. « Évitez le froid », l'avaient prévenu les médecins.

Marie avait préparé un copieux dîner, en signe de « Joyeux retour à la maison, Nicky ». Il était tellement claqué qu'il était allé se coucher à la moitié du repas. Les enfants avaient téléphoné. Nick Junior et Tessa. « Papa, on t'aime », avaient-ils dit.

Il n'avait pas voulu qu'ils lui rendent visite à la prison. Tessa venait de rentrer à l'université quand on l'avait embarqué. Aujourd'hui, elle avait trente-cinq ans, deux enfants, et elle vivait en Arizona. Son mari l'appelait Theresa. Nick Junior avait pris le nom de Damiano, le nom de jeune fille de Marie. Nicholas Damiano, expert-comptable dans le Connecticut.

« Ne venez pas tout de suite », leur avait conseillé Nicky. « Attendez que la presse ne rôde plus aux alentours. »

Pendant tout le week-end, Marie et lui étaient restés dans la maison, deux étrangers silencieux, tandis que les caméras de télévision attendaient qu'il sorte.

Mais ce matin, ils étaient partis. Une affaire ancienne. Voilà tout ce qu'il était. Un ex-détenu malade. Nicky respira l'air salé et le sentit emplir ses poumons.

Un type chauve dans une de ces incroyables tenues de jogging courait dans sa direction. Il s'arrêta. « Content de vous voir, monsieur Sepetti. Vous avez l'air en pleine forme. »

Nicky se renfrogna. Il n'avait pas envie d'écouter leur blabla. Il *savait* à quoi il ressemblait. Après avoir pris sa douche, à peine une demi-heure auparavant, il s'était examiné attentivement et sans complaisance dans la glace de la salle de bains. Plus un poil sur le sommet du crâne, malgré une couronne encore épaisse sur les côtés. Au début de son temps de prison, il avait une crinière noire striée d'argent : poivre et sel, comme disait le coiffeur. Ce qu'il en restait était grisâtre ou blanc sale, au choix. Le reste de l'examen ne l'avait pas davantage réjoui. Des yeux à fleur de tête qu'il n'avait jamais aimés, même lorsqu'il était jeune et plutôt joli garçon. Ils saillaient comme des billes, aujourd'hui. Une légère cicatrice sur la joue rougissait sur sa peau blême. La perte de poids ne l'avait pas rendu mince. Au contraire, il avait l'air d'un oreiller qui a perdu la moitié de ses plumes. Un homme frisant la soixantaine. Il était entré en prison à quarante-deux ans.

« Ouais, je suis en pleine forme, dit-il. Merci. »

Il savait que le type qui lui barrait le chemin sur le trottoir, le fixant avec un sourire béat et plein de dents, habitait deux ou trois maisons plus haut, mais il avait oublié son nom.

L'irritation avait dû percer dans sa voix. L'homme sembla embarrassé.

« Bon. Ravi que vous soyez de retour. » Son sourire était forcé, à présent. « Belle journée, hein ? Un peu fraîche, mais on sent pointer le printemps. »

Si je veux des prévisions météo, je peux allumer la radio, pensa Nicky, puis il leva la main en un geste de salut.

« Oui, oui », marmonna-t-il, et il marcha d'un pas rapide jusqu'à la promenade.

Le vent avait fouetté la mer en une masse d'écume moutonnante. Nicky se pencha par-dessus le garde-fou, se souvenant combien il aimait se laisser porter par les vagues lorsqu'il était enfant. Sa mère ne cessait de brailler : « Ne va pas si loin. Tu vas te noyer. »

Il se détourna avec impatience et se dirigea vers Beach Quatre-vingt-dix-huitième Rue. Il marcherait jusqu'à l'endroit où l'on apercevait les montagnes russes, puis reviendrait sur ses pas. Les gars allaient venir le chercher. Ils se rendraient d'abord au club et iraient ensuite déjeuner Mulberry Street pour fêter son retour. Un signe de considération à son égard, mais il ne se faisait pas d'illusions. Dix-sept ans représentaient une trop longue absence. Ils s'étaient mis sur des coups que Nicky ne leur aurait jamais permis de toucher. La rumeur avait couru qu'il était malade. Ils exécuteraient ce qu'ils avaient commencé durant ces dernières années. Le reléagueraient gentiment. À prendre ou à laisser.

Joey avait été condamné en même temps que lui. Même

durée de peine. Mais Joey était sorti au bout de six ans. C'était lui qui avait pris la tête du clan, maintenant.

Myles Kearny. C'est à Kearny qu'il devait ces douze années supplémentaires.

Nicky baissa la tête, luttant contre le vent, s'efforçant d'admettre deux réalités difficiles à avaler. Ses enfants avaient beau affirmer qu'ils l'aimaient, ça n'empêchait pas qu'il les mettait dans l'embarras. Lorsque Marie allait rendre visite à ses amis, elle leur disait qu'elle était veuve.

Tessa. Elle l'adorait quand elle était petite. Peut-être avait-il eu tort de refuser qu'elle lui rende visite pendant toutes ces années. Marie allait la voir régulièrement. Hors d'ici, et dans le Connecticut, Marie se faisait appeler Mme Damiano. Il avait envie de voir les enfants de Tessa. Mais son mari préférait qu'il attende.

Marie. Nicky sentait qu'elle lui reprochait ces longues années d'attente. C'était pire que du ressentiment. Elle s'efforçait de paraître joyeuse en sa présence, mais son regard restait froid et voilé. Il pouvait lire en elle : « À cause de toi, Nicky, même pour nos amis nous avons été des étrangers. » Marie n'avait que cinquante-quatre ans et en paraissait dix de plus. Elle travaillait au bureau du personnel de l'hôpital. Elle n'en avait pas besoin financièrement, mais elle lui avait dit : « Je ne peux pas rester assise à la maison à contempler les quatre murs. »

Marie. Nick Junior, non, *Nicholas*, Tessa, non, *Theresa*. Auraient-ils été vraiment tristes s'il avait succombé à une crise cardiaque en prison ? S'il avait été relâché au bout de six ans comme Joey, peut-être n'aurait-il pas été trop tard. Trop tard pour tout. Ces années supplémentaires, il les devait à Myles Kearny, et il y pourrirait encore s'ils avaient pu trouver un moyen de le garder plus longtemps.

Nicky avait dépassé la Quatre-vingt-dix-huitième Rue quand il se rendit compte que l'édifice de bois des anciennes montagnes russes n'était plus là. On l'avait démoli. Il fit demi-tour et revint sur ses pas, enfonçant ses mains glacées dans ses poches, courbant les épaules contre le vent. Un goût de bile lui montait à la bouche, masquant la saveur fraîche et salée de l'océan sur ses lèvres...

La voiture l'attendait lorsqu'il rentra chez lui. Louie était au volant. Louie, le seul en qui il pourrait toujours avoir confiance. Louie qui n'oubliait pas les services rendus. « À votre disposition, Don Sepetti, dit Louie. Ça fait plaisir de vous redire ça. » Louie était sincère.

Nicky vit l'expression fugitive de résignation dans le regard de Marie quand il pénétra dans la maison et ôta son chandail pour enfiler une veste. Il se souvint du jour, au lycée, où on lui avait demandé de faire un compte rendu de lecture. Il avait choisi l'histoire d'un type qui disparaît et que sa femme croit mort. « Elle s'installa confortablement dans son existence de veuve. » Marie s'était confortablement installée dans une vie sans lui.

Regardons les choses en face. Elle aurait préféré qu'il ne revienne pas. Ses enfants auraient été soulagés s'il avait disparu de la circulation, comme Jimmy Hoffa. Mieux, ils auraient aimé une mort simple, propre, naturelle, une de celles qui ne nécessiteraient pas d'explication pour leur progéniture, plus tard. Si seulement ils savaient combien ils étaient près de voir leurs problèmes résolus.

« Voudras-tu dîner à ton retour? demanda Marie. Je dis ça parce que je suis de garde de midi à neuf heures du soir. Veux-tu que je te laisse quelque chose dans le réfrigérateur?

— Laisse tomber. »

Il resta silencieux pendant qu'ils roulaient sur l'autoroute de Fort Hamilton, traversaient le tunnel de Brooklyn-Battery, arrivaient dans le bas de Manhattan. Au club, rien n'avait changé. Toujours la même devanture crasseuse à l'extérieur. À l'intérieur, la table de jeu et les chaises étaient prêtes à accueillir les joueurs; il retrouva la grosse machine à espresso ternie, le téléphone dont tout le monde savait qu'il était sur écoute.

La seule différence était l'attitude du clan. Bien sûr, ils se pressèrent tous autour de lui, lui présentèrent leurs respects, sourirent, des sourires factices de bienvenue. Mais il n'était pas dupe.

Il fut heureux quand vint l'heure de se rendre Mulberry Street. Mario, le propriétaire du restaurant, parut sincèrement heureux de le revoir. La salle privée était préparée à leur intention. Les pâtes et les entrées étaient celles qu'il préférait avant son incarcération. Nicky commença à se détendre, sentit revenir en lui un peu de son énergie ancienne. Il attendit que le dessert fût servi, des *cannoli* accompagnés d'un espresso noir et fort, avant d'examiner l'un après l'autre les visages des dix hommes assis autour de lui, comme deux rangées identiques de soldats de plomb. Il hocha la tête, regardant ceux qui se trouvaient sur sa droite, puis ceux qui étaient à sa gauche. Deux parmi eux étaient nouveaux pour lui. Le premier lui parut correct. L'autre portait le nom de « Carmen Machado ».

Nicky l'examina attentivement. La trentaine, des cheveux et des sourcils épais et noirs, le nez pointu, maigre mais vigoureux. Faisait partie du clan depuis trois, quatre ans. En taule pour vol de voiture quand Alfie avait fait sa connaissance, dirent-ils. Instinctivement, Nicky ne lui fit pas confiance. Il cuisinerait Joey pour voir ce qu'ils savaient réellement sur lui.

Ses yeux s'arrêtèrent sur Joey. Joey, sorti au bout de six ans, et qui avait pris le commandement pendant que lui, Nicky, restait à l'ombre. Le visage rond de Joey était creusé de rides qui passaient pour un sourire. Joey ressemblait au chat qui a avalé le canari.

Sa poitrine le brûlait. Soudain le dîner lui pesait sur l'estomac.

« Bon, raconte-moi », ordonna-t-il à Joey. « Quels sont tes projets ? »

Joey continuait à sourire.

« Avec tout le respect que je te dois, j'ai de grandes nouvelles pour toi. Nous savons tous ce que tu ressens pour ce fils de putain de Kearny. Écoute. Il y a un contrat lancé pour éliminer sa fille. Et *ce n'est pas nous*. Steuber veut sa peau. C'est presque un cadeau pour toi. »

Nicky bondit sur sa chaise et tapa du poing sur la table. Blême de rage, il martela le plateau de chêne.

« Pauvres cons ! hurla-t-il. Vous n'êtes qu'une bande d'empaillés ! Débrouillez-vous pour le résilier. » Il eut une impression fugace en regardant Carmen Machado, et sut soudain qu'il était en présence d'un flic. « Faites-le résilier. Je vous dis de l'annuler, compris ? »

La physionomie de Joey refléta tour à tour la peur, l'inquiétude et la pitié.

« Nicky, tu sais bien que c'est impossible. Personne ne peut annuler un contrat. Il est trop tard. »

Quinze minutes plus tard, à côté d'un Louie silencieux au volant, Nicky regagnait Belle Harbor. Des élancements lui brûlaient la poitrine. Les cachets de Trinitrine sous sa langue restaient sans effet. La gosse de Kearny une fois butée, les flics n'auraient de cesse de lui mettre ça sur le dos et Joey le savait.

Il avait été idiot de prévenir Joey à propos de Machado, se dit-il sombrement. « Impossible que ce type ait travaillé en Floride pour le gang Palino », avait-il dit à Joey. « Tu n'as même pas songé à te renseigner, hein ? Espèce de crétin, chaque fois que tu ouvres la bouche, c'est pour vider ton sac à un flic. »

Le mardi matin, Seamus Lambston se réveilla après quatre heures d'un sommeil hanté par de mauvais rêves. Il avait fermé le bar à deux heures et demie, lu le journal pendant un moment et s'était glissé dans le lit en s'efforçant de ne pas déranger Ruth.

Lorsque les filles étaient petites, il était capable de dormir tard, de se rendre au bar vers midi, de revenir à la maison pour dîner tôt en famille et de repartir ensuite jusqu'à la fermeture. Mais ces dernières années, les affaires marchant de plus en plus mal, avec une régularité implacable, et le loyer doublant avec la même constance, il avait laissé partir les barmen et les serveurs, réduisant le menu à quelques sandwiches. Il faisait tous les achats lui-même, se rendait sur place vers huit heures ou huit heures trente et, hormis un rapide dîner à la maison, restait jusqu'à l'heure de fermeture. Et malgré ça, il ne se maintenait pas la tête hors de l'eau.

Le visage d'Ethel l'avait poursuivi en rêve. Ses yeux qui lui sortaient de la tête quand elle se mettait er colère. Le sourire railleur qu'il avait supprimé.

En arrivant chez elle dans l'après-midi du jeudi, il lui avait montré une photo des filles. « Ethel, avait-il supplié, regarde-les. Elles ont besoin de l'argent que je te donne. Laisse-moi une chance. »

Elle avait pris la photo, l'étudiant attentivement. « Elles devraient être mes filles », avait-elle dit en la lui rendant.

L'appréhension lui serrait l'estomac, à présent. La pension alimentaire devait être versée le cinq. Demain. Oserait-il ne pas faire le chèque ?

Il était sept heures trente. Ruth était déjà levée. Il entendait le bruit de la douche. Il sortit du lit et alla dans la pièce qui servait à la fois de salon et de bureau. Les premiers rayons du soleil l'éclairaient déjà crûment. Il s'assit devant le bureau à cylindre qui était dans sa famille depuis trois générations. Ruth le détestait. Elle aurait aimé remplacer tous ces vieux meubles encombrants par un mobilier moderne dans des teintes douces, légères. « Tu as laissé à Ethel la totalité de tes meubles de valeur quand tu as divorcé, et j'ai dû me contenter des horreurs que possédait ta mère. Les seuls meubles neufs que j'aie jamais eus, ce furent les berceaux et les lits pour les filles, et ils ne ressemblaient en rien à ce que j'aurais voulu pour elles. »

Seamus repoussa l'angoissante décision concernant le chèque d'Ethel en s'acquittant des autres. Le gaz et l'électricité, le loyer, le téléphone. Ils avaient renoncé à la télévision câblée six mois auparavant. Une économie de vingt-deux dollars par mois.

Le bruit de la cafetière que Ruth mettait à chauffer lui parvint de la cuisine. Quelques minutes plus tard, Ruth entra dans le salon, avec un verre de jus d'orange et une tasse de café fumant sur un petit plateau. Elle souriait, et durant un instant il revit la douce et jolie jeune femme qu'il avait épousée trois mois après son divorce. Ruth était avare de gestes tendres, mais elle se pencha et l'embrassa sur le sommet du crâne en posant le plateau sur le bureau.

« Ça commence vraiment à me faire de l'effet de te voir régler les factures du mois, dit-elle. Plus d'argent pour Ethel. Ô, Seigneur ! Seamus, nous allons enfin pouvoir respirer. Fêtons ça ce soir. Trouve quelqu'un pour te remplacer. Nous n'avons pas dîné dehors depuis des mois. »

Seamus sentit les muscles de son estomac se tordre. La forte odeur du café lui donna soudain la nausée.

« Chérie, j'espère seulement qu'elle ne va pas changer d'avis, bredouilla-t-il. Je n'ai encore rien obtenu de signé. Crois-tu que je devrais envoyer le chèque comme d'habitude et la laisser le retourner ? Il me semble que ce serait mieux. Nous aurions quelque chose de légal, je veux dire la preuve de son accord pour que je cesse les paiements. »

Sa voix s'étrangla brusquement tandis qu'une gifle magistrale lui repoussait la tête sur l'épaule gauche. Il leva les yeux et frémit devant l'indignation meurtrière peinte sur le visage de Ruth. Il avait vu ce regard sur un autre visage à peine quelques jours auparavant. Puis deux plaques rouges apparurent sur les pommettes de Ruth et des larmes de lassitude gonflèrent dans ses yeux.

« Seamus, pardonne-moi. Je n'ai pas voulu te frapper. » Sa voix se brisa. Elle se mordit les lèvres et redressa ses épaules. « Mais *plus de chèques*. Qu'elle tente seulement de revenir sur sa parole. Je la tuerai de mes propres mains plutôt que te laisser lui payer encore un nickel. »

6.

LE VENDREDI matin, Neeve parla à Myles de son inquiétude au sujet d'Ethel. Tout en étalant d'un air préoccupé du fromage fondu sur un petit pain grillé, elle lui fit part des pensées qui l'avaient gardée éveillée la moitié de la nuit.

« Ethel est assez tête en l'air pour prendre un avion sans sa nouvelle garde-robe, mais elle avait fixé un rendez-vous à son neveu vendredi dernier.

— C'est du moins ce qu'il dit, l'interrompit Myles.

— En effet. Je sais pourtant qu'elle a rendu son article jeudi. Il faisait un froid de loup ce jour-là, et il s'est mis à neiger, en fin de journée. Vendredi, on se serait cru en plein hiver.

— On dirait un compte rendu de météo, fit remarquer Myles.

— Tu n'es pas drôle, Myles. Quelque chose ne tourne pas rond dans cette histoire. J'ai trouvé tous les manteaux d'Ethel dans sa penderie.

— Neeve, cette femme est indestructible. J'imagine parfaitement Dieu et le diable en train de se la refiler : " Prends-la, elle est à toi. " » Myles sourit, ravi de sa plaisanterie.

Neeve lui fit une grimace, exaspérée de ce qu'il ne prît pas son inquiétude au sérieux, mais heureuse de lui trouver ce ton badin. La fenêtre de la cuisine était entrouverte et laissait passer la brise qui soufflait de l'Hudson. Un léger effluve marin masquait presque les habituelles vapeurs des pots d'échappement des milliers de voitures qui roulaient sur la voie express Henry Hudson. La neige fondait avec la même rapidité qu'elle était apparue. Le printemps flottait dans l'air et c'était peut-être pour cette raison que Myles semblait avoir retrouvé son tonus. À moins qu'il n'y ait autre chose?

Neeve se leva, se dirigea vers la cuisinière, prit la cafetière et emplit à nouveau leurs deux tasses.

« Tu parais d'humeur bagarreuse, aujourd'hui, fit-elle remarquer. Cela signifie-t-il que tu as cessé de te ronger les sangs au sujet de Nicky Sepetti?

— Disons simplement que j'ai parlé à Herb et que je suis content que Nicky ne puisse se brosser les dents sans qu'un de nos gars jette un coup d'œil dans sa bouche.

— Je vois. » Neeve préféra ne pas poser de plus amples questions. « Bon, du moment que tu arrêtes de te faire du souci pour moi. » Elle regarda sa montre. « Je dois y aller. » À la porte de la cuisine, elle hésita. « Myles, je connais la garde-robe d'Ethel comme ma poche. Ethel s'est volatilisée jeudi ou vendredi par un froid glacial, sans manteau. Peux-tu expliquer ça? »

Myles s'était plongé dans la lecture du *Times*. Il reposa son journal, l'air patient.

« Jouons aux suppositions, proposa-t-il. Supposons qu'Ethel ait vu un manteau dans la vitrine d'une autre boutique et décidé que c'était exactement ce dont elle rêvait. »

Le jeu des « suppositions » avait commencé un jour où Neeve, alors âgée de quatre ans, avait pris sans autorisation une bouteille de Coca. Elle avait levé la tête derrière la porte ouverte du réfrigérateur, où elle buvait avec délices la dernière goutte, et vu Myles qui la regardait d'un air sévère. « J'ai une bonne idée, Papa », avait-elle dit à la hâte. « Si on jouait aux suppositions? Supposons que le Coca est du jus de pomme. »

Neeve se sentit soudain ridicule.

« Voilà pourquoi tu es policier et pourquoi je dirige une boutique de mode », dit-elle.

Mais le temps de prendre une douche et d'enfiler une veste épaulée de cachemire chocolat, avec des poignets à revers, sur une jupe droite de lainage noir, elle avait repéré la faille dans le raisonnement de Myles. Il y a longtemps que le Coca ne se transformait plus en jus de pomme et aujourd'hui elle aurait parié toute sa fortune qu'Ethel n'avait pas acheté un manteau ailleurs que chez elle.

Le mercredi matin, Douglas Brown se réveilla tôt et commença à prendre ses aises dans l'appartement d'Ethel. À son retour du travail la veille au soir, il avait eu l'agréable surprise de le trouver briqué comme un sou neuf et aussi raisonnablement rangé que possible, étant donné les piles de papiers d'Ethel. Il avait déniché quelques plats surgelés dans le congélateur, choisi des lasagnes et siroté une bière fraîche pendant qu'elles réchauffaient. Le poste de télévision d'Ethel était un de ces énormes modèles d'un mètre de large et il avait installé un plateau dans le living-room et mangé tout en regardant le programme.

À présent, étendu avec volupté sur le lit à baldaquin aux draps de soie, il examinait le contenu de la chambre. Sa valise était encore sur la méridienne, ses costumes étalés par-dessus. Qu'elle aille se faire foutre. Ce ne serait pas malin d'utiliser sa précieuse penderie, mais il n'avait aucune raison de ne pas ranger ses affaires dans l'autre.

Le placard de l'entrée servait visiblement de débarras. Il parvint à tasser les albums de photos et les piles de catalogues et de magazines afin de pouvoir suspendre ses costumes sur la tringle à vêtements.

Tandis que le café passait dans le percolateur, il prit une douche, appréciant la propreté étincelante du carrelage blanc, l'alignement des flacons de parfum et de lotions sur la tablette de verre à droite de la porte. Même les serviettes de toilette étaient pliées dans le placard à linge de la salle de bains. Cette pensée amena un froncement sur son front. L'argent. Cette petite Suédoise qui faisait le ménage chez Ethel avait-elle trouvé l'argent?

À cette pensée, Doug sortit d'un bond de la douche, frotta vigoureusement son corps mince, drapa la serviette autour de sa taille et se précipita dans le living-room. Il avait laissé un seul billet de cent dollars sous le tapis près du fauteuil à oreillettes. Il s'y trouvait encore. En conséquence, soit la petite Suédoise était honnête, soit elle ne l'avait pas vu.

Ethel était une vraie nouille, songea-t-il. Lorsque le chèque de son ex arrivait tous les mois, elle le changeait en billets de cent dollars. « L'argent du luxe », disait-elle à Doug. C'était le fric qu'elle dépensait quand elle l'emmenait dans un de ces restaurants pour riches. « Ils mangent des haricots et nous dînons au caviar. Parfois, je claque tout en un seul mois. Il arrive aussi qu'il s'accumule. De temps à autre, je regarde ce qui reste et je l'envoie à mon comptable pour payer mes vêtements. Restaurants et vêtements. Voilà ce que ce stupide ver de terre m'a procuré pendant toutes ces années. »

Doug avait ri avec elle, tandis qu'ils portaient un toast à cette chiffe molle de Seamus. Mais ce soir-là, il avait réalisé qu'Ethel ignorait le montant total des billets qu'elle cachait dans l'appartement et ne s'apercevait pas qu'il manquait deux cents dollars par mois. Somme qu'il s'était appropriée pendant ces deux dernières années. À deux reprises, des soupçons l'avaient effleurée, mais à la minute où elle avait émis un doute, il avait pris l'air indigné, et elle s'était immédiatement rétractée. « Si tu prenais seulement la peine d'inscrire tes dépenses, tu verrais où passe ton fric, s'était-il écrié.

— Je suis désolée, Doug, s'était excusée Ethel. Tu me connais. Dès qu'une idée me trotte dans la tête, ça part comme une flèche. »

Il raya le souvenir de leur dernière conversation, quand elle lui avait demandé de venir faire une course pour elle vendredi, ajoutant qu'il ne devait pas s'attendre à un pourboire.

« J'ai suivi tes conseils, avait-elle dit, j'ai gardé la trace de ce que je dépense. »

Il s'était précipité ici, sûr de pouvoir l'amadouer, sachant que si elle le larguait, elle n'aurait personne à qui donner des ordres...

Lorsque le café fut prêt, Doug s'en versa une tasse, regagna la chambre et s'habilla. Alors qu'il nouait sa cravate, il s'examina avec un soin critique dans la glace. Pas mal. Les soins pour le visage qu'il s'offrait depuis quelque temps avec l'argent piqué à Ethel lui avaient éclairci le teint. Il avait également trouvé un bon coiffeur. Les deux costumes qu'il venait d'acheter lui allaient comme il se doit pour tout bon costume. La nouvelle réceptionniste du Cosmic lui faisait les yeux doux. Il lui avait laissé entendre qu'il avait pris ce boulot de minable parce qu'il écrivait une pièce. Elle connaissait le nom d'Ethel. « Et vous êtes écrivain, vous aussi », avait-elle soupiré d'un air béat. Il amènerait volontiers Linda dans l'appartement. Mais il devait se montrer prudent, pour le moment du moins.

En buvant une seconde tasse de café, Doug fouilla méthodiquement dans les papiers d'Ethel sur son bureau. Il y avait une chemise cartonnée marquée « Important ». Il parcourut rapidement son contenu et blêmit. Cette vieille commère d'Ethel avait des placements de grand-père ! Elle possédait une propriété en Floride ! Une police d'assurance d'un million de dollars !

Il y avait une copie de son testament dans le dernier compartiment. Il n'en crut pas ses yeux lorsqu'il le lut.

Tout. Elle lui léguait jusqu'au dernier centime. Et elle valait un paquet !

Il serait en retard à son travail, mais il s'en fichait. Doug replaça ses vêtements sur le dossier de la méridienne, refit soigneusement le lit, vida le cendrier, plia une courtepointe, un oreiller et une paire de draps sur le canapé pour faire croire qu'il y avait dormi et écrivit un billet : « Chère tante Ethel. Je suppose que tu es partie pour un de tes voyages impromptus. Je savais que tu ne verrais pas d'inconvénient à ce que j'occupe le canapé jusqu'à ce que mon nouvel appartement soit prêt. J'espère que tu t'es bien amusée. Ton neveu affectueux, Doug. »

Voilà qui montre la nature de nos relations, pensa-t-il

tout en saluant la photo d'Ethel sur le mur près de la porte d'entrée.

Le mercredi à trois heures de l'après-midi, Neeve laissa un message sur le répondeur de Tse-Tse. Une heure plus tard, Tse-Tse rappela.

« Neeve, on vient d'avoir une répétition générale. Je crois que la pièce est formidable, exulta-t-elle. Tout ce que j'ai à faire, c'est passer la dinde et dire : " Jah ", mais on ne sait jamais. Joseph Papp sera peut-être dans la salle.

— Tu seras une star un jour », dit Neeve avec conviction. « J'ai hâte de pouvoir me vanter : " Je la connaissais à ses débuts. " Tse-Tse, il faut que je retourne chez Ethel. As-tu encore sa clé ?

— Personne n'a eu de ses nouvelles ? » La voix de Tse-Tse perdit son entrain. « Neeve, il se passe des choses bizarres. Son loufoque de neveu. Il dort dans son lit et fume dans sa chambre. Soit il ne s'attend pas à ce qu'elle revienne, soit il se fiche pas mal qu'elle le mette à la porte. »

Neeve se redressa. Elle se sentait subitement à l'étroit derrière son bureau, et les modèles de robes du soir, de sacs, de bijoux et de chaussures répandus dans la pièce lui parurent terriblement futiles. Elle s'était changée et avait mis une création de l'un de ses jeunes couturiers. Une robe de lainage gris perle ceinturée sur les hanches par une chaîne d'argent. La jupe en corolle lui frôlait les genoux. Une écharpe de soie dans des tons gris, argent et pêche était nouée autour de son cou. Deux clientes avaient immédiatement commandé l'ensemble en le voyant sur elle dans le salon d'essayage.

« Tse-Tse, demanda-t-elle, te serait-il possible d'aller à nouveau chez Ethel demain matin ? Si elle est là, très bien. Dis que tu t'inquiétais à son sujet. Si tu tombes sur le neveu, tu pourras toujours dire qu'Ethel voulait que tu fasses des travaux de ménage supplémentaires, nettoyer les placards de la cuisine ou je ne sais quoi.

— Bien sûr, accepta Tse-Tse. Je ne dis pas non. C'est un

spectacle d'avant-avant-garde, ne l'oublie pas. Pas de salaire, seulement le prestige. Mais je dois te prévenir, Ethel se fiche royalement de l'état des placards de sa cuisine.

— Si elle réapparaît et refuse de te payer, je le ferai, dit Neeve. Je t'accompagnerai. Je sais qu'elle a un agenda sur son bureau. Je voudrais seulement avoir une idée des projets qu'elle avait en tête avant de disparaître. »

Elles convinrent de se retrouver à huit heures trente le lendemain matin dans le hall de l'immeuble. À l'heure de la fermeture, Neeve alla verrouiller la porte de la boutique sur Madison Avenue. Elle retourna dans son bureau pour travailler tranquillement à sa table. À dix-neuf heures, elle téléphona à la résidence du Cardinal, Madison Avenue, et demanda à parler à Monseigneur Devin Stanton.

« J'ai eu ton message, lui dit-il. Je serai ravi de venir dîner demain soir, Neeve. Sal sera là ? Formidable. Les Trois Mousquetaires du Bronx ne se sont pas beaucoup rencontrés, ces derniers temps. Je n'ai pas vu Sal depuis Noël. Est-ce qu'il se serait remarié, par hasard ? »

Au moment de raccrocher, l'Évêque rappela à Neeve que son plat favori était les pâtes au basilic. « Tu es la seule qui les fasse mieux que ta mère, Dieu la bénisse », dit-il doucement.

Devin Stanton faisait rarement allusion à Renata dans le courant d'une simple conversation au téléphone. Neeve eut la soudaine impression qu'il avait parlé avec Myles de la remise en liberté de Nicky Sepetti. Il raccrocha avant qu'elle n'ait pu lui poser la question. Tu auras tes pâtes au basilic, Oncle Dev, pensa-t-elle... mais tu ne t'en tireras pas comme ça. Myles ne peut pas me couver jusqu'à la fin de mes jours.

Avant de partir, elle téléphona chez Sal. Comme d'habitude, il débordait de bonne humeur.

« Bien sûr, je n'ai pas oublié ton invitation pour demain soir ! Qu'est-ce que tu nous fais de bon ? J'apporterai le vin. Ton père est persuadé d'être le seul à s'y connaître. »

Neeve rit de bon cœur avec lui, replaça le récepteur, éteignit les lumières et sortit. Le temps capricieux d'avril s'était remis au froid, mais elle ressentit malgré tout l'envie irrésistible d'une longue marche. Elle n'avait pas couru depuis près d'une semaine pour apaiser les craintes de Myles, et elle se sentait raide.

Elle marcha d'un pas vif depuis Madison jusqu'à la Cinquième Avenue et décida de couper à travers le parc à la hauteur de la Soixante-dix-neuvième Rue. Elle préférait toujours éviter l'endroit derrière le musée où l'on avait retrouvé le corps de Renata.

Madison était encombrée de voitures et de piétons. Sur la Cinquième, les taxis, limousines et autres berlines filaient à toute allure, mais sur le côté ouest de la chaussée, en bordure du parc, il y avait peu de monde. Neeve secoua la tête en approchant de la Soixante-dix-neuvième Rue. Elle refusait de se laisser dissuader.

Elle venait de s'engager dans le parc lorsqu'une voiture de police s'arrêta.

« Mademoiselle Kearny. » Un policier baissa la vitre en souriant. « Comment va le préfet ? »

Neeve le reconnut. C'était le chauffeur de Myles, à une époque. Elle s'approcha pour bavarder avec lui.

À quelques pas derrière elle, Denny s'arrêta net. Il portait un long manteau sans forme avec le col relevé et un bonnet de tricot. Son visage était presque entièrement dissimulé. Pourtant, il sentait fixés sur lui les yeux du flic penché à la fenêtre de la voiture. Les poulets ont une excellente mémoire des visages ; il leur suffit d'un seul coup d'œil sur un profil pour reconnaître un type. Denny le savait. Il reprit sa marche, ne prêtant attention ni à Neeve ni aux flics, mais sentant pourtant leur regard le suivre. Il y avait un arrêt de bus un peu plus loin. Il rejoignit la file de gens qui attendaient et monta dans l'autobus au moment où il s'arrêtait. Lorsqu'il paya son ticket, il sentit la sueur dégouliner sur son front. Une seconde de plus et ce salaud l'aurait peut-être reconnu.

Denny s'assit, l'air renfrogné. Il n'était pas suffisamment payé pour ce boulot. Lorsque Neeve Kearny serait descendue, quarante mille flics de New York se lanceraient à la chasse à l'homme.

Au moment où elle entra dans le parc, Neeve se demanda si c'était réellement par hasard que le sergent Collins s'était trouvé sur son passage. À moins, s'interrogea-t-elle tout en marchant d'un pas vif, que Myles ne m'ait envoyé le plus inspiré des anges gardiens de New York.

Il y avait une foule d'amateurs de jogging, quelques cyclistes, des piétons, un nombre désespérant de sans-logis sous des piles de journaux ou de couvertures mitées. Ils pouvaient mourir ici sans que personne y prenne garde, songea Neeve, tandis que ses souples bottes italiennes foulaient sans bruit les allées de terre. Elle constata avec déplaisir qu'elle jetait un coup d'œil par-dessus son épaule. Adolescente, elle s'était rendue à la bibliothèque et avait regardé les photos du corps de sa mère parues dans les quotidiens. Aujourd'hui, tandis qu'elle accélérait le pas, elle avait l'étrange impression de revoir ces photos. Mais cette fois, c'était son propre visage, et non celui de Renata, qui recouvrait la première page du *Daily News* au-dessus du titre : « Assassinée ».

Kitty Conway s'était inscrite au manège d'équitation du parc Morrison pour une seule raison. Elle avait besoin d'occuper son temps. C'était une jolie femme de cinquante-huit ans, avec de beaux cheveux d'un blond vénitien et des yeux gris que mettait en valeur un éventail de fines rides aux coins des paupières. Il était une époque où une lueur semblait toujours y danser, amusée et malicieuse. Le jour de ses cinquante ans, Kitty s'était exclamée devant Michael :

« Comment se fait-il que j'aie toujours l'impression d'avoir vingt-deux ans ?

— Parce que tu as vingt-deux ans. »

Michael avait disparu depuis près de trois ans. Comme elle enfourchait avec précaution sa jument alezane, Kitty songea à toutes les activités dans lesquelles elle s'était lancée durant ces trois années. Elle avait aujourd'hui une licence d'agent immobilier et était une vendeuse sans pareille. Elle avait redécoré la maison à Ridgewood, dans le New Jersey, qu'elle et Michael avaient achetée à peine un an avant qu'elle ne se retrouve seule. Elle donnait des cours bénévoles d'alphabétisation, apportait sa collaboration un jour par semaine au musée. Elle avait fait deux voyages au Japon, où était basé Mike Junior, son unique enfant, officier de carrière, et profité de ses journées passées avec sa belle-fille à moitié japonaise. Elle avait aussi repris sans enthousiasme ses leçons de piano. Deux fois par semaine, elle conduisait des malades handicapés à la consultation médicale, et sa dernière activité était maintenant l'équitation. Mais elle avait beau dépenser son énergie, jouir d'un grand nombre d'amis, elle restait toujours hantée par le même sentiment de solitude. Même aujourd'hui, alors qu'elle rejoignait bravement la douzaine des autres apprentis cavaliers derrière l'instructeur, elle n'éprouvait qu'une profonde tristesse à observer le voile de vapeur qui enveloppait les arbres, ce halo roux qui était une promesse de printemps. « Oh Michael, murmura-t-elle, je voudrais tant que ça aille mieux. Je fais tout mon possible. »

« Comment vous en tirez-vous, Kitty ? hurla à tue-tête l'instructeur.

— Bien, cria-t-elle.

— Si vous voulez monter un jour correctement, raccourcissez les rênes. Montrez-lui que c'est vous le patron. Et gardez les talons baissés.

— D'accord. »

Allez au diable, pensa Kitty: Cette bourrique est la pire du lot. Je devais monter Charley, mais bien entendu, vous l'avez donné à la nouvelle avec ses airs de pin-up.

Il y avait une montée au bout de la piste cavalière. Le cheval de Kitty s'arrêta pour brouter chaque brin d'herbe qui poussait sous ses sabots. Un par un, les autres la dépassèrent. Elle n'avait pas envie de se retrouver seule.

« Avance, espèce d'âne », murmura-t-elle. Elle piqua des talons dans les flancs de l'animal.

La jument releva brusquement la tête et se cabra. Affolée, Kitty tira sur les rênes de sa monture qui fit un écart et vira dans un chemin latéral. Kitty se souvint fébrilement de ne pas se pencher en avant. « Tenez-vous en arrière quand vous avez des problèmes ! » Elle sentit les pierres glisser sous les sabots. Le cheval changea d'allure et partit ventre à terre dans la descente sur le sol inégal. Dieu du Ciel, si jamais il tombe, je serai réduite à l'état de galette ! Elle essaya de glisser peu à peu ses bottes hors des étriers, gardant seulement l'appui sur les pointes, afin de pouvoir se dégager en cas de chute.

Elle entendit l'instructeur hurler derrière elle : « Ne tirez pas sur les rênes ! » Le cheval trébucha sur une pierre branlante sous sa jambe postérieure, piqua du nez en avant, puis reprit son équilibre. Un bout de plastique noir voleta et vint frôler la joue de Kitty. Elle baissa les yeux, la vision d'une main dans une manchette bleu vif traversa son esprit et disparut.

Le cheval atteignit le bas de la pente rocailleuse et, prenant le mors aux dents, piqua des deux vers l'écurie. Kitty parvint à rester en selle jusqu'au dernier moment, où elle fut désarçonnée par sa jument qui s'immobilisa net devant l'abreuvoir. Elle sentit chacun de ses os trembler lorsqu'elle heurta le sol, mais réussit à se relever toute seule, remua ses bras et ses jambes, bougea la tête de droite à gauche. Dieu soit loué, elle n'avait rien de cassé ou de luxé.

L'instructeur arriva au galop.

« Je vous avais dit de la *tenir*. C'est vous le patron. Ça va ?

— Jamais été mieux, fit Kitty. Elle se dirigea vers sa voiture. Je vous reverrai dans le prochain millénaire. »

Une demi-heure plus tard, flottant avec délices dans les vapeurs de son jacuzzi, elle éclata de rire. Je ne suis décidément pas une cavalière, décida-t-elle. C'en est fini avec le sport des rois. Dorénavant, je me contenterai de faire du jogging comme tout être humain sensé. Elle revit en esprit sa pénible aventure. Elle n'avait probablement pas duré plus de deux minutes. Le pire était le moment où ce misérable canasson avait trébuché... L'image du plastique voletant devant son visage lui revint en mémoire. Puis cette impression d'une main dans une manche. Ridicule. Pourtant, elle l'avait bien vue, non ?

Elle ferma les yeux, savourant le bouillonnement délassant de l'eau, la sensation parfumée de l'huile pour le bain.

N'y pense plus, se dit-elle.

Le froid pénétrant de la soirée les obligea à laisser le chauffage en marche dans l'appartement. Mais Seamus se sentait néanmoins glacé jusqu'à l'âme. Il chipota son hamburger et ses frites dans son assiette, puis renonça à faire semblant de manger. Il était conscient du regard perçant de Ruth en face de lui.

« Est-ce que tu l'as fait ? finit-elle par demander.

— Non.

— Pourquoi ?

— Parce qu'il vaut peut-être mieux ne rien brusquer.

— Je t'ai dit de le mettre par écrit. La remercier d'avoir admis que tu avais plus besoin de cet argent qu'elle. » La voix de Ruth prit un ton plus aigu. « Dis-lui qu'en vingt-deux ans, tu lui as donné près d'un quart de million de dollars en plus d'une grosse indemnité et que c'est immoral de vouloir davantage pour un mariage qui a duré moins de six ans. Félicite-la du gros contrat qu'elle a décroché pour son nouveau livre et ajoute que tu te réjouis qu'elle n'ait pas besoin de ton argent, mais que tes gosses en ont sacrément besoin, elles. Puis signe la lettre et va la glisser dans sa boîte. Nous en garderons un double. Et si elle braille, il n'y aura pas un être vivant sur la planète qui n'apprendra que c'est un faux-jeton, un rapace. Je voudrais savoir combien de collègues lui décerneront encore des diplômes d'honneur si elle manque à sa parole.

— Ethel n'a pas peur des menaces, murmura Seamus.

Elle fera jouer une telle lettre en sa faveur. Elle transformera la pension alimentaire en lutte pour la condition féminine. C'est une erreur. »

Ruth repoussa son assiette sur le côté.

« Écris-la ! »

Ils avaient une vieille photocopieuse Xerox dans un coin du bureau-salon. Ils durent s'y reprendre à trois fois avant d'obtenir une copie correcte de la lettre. Puis Ruth tendit son manteau à Seamus. « Décide-toi. Va la fourrer tout de suite dans sa boîte. »

Il choisit de parcourir à pied les neuf blocs. La tête rentrée dans les épaules sous le poids de la détresse, les mains enfouies dans ses poches, il tâtait les deux enveloppes. L'une contenait un chèque. Il l'avait pris à la fin du carnet de chèques et rempli à l'insu de Ruth. La lettre se trouvait dans l'autre enveloppe. Laquelle devrait-il glisser dans la boîte d'Ethel ? Il voyait l'expression de son visage à la lecture du billet comme si elle se tenait devant lui. Avec la même clarté, il se représentait la réaction de Ruth s'il introduisait le chèque.

Il tourna à l'angle de West End Avenue dans la Quatre-vingt-deuxième Rue. Il y avait encore du monde dehors. Des jeunes couples qui faisaient leurs achats en sortant du bureau, les bras chargés de provisions. Des hommes et des femmes sur leur trente et un, la main levée pour héler un taxi qui les conduirait au restaurant ou au théâtre. Des clochards recroquevillés contre les immeubles de brique.

Seamus frissonna en atteignant l'immeuble d'Ethel. Les boîtes aux lettres se trouvaient dans le hall, passé la porte d'entrée principale en haut des marches. Chaque fois qu'il arrivait à la dernière minute avec le versement de la pension, il sonnait le gardien qui le laissait entrer et introduire le chèque dans la boîte aux lettres d'Ethel. Mais aujourd'hui, ce ne fut pas nécessaire. Une gamine qu'il savait habiter au troisième étage passa devant lui en le frôlant et monta les marches. Pris d'une impulsion, il lui saisit le bras. Elle se retourna, l'air apeuré. C'était une petite maigrichonne, le visage étroit, les traits aigus. Environ quatorze ans. Différente de ses propres filles, songea-t-il. Quelque part dans leurs gènes, elles avaient hérité de jolis visages, de sourires spontanés, affectueux. Un instant de lourd regret le submergea tandis qu'il sortait l'une des enveloppes. « Ne voyez-vous pas d'inconvénient à ce que j'entre dans le hall avec vous ? Je dois mettre quelque chose dans la boîte de Mlle Lambston ? »

L'expression soupçonneuse s'effaça.

« Oh, bien sûr. Je sais qui vous êtes. Vous êtes son ex. On doit être le cinq du mois. C'est le jour où elle dit que vous lui remettez la rançon. »

La fillette rit, dévoilant les intervalles entre ses dents.

Sans un mot, Seamus fouilla dans sa poche à la recherche de l'enveloppe et attendit qu'elle ouvrît la porte. Une rage meurtrière l'envahit à nouveau. Ainsi, il était la risée de tout l'immeuble !

Les boîtes aux lettres étaient situées dans le hall, tout de suite après la porte principale. Celle d'Ethel était relativement pleine. Il hésitait toujours. Devait-il laisser le chèque ou la lettre ? Immobile près de la porte intérieure, la gamine le fixait.

« Vous arrivez à temps, dit-elle. Ethel a dit à ma mère qu'elle vous traînerait au tribunal si vous apportiez le chèque en retard. »

La panique s'empara de Seamus. Il fallait que ce soit le chèque. Il prit l'enveloppe dans sa poche et l'enfonça dans la fente étroite de la boîte.

Lorsqu'il arriva chez lui, il hocha la tête en réponse à la question véhémente de Ruth. Il se sentait incapable pour le moment de supporter l'explosion de fureur qui aurait éclaté s'il avait avoué qu'il avait déposé le chèque de la pension alimentaire. Il attendit de la voir sortir avec raideur de la pièce, alla suspendre son manteau et prit la seconde enveloppe dans sa poche. Il jeta un coup d'œil à l'intérieur. Elle était vide.

Seamus se laissa tomber dans un fauteuil, la tête dans les mains, tremblant de tout son corps, un goût de bile dans la bouche. Il s'était encore débrouillé pour tout faire de travers. Il avait mis le chèque et la lettre dans la même enveloppe, et maintenant les deux se trouvaient dans la boîte aux lettres d'Ethel.

Nicky Sepetti passa la matinée du vendredi au lit. La douleur qui lui brûlait la poitrine avait empiré depuis la nuit précédente. Marie entrait et sortait de la chambre. Elle lui apporta un plateau avec du jus d'orange, du café, des tranches de pain italien tartinées d'une couche épaisse de confiture. Elle le harcela pour qu'il la laissât appeler un médecin.

Louie arriva à midi, peu après que Marie fut partie travailler.

« Avec mes respects, Don Nicky, vous avez l'air vraiment mal fichu », dit-il.

Nicky lui ordonna d'aller regarder la télévision en bas. Lorsqu'il serait prêt à partir pour New York, il le lui ferait savoir.

Louie soupira :

« Vous aviez raison pour Machado. Ils l'ont eu. » Il sourit et fit un clin d'œil.

Tôt dans la soirée, Nicky se leva et commença à s'habiller. Il irait mieux une fois arrivé Mulberry Street, et personne ne devait deviner à quel point il se sentait mal. Alors qu'il s'apprêtait à prendre sa veste, sa peau se couvrit de transpiration. S'agrippant au montant du lit, il se laissa retomber, desserra sa cravate et le col de sa chemise et s'étendit à nouveau. Pendant les heures qui suivirent, la douleur ne cessa d'enfler et de diminuer dans sa poitrine, comme une vague géante. Les tablettes de Trinitrine lui brûlaient la bouche. Elles ne lui apportaient aucun soulagement, mais lui donnaient toujours le même mal de tête.

Les visages se mirent à défiler dans un brouillard devant ses yeux. Celui de sa mère : « Nicky, ne traîne pas avec ces voyous. Nicky, tu es un brave garçon. Ne te fourre pas dans des sales histoires. » Se faire accepter par le gang. Tous les coups, petits ou grands. Mais pas les femmes. Cette phrase

99

stupide qu'il avait prononcée au tribunal. Tessa. Il aurait tellement aimé revoir Tessa une fois encore. Nicky Junior. Non, *Nicholas*. *Theresa et Nicholas*. Ils seraient heureux qu'il meure dans son lit, comme un gentleman.

Dans le lointain, il entendit la porte d'entrée s'ouvrir et se refermer. Sans doute Marie qui rentrait. Puis la sonnette retentit, un son fort et insistant. La voix contrariée de Marie : « Je ne sais pas s'il est à la maison. Que voulez-vous ? »

Je suis à la maison, songea Nicky. Ouais. Je suis à la maison. La porte de la chambre s'ouvrit brusquement. À travers un voile, il aperçut le visage bouleversé de Marie, l'entendit hurler : « Allez chercher un médecin. » Les autres visages. Des flics. Ils n'avaient pas besoin d'être en uniforme. Même mourant, il était capable de les sentir. Puis il sut pourquoi ils se trouvaient là. Le poulet qui s'était infiltré, celui qu'ils avaient supprimé. Bien sûr, les flics étaient venus immédiatement vers lui !

« Marie », dit-il. Sa voix jaillit en un murmure.

Elle se pencha, mit son oreille contre ses lèvres, lui caressa le front. « Nicky ! » Elle pleurait.

« Sur... la... tombe de... ma mère... Je... n'ai pas... ordonné... tuer la femme de Kearny. »

Il voulut dire qu'il avait essayé d'enrayer le contrat sur la gosse de Kearny. Mais il parvint seulement à crier : « Mamma », puis un dernier élancement lui perça la poitrine et son regard se voila. Sa tête s'affaissa sur l'oreiller tandis que son râle emplissait la maison, et s'arrêtait brusquement.

À combien de gens cette cancanière d'Ethel avait-elle raconté qu'il piquait de l'argent dans les sommes qu'elle cachait dans l'appartement ? La question tourmentait Doug, mercredi matin, à son bureau dans l'entrée du Cosmic Oil Building. Machinalement, il vérifia les rendez-vous, inscrivit les noms, distribua les cartes plastifiées de visiteurs, les reprit lorsque les gens quittaient l'immeuble. À

100

plusieurs reprises, Linda, la réceptionniste du sixième étage, s'arrêta pour bavarder avec lui. Il se montra un peu froid avec elle, ce qui parut éveiller sa curiosité. Que penserait-elle si elle apprenait qu'il était l'héritier d'un paquet de fric? Où Ethel avait-elle *ramassé* tout ce pognon?

Il n'y avait qu'une seule réponse. Ethel lui avait raconté qu'elle avait saigné Seamus à blanc quand il avait voulu rompre leur mariage. Outre la pension alimentaire, elle s'en était tirée avec une grosse indemnité qu'elle avait probablement été assez maligne pour bien placer. Et le livre qu'elle avait écrit il y avait cinq ou six ans s'était bien vendu. Sous ses airs d'écervelée, Ethel s'était toujours montrée drôlement perspicace. C'était pour cette raison que Doug n'était pas tranquille. Elle s'était aperçue qu'il lui piquait de l'argent. *À combien de personnes l'avait-elle dit?*

Après avoir tourné la question dans sa tête jusqu'à midi, il prit sa décision. Il lui restait juste quatre cents dollars à tirer sur son compte en banque. Il attendit impatiemment dans la queue interminable devant le guichet de la banque et prit l'argent en coupures de cent dollars. Il ne lui restait qu'à les planquer dans les cachettes d'Ethel, de préférence celles qu'elle utilisait rarement. Ainsi, si quelqu'un se mettait à fouiller, l'argent serait là. Quelque peu rassuré, il s'arrêta pour acheter un hot dog à un marchand ambulant et retourna travailler.

À dix-huit heures trente, au moment où Doug tournait dans la Quatre-vingt-deuxième Rue à l'angle de Broadway, il vit Seamus qui descendait précipitamment les marches de l'immeuble d'Ethel. Il faillit éclater de rire tout haut. Bien sûr! On était le cinq du mois, et cette chiffe molle de Seamus arrivait juste à temps avec le chèque de la pension alimentaire. Quelle triste touche il avait dans son manteau râpé! À regret, Doug se rendit compte qu'il lui faudrait attendre un peu avant de pouvoir lui-même s'acheter de nouveaux vêtements. Il lui faudrait être très, très prudent à partir d'aujourd'hui.

Il ramassait tous les jours le courrier avec la clef qu'Ethel gardait dans une boîte sur son bureau. Comprimée dans la

101

boîte aux lettres, l'enveloppe de Seamus dépassait un peu de la fente. À part ça, il y avait surtout des prospectus sans intérêt. Les factures d'Ethel allaient directement chez son comptable. Il feuilleta les enveloppes d'un doigt, puis les laissa tomber sur le bureau. Toutes à l'exception de celle qui n'était pas timbrée, la contribution de Seamus. Elle n'était pas correctement cachetée. Il y avait un billet à l'intérieur, et la forme du chèque était visible.

L'ouvrir et la cacheter à nouveau ne présenterait aucune difficulté. Doug passa lentement la main sur le rabat, puis il ouvrit l'enveloppe en prenant soin de ne pas la déchirer. Le chèque s'en échappa. Dieu, il aurait aimé pouvoir faire une analyse graphologique ! Le stress se lisait comme une carte routière dans le gribouillis tordu qui était l'écriture de Seamus.

Doug reposa le chèque, ouvrit le billet, le lut, le relut et resta la bouche ouverte de stupéfaction. Que diable... Il remit avec soin le billet et le chèque dans l'enveloppe, lécha la colle, pressa soigneusement le rabat. La vision de Seamus, les mains fourrées dans ses poches, traversant la rue à la hâte, surgit comme un plan fixe devant ses yeux. Quelque chose ne tournait pas rond chez ce type. À quoi jouait-il en écrivant qu'Ethel avait accepté de renoncer à la pension et en joignant le chèque malgré tout ?

Tu te mets le doigt dans l'œil si tu crois qu'elle te lâchera jamais la bride, songea Doug. Un frisson glacé le parcourut. Le billet avait-il été écrit à *son* intention, non à celle d'Ethel ?

En rentrant, Neeve découvrit avec plaisir que Myles avait fait un marché conséquent. « Tu as même été chez Zabar », dit-elle joyeusement. « Je comptais quitter la boutique plus tôt demain, pour faire les courses. Grâce à toi, je peux commencer les préparatifs dès ce soir. Elle l'avait prévenu qu'elle aurait de la paperasserie à terminer après l'heure de la fermeture. Elle remercia silencieusement le ciel qu'il n'ait pas songé à lui demander comment elle avait traversé la ville.

Myles avait fait cuire un petit gigot, des haricots verts et préparé une salade de tomates avec des oignons. Il avait dressé la petite table dans le bureau et ouvert une bouteille de bourgogne. Neeve alla rapidement passer un pantalon et un sweater avant de s'installer en soupirant dans un fauteuil avec un verre de vin.

« C'est très gentil à toi, Préfet, dit-elle.

— Eh bien, étant donné que tu nourris les vieux Mousquetaires du Bronx, demain soir, j'ai pensé que c'était chacun son tour. »

Myles commença à découper le gigot.

Neeve l'observa en silence. Il avait retrouvé une bonne mine. Ses yeux n'avaient plus ce regard las, lourd.

« Je ne veux pas te faire des compliments, mais sais-tu que tu as l'air en pleine forme ? lui dit-elle.

— Ça va bien. » Myles disposa les tranches de mouton impeccablement coupées dans l'assiette de Neeve. « J'espère que je n'ai pas mis trop d'ail. »

Neeve goûta la première bouchée.

« Parfait. Il faut que tu te sentes beaucoup mieux pour cuisiner comme ça. »

Myles but une gorgée de bourgogne. « Bon cru, et je m'y connais. » Son regard se voila.

« Un peu de dépression », avait dit le médecin. « La crise cardiaque, l'abandon de son travail, le pontage...

— Et son inquiétude constante à mon sujet, avait ajouté Neeve.

— Il se tourmente pour vous parce qu'il ne se pardonne pas d'être resté sans s'inquiéter pour votre mère.

— Comment l'en empêcher ?

— Que Nicky Sepetti reste en prison. Si ce n'est pas possible, poussez votre père à trouver une occupation lorsque viendra le printemps. En ce moment, il se ronge les sangs, Neeve. Il serait perdu sans vous, mais il s'en veut de dépendre émotionnellement de vous. Il est orgueilleux. Autre chose. Cessez de le materner. »

C'était il y a six mois. Le printemps approchait, à présent. Neeve savait qu'elle avait fait l'impossible pour traiter

Myles comme avant. Ils avaient des discussions énergiques sur tous les sujets, depuis le fait que Neeve avait accepté le prêt de Sal jusqu'aux différends politiques.

« Tu es la première Kearny en quatre-vingt-dix ans à voter républicain, explosait Myles.

— Ce n'est pas tout à fait comme perdre la foi.

— Presque. »

Et aujourd'hui, au moment où il est sur la bonne voie, le voilà complètement bouleversé à cause de Nicky Sepetti, songea-t-elle, et ça peut durer éternellement.

Secouant inconsciemment la tête, elle jeta un regard autour d'elle, concluant comme à chaque fois que le bureau était sa pièce préférée de l'appartement, avec son tapis d'Orient usé où dominaient les nuances de rouge et de bleu, le divan de cuir et les fauteuils assortis, élégants et confortables. Les murs étaient couverts de photos. Myles recevant d'innombrables médailles et récompenses. Myles avec le maire, avec le gouverneur, avec le Président *républicain*. Les fenêtres donnaient sur l'Hudson. Les rideaux retenus par des embrasses n'avaient pas changé depuis que Renata les avait installés. D'époque victorienne, ils étaient d'un bleu profond et chaud rayé de cramoisi qui chatoyait à la lumière des appliques de cristal. Des photos de Renata étaient accrochées entre les appliques. La première prise par son propre père, alors qu'elle avait dix ans et venait de sauver Myles ; elle le regardait avec adoration tandis qu'il reposait, la tête bandée, appuyé sur les oreillers ; Renata avec Neeve bébé, avec Neeve faisant ses premiers pas. Renata, Neeve et Myles s'initiant à la plongée sous-marine à Maui. Un an avant la mort de Renata.

Myles lui demanda le menu qu'elle avait prévu pour le dîner du lendemain.

« J'ignorais ce que tu désirais, alors j'ai acheté de tout, dit-il.

— Sal m'a dit qu'il refusait de suivre ton régime. L'Évêque veut des pâtes au basilic. »

Myles grommela :

« Je me souviens du temps où Sal considérait un

104

sandwich jambon-crudités comme un festin et quand la mère de Devin l'envoyait à l'épicerie avec un nickel pour acheter des beignets de poisson et un paquet de spaghettis Heinz. »

Neeve prit son café dans la cuisine tout en commençant à organiser le dîner. Les livres de cuisine de Renata étaient rangés sur l'étagère au-dessus de l'évier. Elle prit son préféré, une vieille relique familiale pleine de recettes du nord de l'Italie.

Après la mort de Renata, Myles avait tenu à ce que Neeve prît des leçons particulières pour continuer à parler italien. Chaque été, elle allait passer un mois à Venise chez ses grands-parents, et elle avait passé sa première année d'université à Pérouse. Pendant des années, elle n'avait pas voulu regarder les livres de cuisine, refusant de voir les annotations dans la marge de l'écriture hardie et fleurie de Renata. « Ajouter du poivre. Cuire seulement vingt minutes. Réserver l'huile. » Elle revoyait Renata chantonnant pendant qu'elle faisait la cuisine, permettant à Neeve de remuer, mélanger ou mesurer, s'écriant : « *Cara,* c'est une erreur d'impression ou le chef était ivre. Qui peut mettre autant d'huile dans cette vinaigrette ? Autant boire la mer Morte. »

À certaines pages, Renata avait esquissé des croquis de Neeve dans la marge, des portraits en miniature exquis, remarquablement dessinés : Neeve habillée en princesse assise à table, Neeve penchée au-dessus d'une grande jatte, Neeve dans une robe de Gibson en train de goûter une part de gâteau. Des douzaines de dessins, chacun éveillant le sentiment de perte immense. Encore aujourd'hui, Neeve arrivait à peine à les effleurer du regard. Les souvenirs qu'ils évoquaient étaient trop douloureux. Elle sentit soudain ses yeux s'humecter.

« Je lui disais souvent qu'elle aurait dû suivre des cours d'art », dit Myles.

Elle ne s'était pas rendu compte qu'il regardait par-dessus son épaule.

« Maman aimait ce qu'elle faisait.

105

— Vendre des vêtements à des femmes désœuvrées ? »
Neeve se mordit la langue.

« C'est ce que tu dis de moi, je suppose. »
Myles prit l'air penaud.

« Oh, Neeve, je suis désolé. Je suis à cran, je l'avoue.

— Tu es à cran, mais c'est aussi ce que tu penses.
Maintenant, sors de ma cuisine. »

Délibérément, elle mania brutalement les récipients tandis qu'elle mesurait, versait, coupait, faisait sauter, mijoter et cuire. Regardons la vérité en face. Myles était le plus grand macho de l'univers. Si Renata avait suivi des cours d'art, si elle était devenue une médiocre aquarelliste, il aurait considéré que c'était un passe-temps féminin. Il était simplement incapable de comprendre qu'aider des femmes à choisir des vêtements seyants pouvait influencer leur vie sociale et active.

On parle de moi dans *Vogue, Town and Country, The New York Times,* et Dieu sait où encore, songea Neeve, mais il n'en démord pas. Pour lui, c'est du vol de faire payer des vêtements aussi cher.

Elle se souvint de l'irritation de Myles lors de la réception qu'ils avaient donnée pour Noël, quand il avait trouvé Ethel Lambston dans la cuisine en train de feuilleter les livres de cuisine de Renata. « Vous intéressez-vous à la cuisine ? lui avait-il demandé d'un ton glacial. »

Naturellement, Ethel n'avait pas remarqué sa contrariété.
« Pas du tout », avait-elle répondu d'un ton dégagé. « Je lis l'italien et j'ai vu ces livres. *Questi disegni sono stupendi.* »

Elle tenait le livre qui contenait les croquis. Myles le lui avait pris des mains. « Ma femme était italienne. Je ne parle pas la langue. »

C'est à cet instant qu'Ethel avait réalisé que Myles était veuf et sans attaches et qu'elle ne l'avait plus quitté d'une semelle pendant toute la soirée.

Tout fut enfin prêt. Neeve mit les plats dans le réfrigérateur, nettoya et dressa la table dans la salle à manger. Elle ignora délibérément Myles, qui regardait la télévision dans le bureau. Alors qu'elle finissait de disposer les plats de service sur la desserte, on donna les informations de vingt-trois heures.

Myles lui tendit un petit verre de cognac.

« Ta mère aussi avait l'habitude de cogner les récipients et les casseroles quand elle était en colère contre moi. »

Il avait un sourire penaud de petit garçon. C'était sa manière de s'excuser.

Neeve accepta le cognac.

« Elle aurait dû te les jeter à la figure. »

Ils rirent et, au même moment, le téléphone sonna. Myles souleva l'appareil. Son aimable « Allô » fit immédiatement place à un feu roulant de questions. Neeve vit sa bouche se durcir. Quand il reposa le récepteur, il dit d'une voix sans timbre : « C'était Herb Schwartz. On avait infiltré un de nos hommes dans le cercle des proches de Nicky Sepetti. On vient de le retrouver dans un tas d'ordures. Encore en vie, et il a une chance de s'en tirer. »

Neeve écouta, la bouche soudain sèche. Le visage de Myles était contracté, mais elle n'aurait su dire ce qu'elle y voyait.

« Il s'appelle Tony Vitale, dit Myles. Il a trente et un ans. Ils le connaissaient sous le nom de Carmen Machado. Ils lui ont tiré dessus à quatre reprises. Il aurait pu y rester, mais il a tenu bon. Il voulait nous faire savoir quelque chose.

— Quoi ? fit Neeve dans un chuchotement.

— Herb se trouvait dans la salle des urgences. Tony lui a dit : " Pas de contrat, Nicky, Neeve Kearny. " »

Myles porta sa main à son visage comme s'il voulait en cacher l'expression.

Neeve contempla son visage angoissé.

« Tu ne pensais pas sérieusement qu'il en existait un ?

— Oh, si. » La voix de Myles monta. « Oh si, je le croyais. Et aujourd'hui, pour la première fois en dix-sept ans, je vais pouvoir dormir la nuit. » Il posa ses mains sur ses épaules. « Neeve, ils sont allés interroger Nicky. Nos gars. Et ils sont arrivés juste à temps pour le regarder mourir. Cette ordure a eu une crise cardiaque. Il est mort, Neeve. Nicky Sepetti est mort ! »

Il l'entoura de ses bras. Elle sentit le battement violent de son cœur.

« Que sa mort te laisse en paix, Papa », supplia-t-elle.

Inconsciemment, elle lui prit le visage entre ses deux mains, et se souvint que c'était la caresse familière de Renata. Elle imita volontairement l'accent de sa mère. « *Caro* Milo, écouuuute-moi. »

Ils esquissèrent tous les deux un tremblant sourire et Myles dit : « Je vais essayer. Promis. »

Le policier Anthony Vitale, connu par le clan Sepetti qu'il avait infiltré sous le nom de Carmen Machado, se trouvait au service des urgences de l'hôpital St. Vincent. Les balles s'étaient logées dans ses poumons, brisant la cage thoracique et l'épaule gauche. Il était encore en vie par miracle. Des tubes pénétraient dans son corps, répandant goutte à goutte antibiotiques et glucose dans ses veines. Un respirateur avait remplacé la fonction respiratoire.

Dans ses moments de conscience intermittents, Tony percevait les visages éperdus de ses parents. Je suis costaud, je vais m'en sortir, aurait-il voulu leur dire pour les rassurer.

Si seulement il pouvait parler. Était-il parvenu à dire quelque chose quand on l'avait trouvé? Il avait essayé de leur parler du contrat, mais cela ne s'était pas passé comme il le désirait.

Nicky Sepetti et son clan n'avaient pas lancé de contrat sur Neeve Kearny. C'était quelqu'un d'autre qui l'avait fait. Tony savait qu'on lui avait tiré dessus le mardi soir. Depuis combien de temps était-il à l'hôpital? Il se souvint vaguement, par bribes, de ce qu'ils avaient dit à Nicky à propos du contrat : « On ne peut annuler un contrat. L'ex-préfet peut préparer d'autres funérailles. »

Tony s'efforça de se soulever. Il devait les prévenir.

« Du calme », murmura une voix douce.

Il sentit une piqûre dans son bras et glissa rapidement dans un sommeil tranquille et sans rêves.

7.

JEUDI matin à huit heures, Neeve et Tse-Tse attendaient dans un taxi en face de l'appartement d'Ethel Lambston. Mardi, le neveu d'Ethel était parti travailler à huit heures vingt. Aujourd'hui, elles voulaient être certaines de ne pas tomber sur lui. Neeve apaisa la protestation du chauffeur de taxi : « Ce n'est pas en poireautant que je vais m'enrichir », avec la promesse d'un pourboire de dix dollars.

Ce fut Tse-Tse qui, à huit heures quinze, aperçut Doug. « Regarde. »

Neeve le vit fermer la porte de l'appartement, jeter un regard autour de lui et se diriger vers Broadway. La matinée était fraîche, et il portait un trench-coat ceinturé. « C'est un vrai Burberrys, dit-elle. Il doit être plutôt bien payé pour un réceptionniste. »

L'appartement était étonnamment bien rangé, les draps et une courtepointe empilés sous un oreiller au bout du canapé. La taie d'oreiller était froissée. Elle avait visiblement servi. Les cendriers ne semblaient pas avoir été utilisés, mais Neeve fut certaine de déceler une faible odeur de cigarette dans l'air. « Il a fumé, mais ne veut pas qu'on le sache », fit-elle observer. « Je me demande pourquoi. »

La chambre était un modèle d'ordre, le lit fait, la valise de Doug posée sur la méridienne, les costumes sur leurs cintres, les pantalons et les vestes rangés en travers. Le billet qu'il avait écrit à Ethel était appuyé contre le miroir de la coiffeuse.

« De qui se moque-t-on ? demanda Tse-Tse. Pourquoi écrit-il ce mot ? Pourquoi cesse-t-il d'utiliser sa chambre ? »

Neeve savait que pas un détail n'échappait à l'œil de Tse-Tse.

« Très bien, dit-elle. Commençons par le billet. Lui en a-t-il déjà laissé auparavant ? »

Tse-Tse portait sa tenue de femme de ménage suédoise. Ses macarons s'agitèrent énergiquement.

« Jamais. »

Neeve se dirigea vers la penderie et ouvrit la porte. Cintre après cintre, elle examina la garde-robe d'Ethel pour vérifier s'il manquait un de ses manteaux. Ils se trouvaient tous là : la zibeline, la veste de loutre, le cachemire, le manteau croisé, le Burberrys, le cuir, la cape. Devant l'expression étonnée de Tse-Tse, elle expliqua ce qu'elle cherchait.

Tse-Tse confirma ses soupçons.

« Ethel passe son temps à dire qu'elle a cessé d'acheter tout et n'importe quoi depuis que tu l'habilles. Tu as raison. Il n'y a pas d'autre manteau. »

Neeve referma la porte de la penderie. « Je n'aime pas fouiner ainsi, pourtant il le faut. Ethel a toujours un agenda dans son sac, mais je suis pratiquement certaine qu'elle en possède aussi un plus grand.

— Bien sûr, dit Tse-Tse. Sur son bureau. »

L'agenda était posé près d'une pile de courrier. Neeve l'ouvrit. C'était un cahier de format vingt et un-vingt-sept, avec une page pour chaque jour du mois, y compris le mois de décembre de l'année précédente. Elle feuilleta les pages jusqu'au 31 mars. Ethel avait rapidement griffonné : « Demander à Doug d'aller prendre les vêtements chez Neeve. » Le gribouillage indiquant quinze heures était entouré d'un trait. L'annotation suivante était : « Doug à l'appartement. »

Tse-Tse lisait par-dessus l'épaule de Neeve.

« Il ne raconte donc pas d'histoires », dit-elle. Le soleil matinal pénétrait dans la pièce. Soudain, il disparut derrière un nuage. Tse-Tse frissonna. « Franchement, Neeve, cet endroit commence à me donner la chair de poule. »

Sans répondre, Neeve parcourut rapidement le mois d'avril. Il y avait des rendez-vous, des cocktails, des déjeuners. Toutes les pages étaient barrées d'un trait. Sur celle du 1er avril, Ethel avait écrit : « Recherches/Livre. »

« Elle a tout annulé. Elle avait l'intention de partir ou du moins de s'enterrer quelque part pour écrire, murmura Neeve.

— Peut-être est-elle partie un jour plus tôt ? suggéra Tse-Tse.

— C'est possible. » Neeve tourna les pages en arrière. Les noms des plus grands couturiers remplissaient la dernière semaine de mars : Nina Cochran, Gordon Steuber, Victor Costa, Ronald Altern, Regina Mavis, Anthony della Salva, Kara Potter. « Elle ne peut pas avoir vu tous ces gens-là », dit Neeve. Elle a dû leur téléphoner pour vérifier les citations avant la parution de son article. » Elle désigna une note inscrite le mardi, 30 mars : « Dernière date de remise pour l'article du *Contemporary Woman.* »

Rapidement, elle parcourut les trois premiers mois de l'année, notant qu'à côté de chacun de ses rendez-vous, Ethel avait griffonné le prix des taxis et pourboires, des commentaires sur les déjeuners, dîners et réunions : « Bonne interview mais n'aime pas qu'on le fasse attendre... Carlos, le nouveau maître d'hôtel du Cygne... Ne pas utiliser les limousines Valet — on se croirait dans une usine de déodorants. »

Les annotations étaient portées n'importe comment, les chiffres souvent barrés ou changés. Qui plus est, Ethel aimait manifestement gribouiller. Des triangles, des cœurs, des spirales et des dessins couvraient chaque centimètre de page.

Mue par une impulsion, Neeve s'arrêta au 22 décembre, le jour de la réception que Myles et elle avaient donnée pour Noël. Pour Ethel, l'événement avait visiblement eu de l'importance. L'adresse de Schwab House et le nom de Neeve étaient inscrits en capitales et soulignés. Des volutes et des fioritures accompagnaient les commentaires : « Le père de Neeve, célibataire et fascinant. » En marge, elle avait esquissé une grossière imitation d'un croquis du livre de cuisine de Renata.

« Myles aurait un ulcère s'il voyait ça », fit remarquer Neeve. « J'ai dû raconter à Ethel qu'il était encore trop fatigué pour sortir. Elle voulait l'inviter à un grand dîner en ville pour le nouvel an. J'ai cru qu'il allait s'étouffer. »

Elle revint à la dernière semaine de mars et commença à recopier les noms notés par Ethel. « C'est au moins un point de départ », dit-elle. Deux noms attirèrent particulièrement son attention. Toni Mendell, la rédactrice en chef de *Contemporary Woman*. Le cocktail n'était certes pas l'endroit où lui demander de chercher dans ses souvenirs une allusion d'Ethel concernant une éventuelle retraite pour écrire. L'autre nom était Jack Campbell. Visiblement le contrat pour ce livre était d'une importance capitale aux yeux d'Ethel. Peut-être en avait-elle dit plus à Campbell sur ses projets qu'il ne le croyait.

Neeve referma l'agenda d'un coup sec et remonta la fermeture Éclair de l'étui. « Je ferais mieux de m'en aller. » Elle noua l'écharpe rouge et bleu autour de son cou. Le col de son manteau montait haut, et la masse de ses cheveux noirs était ramassée en un chignon.

« Tu es superbe », fit remarquer Tse-Tse. « Ce matin, dans l'ascenseur, j'ai entendu le type du onzième C demander qui tu étais. »

Neeve enfila ses gants.

« Le genre Prince Charmant, je suppose. »

Tse-Tse gloussa :

« Entre la quarantaine et la mort. Avec moumoute. Un plumet noir sur un champ de coton.

— Je te le laisse. Bon, si Ethel réapparaît ou si son charmant neveu rentre plus tôt, tu as ton excuse. Occupe-toi des placards de la cuisine, lave les verres sur les étagères du haut. Fais comme si tu étais très affairée, mais garde les yeux ouverts. » Neeve jeta un coup d'œil sur le courrier. « Mets ton nez là-dedans. Peut-être Ethel a-t-elle reçu une lettre qui l'a poussée à changer ses plans. Seigneur, j'ai l'impression de faire du voyeurisme, mais c'est nécessaire.

Nous savons toi et moi qu'il se passe quelque chose de bizarre, pourtant nous ne pouvons continuer ces allées et venues indéfiniment. »

Comme elle s'approchait de la porte, Neeve regarda autour d'elle.

« Je me demande comment tu t'arranges pour donner à cet endroit une apparence habitable, dit-elle. D'une certaine façon, ça me rappelle Ethel. Tout ce que l'on remarque habituellement ici, c'est un désordre apparent qui vous déconcerte. Ethel agit de façon tellement imprévisible que l'on oublie combien elle peut se montrer perspicace. »

Le mur près de la porte était recouvert de photos de presse. La main sur la poignée, Neeve les examina soigneusement. Sur la plupart, Ethel donnait l'impression d'avoir été photographiée au milieu d'une phrase. Elle avait la bouche légèrement entrouverte, les yeux étincelants d'énergie. Tout le visage en mouvement.

Un instantané attira l'attention de Neeve. L'expression était calme, la bouche au repos, le regard triste. Que lui avait confié Ethel ? « Je suis née le jour de la Saint-Valentin. Facile de s'en souvenir, hein ? Mais savez-vous depuis combien d'années personne ne m'a envoyé un mot ou ne s'est donné la peine de me téléphoner ? Je finis par me chanter " Joyeux Anniversaire " pour moi toute seule. »

Neeve avait noté en esprit d'envoyer des fleurs à Ethel et de l'inviter à déjeuner pour la prochaine Saint-Valentin, mais elle était partie skier à Vail cette semaine-là. Je suis navrée, Ethel, pensa-t-elle. Sincèrement navrée.

Il lui sembla que les yeux mélancoliques sur la photo ne lui pardonnaient pas.

Après son pontage, Myles avait pris l'habitude de faire de longues marches l'après-midi. Mais Neeve ignorait que depuis quatre mois, il allait aussi consulter un psychiatre, Soixante-quinzième Rue Est. « Vous faites une dépression », ne lui avait pas caché son cardiologue. « C'est le cas de la plupart des gens après ce genre d'opération. C'est propre à cette intervention. Mais je soupçonne que, dans votre cas, il existe d'autres causes. » Il n'avait eu de cesse que Myles ne prenne rendez-vous avec le Dr Adam Felton.

Il s'y rendait régulièrement le jeudi à quatorze heures. Il détestait l'idée de s'étendre sur un divan et préférait s'installer dans un profond fauteuil en cuir. Adam Felton n'était pas le psychiatre stéréotypé auquel Myles s'était attendu. La quarantaine, les cheveux en brosse, de drôles de lunettes et un corps mince et nerveux. Au bout de la troisième ou quatrième séance, il avait gagné la confiance de Myles. Myles n'avait plus l'impression de mettre son âme à nu, mais le sentiment, lorsqu'il parlait à Felton, de se retrouver dans la salle de police en train d'exposer tous les aspects d'une enquête à ses hommes.

C'est étrange, pensait-il aujourd'hui tout en regardant Felton faire tourner un crayon entre ses doigts, qu'il ne me soit jamais venu à l'idée de me confier plus à Dev. Mais ce n'était pas un sujet pour le confessionnal.

« J'ignorais que les psy étaient censés donner des signes de nervosité », dit-il d'un ton ironique.

Adam Felton rit et fit habilement tournoyer son crayon dans sa main.

« J'ai droit aux gestes de nervosité depuis que j'ai cessé de fumer. Vous semblez d'humeur réjouie, aujourd'hui. »

La remarque aurait pu s'adresser à n'importe qui dans un dîner mondain.

Myles lui parla de la mort de Nicky Sepetti et, agacé par les questions inquisitrices de Felton, se récria :

« Nous avons déjà exploré ce terrain. J'ai passé dix-sept ans à redouter qu'il n'arrive malheur à Neeve à la minute où Sepetti sortirait. Je n'ai pas su protéger Renata. Combien de fois devrai-je vous le dire ? *Je n'avais pas pris la menace de Nicky au sérieux.* C'est un tueur de sang-froid. Il n'était pas dehors depuis trois jours quand ils ont descendu notre homme. Nicky l'a probablement repéré. Il disait qu'il flairait un flic sur-le-champ.

— Et aujourd'hui, vous avez l'impression que votre fille ne craint plus rien ?

— Je *sais* qu'elle ne craint plus rien. Notre gars a pu nous dire qu'il n'y a pas de contrat lancé contre elle. Ils ont dû en discuter. Je sais que les autres ne s'y risqueront pas. Ils allaient mettre Nicky au rancart de toute façon. Ils doivent se féliciter de pouvoir l'envelopper dans un linceul. »

Adam Felton recommença à jouer avec son crayon, hésita et le laissa délibérément tomber dans la corbeille à papier.

« Vous me dites que la mort de Sepetti vous a soulagé d'une peur qui vous a hanté pendant dix-sept ans. Qu'est-ce que cela signifie pour vous ? En quoi cela va-t-il changer votre vie ? »

Quarante minutes plus tard, lorsque Myles quitta le cabinet du psychiatre et reprit sa marche, il avait retrouvé le pas vif et assuré qui était le sien à une époque. Il savait qu'il était pratiquement remis sur le plan physique. N'ayant plus à s'inquiéter pour Neeve, il allait se remettre à travailler. On l'avait sollicité pour prendre la direction de l'Agence gouvernementale de lutte contre la drogue à Washington. Cela l'obligerait à passer une partie de son temps là-bas, à trouver un appartement. Il n'en avait pas parlé à Neeve, mais il serait bon qu'elle puisse vivre pour elle-même. Elle passerait moins de temps à la maison, sortirait davantage avec des gens de son âge. Avant qu'il ne tombe malade, elle avait coutume de passer les week-ends d'été dans les Hamptons et de faire du ski à Vail. L'année dernière, il avait dû la forcer à partir, ne serait-ce que quelques jours. Il désirait qu'elle se marie. Il ne serait pas toujours là. À présent, grâce à la crise cardiaque de Nicky, il pourrait partir à Washington l'esprit tranquille.

Myles se souvenait encore de la douleur fulgurante provoquée par l'infarctus. Comme si un rouleau compresseur armé de pointes lui avait labouré la poitrine. J'espère que tu as éprouvé la même chose en passant l'arme à gauche, mon salaud, pensa-t-il. Puis il lui sembla voir le visage de sa mère, sévèrement tourné vers lui. *Souhaite l'enfer à ton prochain, et l'enfer viendra à toi. Ce qui doit arriver arrive.*

Il traversa Lexington Avenue et passa devant le restaurant Bella Vita. De délicieux effluves de cuisine italienne firent frémir ses narines, et il savoura à l'avance le dîner que Neeve avait préparé pour le soir. Ce serait bon de se retrouver avec Dev et Sal. Dieu, il semblait si loin le temps où ils étaient gosses Tenbroeck Avenue ! On racontait des horreurs sur le Bronx aujourd'hui ! Mais c'était formidable d'y habiter en ce temps-là. Il y avait seulement sept immeubles dans le pâté de maisons, des bois touffus de chênes et de bouleaux. Ils faisaient des cabanes dans les arbres. Le jardin potager des parents de Sal, où se dressait maintenant la zone industrielle de Williamsbridge. Les champs où ils faisaient de la luge, Sal, Dev et lui — c'était le Centre médical Einstein qui les recouvrait désormais... Mais il restait encore des zones résidentielles agréables.

Park Avenue, Myles fit le tour d'un petit monticule de neige fondue. Il se rappela l'époque où Sal avait perdu le contrôle de sa luge et lui était passé sur le bras, le cassant en trois endroits. Sal s'était mis à pleurer : « Mon père va me tuer. » Dev s'était sans hésiter accusé à sa place. Le père de Dev était venu présenter des excuses. « Il ne voulait pas lui faire mal, mais c'est un vrai balourd. » Devin Stanton. Monseigneur l'Évêque. Le bruit courait que le Vatican songeait à lui pour le prochain archidiocèse, et que ça signifiait peut-être le chapeau rouge.

Lorsqu'il atteignit la Cinquième Avenue, Myles jeta un coup d'œil sur sa droite. Son regard s'arrêta sur le toit de l'imposant édifice blanc du Metropolitan Museum of Art. Il avait toujours eu envie de visiter plus à fond le Temple de Dendur. Cédant à son impulsion, il parcourut les six blocs et passa l'heure suivante absorbé dans les vestiges raffinés d'une civilisation perdue.

Ce fut seulement lorsqu'il regarda sa montre et décida qu'il était grand temps de rentrer chez lui et de préparer le plateau pour l'apéritif qu'il s'avoua que sa véritable intention en venant au musée était de se rendre sur les lieux où Renata était morte. Laisse tomber, se dit-il farouchement. Mais une fois dehors, ses pas le conduisirent malgré lui à l'arrière du musée, vers l'endroit où l'on avait retrouvé son corps. C'était un pèlerinage qu'il faisait tous les quatre ou cinq mois.

Une vapeur rousse flottait autour des arbres de Central Park, signe avant-coureur de l'apparition des premiers bourgeons. Le parc grouillait de monde. Des amateurs de jogging. Des nurses poussant des landeaux. Des jeunes mères avec de turbulents bambins. Des sans-abri, hommes et femmes pathétiques tassés sur des bancs. Un flot régulier de voitures. Des fiacres.

Myles s'arrêta devant la clairière où ils avaient trouvé Renata. C'est curieux, songea-t-il, elle repose au cimetière de Gate of Heaven, mais j'ai l'impression que son corps est toujours ici. Il resta immobile, la tête courbée, les mains dans les poches de sa veste de daim. Si c'était arrivé un jour comme aujourd'hui, il y aurait eu du monde dans le parc. Quelqu'un aurait pu voir ce qui s'était passé. Un vers d'un poème de Tennyson lui traversa l'esprit : « *Précieux comme le souvenir des baisers après la mort... Profond comme le premier amour, et chargé de regrets ; ô Mort dans la Vie, les jours qui ne sont plus.* »

Mais aujourd'hui, pour la première fois depuis qu'il venait ici, Myles éprouva un semblant d'apaisement. « Je n'y suis pour rien, mais au moins notre fille est-elle hors de danger, *carissima mia* », murmura-t-il. « Et lorsque Nicky Sepetti paraîtra devant Dieu, le jour du jugement dernier, j'espère que tu seras là pour lui désigner le chemin de l'enfer. »

Myles pivota sur lui-même et marcha d'un pas vif à travers le parc. Les derniers mots d'Adam Felton résonnèrent à ses oreilles : « Très bien. Vous n'avez plus à vous inquiéter de Nicky Sepetti. Vous avez traversé une terrible tragédie il y a dix-sept ans. La question est la suivante, êtes-vous enfin prêt à vous remettre à vivre ? »

Myles murmura à nouveau la réponse qu'il avait donnée d'un ton décidé à Adam Felton. « Oui. »

Quand Neeve arriva à la boutique après avoir quitté l'appartement d'Ethel, la plupart de ses employées étaient déjà là. Outre Eugenia, son assistante, il y avait sept vendeuses et trois retoucheuses.

Eugenia était en train d'habiller les mannequins de la vitrine.

« Je suis contente que les tailleurs soient à nouveau à la mode », dit-elle tout en arrangeant avec dextérité la veste d'un ensemble de soie cannelle. « Quel sac veux-tu ? »

Neeve recula.

« Montre-les. Le plus petit. L'autre est trop foncé pour la robe. »

Lorsque Eugenia avait mis fin à sa carrière de top-modèle, elle était allégrement passée du 38 au 44, mais sans perdre cette grâce dans les mouvements qui avait fait d'elle la chouchou des couturiers. Elle accrocha le sac au bras du mannequin dans la vitrine.

« Tu as raison », comme d'habitude, dit-elle gaiement. « La boutique ne va pas désemplir aujourd'hui. Je le sens.

— J'espère bien. »

Neeve s'efforçait de paraître détendue, mais en vain.

« Neeve, quelles nouvelles d'Ethel Lambston ? Elle n'a pas encore réapparu ?

— Pas la moindre trace. » Neeve parcourut la boutique du regard. « Écoute, je vais m'enfermer dans le bureau pour passer quelques coups de fil. À moins d'une nécessité absolue, ne dis pas que je suis là. Je n'ai pas envie de voir les représentants aujourd'hui. »

Son premier appel fut pour Toni Mendell à *Contemporary Woman*. Toni participait à un séminaire de rédactrices de mode qui allait durer toute la journée. Elle essaya de joindre Jack Campbell. Il était en réunion. Elle laissa un message à son intention, demandant qu'il la rappelle. « C'est plutôt urgent », dit-elle à sa secrétaire. Elle parcourut la liste des couturiers dont Ethel avait inscrit les noms sur son agenda. Les trois premiers qu'elle contacta n'avaient pas vu Ethel la semaine dernière. Elle leur avait simplement téléphoné pour confirmer les propos qu'elle leur attribuait. La créatrice d'une ligne de sport, Elke Pearson, résuma l'irritation que Neeve avait sentie dans leurs voix. « Pourquoi ai-je laissé

118

cette femme m'interviewer, je ne le saurai jamais. Elle n'a cessé de me bombarder de questions jusqu'à me donner le tournis. J'ai pratiquement dû la fiche à la porte, et je parie que je vais détester son article de malheur. »

Anthony della Salva était le nom suivant. Neeve ne se tracassa pas en apprenant qu'il était absent. Elle le verrait ce soir pour dîner. Gordon Steuber. Ethel disait qu'elle l'avait assassiné dans son article. Mais quand l'avait-elle vu pour la dernière fois ? À contrecœur, Neeve composa le numéro du bureau de Steuber et fut immédiatement mise en communication avec lui.

Il ne perdit pas son temps en amabilités.

« Qu'est-ce que vous voulez ? » demanda-t-il sèchement.

Elle l'imaginait, renversé dans son fauteuil de cuir repoussé orné de cabochons de cuivre. Elle prit une voix aussi froide que la sienne.

« On m'a demandé de trouver où se cache Ethel Lambston. C'est urgent. » Prise d'une intuition, elle ajouta : « J'ai vu sur son agenda qu'elle vous a rencontré la semaine dernière. Vous a-t-elle donné une indication de l'endroit où elle se serait rendue ? »

De longues secondes passèrent dans un silence total. Il cherche quoi répondre, pensa Neeve. Lorsque Steuber parla, ce fut d'un ton calme et détaché :

« Ethel Lambston a demandé à m'interviewer il y a plusieurs semaines pour un article qu'elle était en train d'écrire. Je ne l'ai pas reçue. Je n'ai pas de temps à perdre avec de genre de mouches du coche. Elle a téléphoné la semaine dernière, mais je n'ai pas pris la communication. »

Neeve entendit un claquement sec à son oreille.

Elle était sur le point de composer le numéro du couturier suivant sur la liste quand son téléphone sonna. C'était Jack Campbell. Il paraissait inquiet.

« Ma secrétaire m'a dit que votre appel était urgent. Avez-vous un problème, Neeve ? »

Elle trouva subitement absurde d'essayer de lui expliquer au téléphone qu'elle s'inquiétait parce que Ethel Lambston n'était pas venue chercher ses nouveaux achats à la boutique.

Elle préféra dire : « Vous êtes sans doute débordé, mais pourriez-vous me recevoir une petite demi-heure assez rapidement ?

— J'ai un déjeuner avec un de mes auteurs, dit-il. Voulez-vous venir vers trois heures à mon bureau ? »

Givvons and Marks occupait les six derniers étages d'un immeuble à l'angle sud-ouest de Park Avenue et de la Quarante et unième Rue. Le bureau personnel de Jack Campbell était une immense pièce d'angle au quarante-septième étage avec une vue époustouflante sur tout le bas de Manhattan. Sa table de travail, modèle géant, était laquée de noir. Derrière elle, sur le mur, les étagères débordaient de manuscrits. Un canapé de cuir noir et des fauteuils assortis étaient groupés autour d'une table basse en verre. Neeve s'étonna de l'absence de touches personnelles dans la pièce.

On aurait dit que Jack Campbell lisait dans ses pensées.

« Mon appartement n'est pas encore terminé, si bien que je loge à Hampshire House. Tout ce que je possède est encore au garde-meuble, voilà pourquoi cet endroit ressemble à une salle d'attente de dentiste. »

Sa veste était posée sur le dos de sa chaise. Il portait un Jacquard dans des tons de vert et de brun. Des couleurs d'automne qui lui allaient bien. Il avait un visage trop maigre et des traits trop irréguliers pour qu'on les qualifie de beaux, mais ils possédaient une sorte de force tranquille qui les rendaient infiniment séduisants. Il y avait une gaieté chaleureuse dans ses yeux quand il souriait et Neeve fut heureuse d'avoir mis un de ses nouveaux tailleurs de printemps, une jupe de lainage turquoise et une veste mi-longue assortie.

« Voulez-vous un café ? proposa Jack. J'en bois beaucoup trop, mais je vais malgré tout en prendre un. »

Neeve réalisa qu'elle n'avait pas déjeuné et qu'elle éprouvait un léger mal de tête.

« Avec plaisir. Noir, s'il vous plaît. »

Tandis qu'ils attendaient, elle admira la vue.

« J'aurais l'impression de régner sur New York à votre place.

— Durant le premier mois de mon arrivée, j'ai eu un mal fou à garder la tête au travail, lui dit-il. J'ai eu envie de devenir new-yorkais dès l'âge de dix ans. C'était il y a vingt-six ans, et il m'a fallu tout ce temps pour arriver à m'établir à Big Apple. »

Ils prirent leur café autour de la table basse, Jack Campbell confortablement installé sur le canapé, Neeve assise au bord d'un fauteuil. Elle savait qu'il avait dû repousser d'autres rendez-vous pour la recevoir aussi rapidement. Elle respira profondément et lui parla d'Ethel.

« Mon père pense que je suis folle, dit-elle. Mais j'ai le pressentiment qu'il lui est arrivé quelque chose. Bref, vous aurait-elle indiqué qu'elle avait l'intention de partir quelque part ? J'ai appris que le livre qu'elle est en train d'écrire pour vous doit paraître à l'automne. »

Jack Campbell l'avait écoutée avec la même attention qui l'avait frappée le soir du cocktail.

« Ce n'est pas tout à fait ça », dit-il.

Neeve écarquilla les yeux.

« Alors comment... ? »

Campbell but les dernières gouttes de son café.

« J'ai fait la connaissance d'Ethel il y a deux ans à l'American Boxing Association, alors qu'elle faisait la promotion de son premier livre pour Givvons and Marks, celui sur les femmes en politique. C'était excellent. Drôle. Plein d'anecdotes. Il s'est bien vendu. C'est pourquoi je me montrai intéressé quand elle demanda à me rencontrer. Elle me fit un résumé de l'article qu'elle était en train de rédiger et ajouta qu'elle venait peut-être de découvrir une histoire qui ébranlerait le monde de la mode. Si elle écrivait un livre sur le sujet, est-ce que j'étais prêt à l'acheter et à combien se montait l'avance ?

Je lui ai répondu qu'il me fallait évidemment en savoir davantage, mais, étant donné le succès de son dernier livre, si celui-ci était aussi explosif qu'elle l'affirmait, nous pourrions l'acheter et envisager une avance à six chiffres. La semaine dernière, j'ai lu à la page six du *Post* qu'elle avait obtenu un contrat d'un demi-million de dollars et que le livre devait sortir à l'automne. Depuis, le téléphone ne cesse de sonner. Toutes les maisons d'édition de poche se battent pour l'avoir. J'ai appelé l'agent d'Ethel. Elle ne lui en avait même pas parlé. J'ai essayé en vain de lui téléphoner. Je n'ai jamais ni confirmé ni nié les termes de l'article. C'est une enragée de la publicité, mais si elle écrit ce livre et qu'il est bon, je n'ai rien contre ce remue-ménage.

— Et vous n'avez aucune idée de l'histoire qu'elle estimait capable d'ébranler le monde de la confection ?

— Pas la moindre. »

Neeve soupira et se leva.

« Je vous ai suffisamment dérangé. Je suppose que je devrais être rassurée. Ce serait tout à fait le genre d'Ethel de se passionner pour un projet pareil et d'aller se terrer dans une cabane quelque part. Je ferais mieux d'aller m'occuper de mes affaires. » Elle lui tendit la main. « Merci. »

Il ne relâcha pas sa main immédiatement.

« Faites-vous toujours des sorties aussi rapides ? » demanda-t-il avec un sourire. « Il y a six ans vous avez quitté l'avion comme une flèche. L'autre soir, j'ai à peine eu le temps de me retourner que vous aviez disparu. »

Neeve retira sa main.

« Je réduis l'allure de temps en temps, dit-elle, mais maintenant je ferais mieux de filer me consacrer à mes affaires. »

Il l'accompagna jusqu'à la porte.

« Il paraît que " Chez Neeve " est l'une des boutiques les plus à la mode de New York. Puis-je venir la voir ?

— Bien sûr. Vous n'avez même pas besoin d'acheter quelque chose.

— Ma mère vit dans le Nebraska et porte des vêtements très simples. »

Dans l'ascenseur, Neeve se demanda si c'était la façon de Jack Campbell de lui faire savoir qu'il n'y avait pas de femme particulière dans sa vie. Elle se surprit à chantonner tandis qu'elle sortait dans la douceur soudaine de l'après-midi d'avril et hélait un taxi.

En arrivant à la boutique, elle trouva un message lui demandant d'appeler immédiatement Tse-Tse à l'appartement d'Ethel. Tse-Tse répondit à la première sonnerie.

« Neeve, Dieu merci tu as appelé. Je veux quitter les lieux avant que ce cinglé de neveu n'arrive. Neeve, il y a quelque chose de vraiment bizarre. Ethel a l'habitude de planquer des billets de cent dollars dans l'appartement. C'est avec ça qu'elle m'a payée à l'avance la dernière fois. Lorsque je suis venue mardi, j'ai vu un billet sous le tapis. Ce matin, j'en ai trouvé un dans le placard à vaisselle et trois autres cachés dans les meubles. *Neeve, je suis certaine qu'ils n'étaient pas là mardi.* »

Seamus quitta le bar à seize heures trente. Sans prendre garde à la foule des piétons, il se fraya un chemin sur le trottoir bondé et remonta rapidement Columbus Avenue. Il devait se rendre chez Ethel, et ne voulait pas que Ruth apprenne qu'il y était allé. Depuis la minute, hier soir, où il avait découvert qu'il avait mis le chèque et le billet dans la même enveloppe, il se sentait comme un animal pris au piège, se débattant, cherchant un moyen de s'échapper.

Il ne lui restait qu'un espoir. Il n'avait pas complètement enfoncé l'enveloppe dans la boîte aux lettres. Il revoyait le bord qui dépassait de la fente. Il pourrait peut-être la retirer. Il y avait une chance sur un million et le bon sens lui disait que si le facteur était passé déposer d'autres lettres, il avait probablement repoussé l'enveloppe à l'intérieur. Mais il s'accrochait néanmoins à cette possibilité. C'était sa seule ressource.

Il arriva dans la rue d'Ethel, effleura du regard les

passants, espérant ne pas rencontrer les visages familiers des voisins d'Ethel. Comme il atteignait son immeuble, le sentiment de détresse qui l'étreignait se transforma en désespoir. Il ne pouvait même pas essayer de voler une lettre sans se mettre dans le pétrin. Il fallait une clef pour entrer dans le hall où se trouvaient les boîtes aux lettres. La veille, cette insupportable gamine lui avait ouvert la porte. Maintenant, il lui faudrait sonner pour appeler le gardien, et il n'y avait pas une chance que ce dernier le laisse tripoter la boîte aux lettres d'Ethel.

Il se tenait devant l'immeuble. L'entrée de l'appartement d'Ethel était de plain-pied sur la rue, à gauche. Une douzaine de marches conduisaient à l'entrée principale. Comme il restait planté là, immobile, hésitant, la fenêtre du troisième étage s'ouvrit. Une femme se pencha. Derrière son épaule, il aperçut le visage de la gamine à qui il avait parlé la veille.

« On ne l'a pas vue de toute la semaine », lui cria une voix stridente. « Et écoutez, j'ai failli appeler les flics jeudi dernier, quand je vous ai entendu crier contre elle. »

Seamus fit demi-tour et s'enfuit, haletant, courant sans rien voir le long de West End Avenue. Il ne s'arrêta pas avant d'être en sécurité chez lui et d'avoir verrouillé la porte. C'est alors seulement qu'il prit conscience des battements de son cœur, du bruit rauque de sa respiration dans sa poitrine. À sa grande consternation, il entendit des pas dans le couloir en provenance de la chambre. Ruth était déjà rentrée. Il s'essuya fébrilement le visage de la main, s'efforçant de se ressaisir.

Ruth ne sembla pas remarquer son agitation. Elle tenait son costume brun sur son bras.

« Je vais le porter chez le teinturier, lui dit-elle. Peux-tu avoir la gentillesse de me dire pourquoi diable tu as un billet de cent dollars dans la poche ? »

Jack Campbell resta dans son bureau pendant près de deux heures après le départ de Neeve. Mais le manuscrit qu'un agent littéraire venait de lui faire parvenir avec un commentaire enthousiaste ne retenait décidément pas son attention. Après de vaillants efforts pour s'intéresser à l'intrigue, il finit par le repousser de côté avec un geste d'agacement inhabituel. Il s'en voulait. Il était injuste de juger le travail de quelqu'un quand votre esprit était à quatre-vingt-dix pour cent préoccupé par autre chose.

Neeve Kearny. C'est drôle, six ans auparavant, le regret l'avait effleuré de ne pas lui avoir demandé son numéro de téléphone. Il avait même cherché dans l'annuaire de Manhattan lors d'un séjour à New York, quelques mois plus tard. Il y avait des pages entières de Kearny. Aucun accompagné du prénom Neeve. Elle lui avait parlé d'une boutique de mode. Il avait regardé sous la rubrique confection. Rien.

Puis il avait chassé le souvenir, le reléguant dans un coin de son cerveau. Pour ce qu'il en savait, elle vivait avec quelqu'un. Mais pour une raison ou pour une autre, il ne l'avait jamais totalement oubliée. Au cocktail, lorsqu'elle s'était approchée de lui, il l'avait immédiatement reconnue. Ce n'était plus la jeune fille de vingt et un ans dans son pull-over de ski. C'était une jeune femme sophistiquée, habillée avec élégance. Mais les cheveux d'un noir d'ébène, le teint de lait, les immenses yeux bruns, la pluie de taches de rousseur sur l'arête du nez — tout ça n'avait pas changé.

Jack se demanda si elle avait sérieusement quelqu'un dans sa vie. Sinon...

À dix-huit heures, son assistante passa la tête par la porte.

« J'ai terminé, annonça-t-elle. Puis-je me permettre de vous prévenir que vous allez perturber tout le monde si vous faites des heures supplémentaires ? »

Jack repoussa le manuscrit qu'il n'avait pas lu et se leva. « Je m'en vais, dit-il. Juste une question, Ginny. Que savez-vous de Neeve Kearny ? »

Il rumina la réponse tout en regagnant à pied l'appartement qu'il louait sur Central Park South. Neeve Kearny était propriétaire d'une boutique très en vogue. Ginny y achetait des vêtements pour les occasions exceptionnelles.

Neeve était aimée et respectée. Elle avait déclenché une tempête, quelques mois auparavant, en laissant tomber un couturier qui faisait travailler des gosses dans des ateliers au noir. Neeve pouvait se montrer batailleuse.

Il avait aussi demandé des informations sur Ethel Lambston. Ginny avait roulé les yeux. « Ne me mettez pas sur ce sujet. »

Jack s'arrêta dans son appartement suffisamment longtemps pour être certain qu'il n'avait pas envie de se préparer à dîner. Il décida que les pâtes de Nicola's étaient exactement ce qu'il lui fallait. Nicola's se trouvait Quatre-vingt-quatrième Rue, entre Lexington et la Troisième.

C'était un bon choix. Comme toujours, on faisait la queue pour obtenir une table, mais après qu'il eut pris un verre au bar, Lou, son serveur habituel, lui tapa sur l'épaule. « C'est prêt, monsieur Campbell. » Une demi-bouteille de Valpolicella, une salade d'endive et de cresson et des *tagliatelle* aux fruits de mer dissipèrent sa tension. Il commanda un double espresso et demanda en même temps l'addition.

Au moment de quitter le restaurant, il haussa les épaules. Il savait depuis le début de la soirée qu'il allait marcher vers Madison Avenue et regarder la boutique de Neeve. Quelques minutes plus tard, alors qu'un vent plus frais lui rappelait qu'on était encore en avril et que le temps pouvait se montrer capricieux aux premiers jours du printemps, il admirait les élégantes devantures de « Chez Neeve ». Il apprécia ce qu'il y vit. Les robes imprimées, si délicatement féminines, avec leurs ombrelles assorties, les poses assurées des mannequins, l'air presque arrogant avec lequel ils rejetaient la tête en arrière. Il fut convaincu que Neeve dévoilait sa personnalité avec ce mélange de force et de douceur.

Mais contempler l'étalage des vitrines lui rappela la réflexion fugitive qui lui était sortie de l'esprit quand il essayait de rapporter à Neeve les propos précipités d'Ethel : « Il y a les potins, l'excitation, l'universalité de la mode », lui avait dit Ethel de sa voix rapide, entrecoupée. « C'est le sujet de mon article. Mais supposons que je puisse vous en offrir beaucoup plus. Une bombe. Du T.N.T. »

Il allait être en retard à un rendez-vous. Il l'avait interrompue. « Envoyez-moi un synopsis. »

Le refus obstiné d'Ethel de se voir congédiée. « Combien vaut un scandale à tout casser ? »

Sa réponse, presque en plaisantant : « Si c'est suffisamment sensationnel, cinq cent mille. »

Jack regarda fixement les mannequins avec leurs ombrelles. Ses yeux glissèrent sur l'auvent ivoire et bleu où se déroulaient les lettres anglaises « Chez Neeve ». Demain, il téléphonerait à Neeve pour lui rapporter exactement les propos tenus par Ethel.

En descendant Madison Avenue à pied, à nouveau pris du besoin de dissiper par la marche une inquiétude sournoise et indéfinie, il pensa : Je cherche une excuse. Pourquoi ne pas lui demander simplement de sortir avec moi ?

Il sut alors la cause de son agitation. Il ne voulait à aucun prix apprendre que Neeve avait quelqu'un d'autre dans sa vie.

Le jeudi était un jour d'activité intense pour Kitty Conway. Dès neuf heures du matin, elle conduisait des personnes âgées à leurs rendez-vous chez le médecin. Dans l'après-midi, elle travaillait bénévolement dans les petites boutiques du Garden State Museum. L'une comme l'autre, ces activités lui donnaient l'impression de servir à quelque chose.

Elle avait étudié l'anthropologie à l'université, autrefois, avec la vague intention de devenir une seconde Margaret Mead. Puis elle avait rencontré Mike. Aujourd'hui, alors qu'elle aidait une jeune fille de seize ans à choisir une copie d'un collier égyptien, elle songea qu'elle s'inscrirait peut-être à un voyage organisé d'anthropologie cet été.

C'était une perspective intéressante. En rentrant chez elle au volant de sa voiture, Kitty s'aperçut qu'elle commençait à se supporter difficilement. Il était temps d'accepter la vie comme elle venait. Elle quitta Lincoln Avenue et sourit à la vue de sa maison en haut de la courbe de Grand View Circle, une imposante maison coloniale blanche aux volets noirs.

À l'intérieur, elle parcourut les pièces du rez-de-chaussée, allumant les lampes, puis elle mit en route la cheminée à gaz dans le petit salon. Lorsque Michael était en vie, il faisait de grands feux pétillants dans la cheminée, empilant avec adresse les bûches au-dessus du petit bois, ravivant sans cesse les flammes qui emplissaient la pièce d'une délicieuse odeur de noyer. Quelle que fût la manière dont elle s'y prenait, Kitty n'arrivait jamais à faire démarrer le feu correctement et, présentant ses excuses à la mémoire de Michael, elle avait fait installer l'allumage au gaz.

Elle monta dans la chambre principale qu'elle avait retapissée en abricot et vert pâle, d'après un dessin copié sur une tapisserie du musée. Tout en ôtant sa robe de lainage gris, elle hésita à prendre une douche tout de suite et à se mettre à son aise en pyjama et robe de chambre. Mauvaise habitude, se dit-elle. Il n'est que dix-huit heures.

Changeant d'avis, elle décrocha un survêtement bleu canard dans la penderie, chercha ses chaussures de jogging. Je commence dès ce soir à me remettre au jogging, décida-t-elle.

Elle suivit son parcours habituel. Grand View jusqu'à Lincoln Avenue, un kilomètre et demi en ville, contourner l'arrêt du bus et retour à la maison. Avec l'agréable impression du devoir accompli, elle se débarrassa de son survêtement et de ses sous-vêtements dans la corbeille à linge de la salle de bains, prit une douche, enfila un pyjama d'intérieur et s'examina dans la glace. Elle avait toujours été mince et gardait raisonnablement sa ligne. Les rides autour des yeux étaient peu profondes. Son coiffeur était parvenu à retrouver le roux naturel de ses cheveux. « Pas mal, dit Kitty à son reflet, mais grands dieux, dans deux ans j'aurai *soixante* ans ! »

C'était l'heure des informations de dix-neuf heures et

évidemment celle de prendre un sherry. Kitty traversa la chambre et s'apprêtait à gagner le couloir quand elle s'aperçut qu'elle avait laissé allumée la lumière de la salle de bains. L'économie protège du besoin, ne gaspillons pas l'électricité. Elle retourna dans la salle de bains et tendit la main vers l'interrupteur. Ses doigts se figèrent. La manche de son sweat-shirt bleu dépassait de la corbeille. La peur, comme un étau glacé, serra la gorge de Kitty. Elle sentit sa bouche se dessécher, ses cheveux se hérisser sur sa nuque. Cette manche. Il devait y avoir une main. Hier. Quand son cheval s'était emballé. Le bout de plastique qui lui avait frôlé la joue. La vision brouillée d'un morceau de tissu bleu avec une main. Elle n'était pas folle. *Elle avait vu une main.*

Kitty oublia de prendre les nouvelles de dix-neuf heures. Elle s'assit devant la cheminée, penchée en avant sur le canapé, dégustant son sherry. Ni le feu, ni le sherry n'apaisèrent le froid qui la pénétrait jusqu'à la moelle. Fallait-il appeler la police ? Et si elle s'était trompée ? Elle aurait l'air d'une courge.

Je ne me suis *pas* trompée, se dit-elle, mais j'attendrai demain. Je vais retourner en voiture jusqu'au parc, retrouver le talus. J'ai bien vu une main, mais celui ou celle à qui elle appartient n'a plus besoin d'aide.

« Tu dis que le neveu d'Ethel est dans l'appartement ? » demanda Myles tout en remplissant le seau à glace. « Il a donc emprunté de l'argent et l'a ensuite remis à sa place. Ce sont des choses qui arrivent. »

Une fois encore, l'explication raisonnable que proposait Myles des circonstances qui entouraient l'absence d'Ethel, les manteaux d'hiver et maintenant les billets de cent dollars, donnèrent à Neeve l'impression d'être une idiote. Elle se félicita de n'avoir pas raconté à Myles son entrevue avec Jack Campbell. En rentrant, elle était allée se changer et avait passé un pantalon de soie bleue et un chemisier assorti. Elle s'attendait à ce que Myles dise : « Très chic pour servir la bouffe ! » Mais son regard s'était adouci en la voyant entrer dans la cuisine, et il avait dit : « Ta mère était toujours ravissante en bleu. Tu lui ressembles de plus en plus. »

Neeve prit le livre de cuisine de Renata. Elle avait prévu du melon au jambon, des pâtes au basilic, une sole farcie aux crevettes, une jardinière de petits légumes, une salade d'endive et de mâche, du fromage et une charlotte. Elle feuilleta le livre jusqu'à la page ornée de croquis. Évitant de les regarder, elle se concentra sur les instructions inscrites par Renata sur le temps de cuisson requis pour la sole.

Une fois tout son dîner organisé, elle se dirigea vers le réfrigérateur et sortit une boîte de caviar. Myles la regarda disposer les canapés sur un plateau.

« Je n'ai jamais eu un goût particulier pour ces trucs-là, dit-il. C'est mon côté plébéien, je suppose.

— Tu n'es pas vraiment plébéien. » Neeve étala le caviar sur un triangle de pain de mie. « Mais tu rates quelque chose. »

Elle l'examina. Il portait une veste marine, un pantalon gris, une chemise bleu clair et une élégante cravate rayée rouge et bleu qu'elle lui avait offerte pour Noël. Il a fière allure, pensa-t-elle. Et qui penserait qu'il a été tellement malade ? Elle le lui dit.

Myles tendit la main et glissa prestement un toast au caviar dans sa bouche.

« Je persiste à ne pas aimer ça », fit-il, puis il ajouta : « C'est vrai que je me sens bien et l'inactivité commence à me peser. On m'a pressenti pour prendre la tête de l'Agence de lutte contre la drogue à Washington. Cela m'obligerait à passer la majeure partie de mon temps. Qu'en penses-tu ? »

Neeve poussa un cri étouffé et lui jeta les bras autour du cou.

« C'est merveilleux. Accepte. C'est vraiment un poste pour toi. »

Elle chantonnait en apportant le caviar et un plateau de brie dans le living-room. Il ne restait plus qu'à retrouver la trace d'Ethel Lambston, maintenant ! Elle se demandait si

Jack Campbell lui téléphonerait bientôt quand le carillon de l'entrée retentit. Leurs deux invités arrivaient ensemble.

L'évêque Devin Stanton était l'un des rares prélats à se montrer dans le privé plus à l'aise en col romain qu'en veste de sport. Quelques reflets cuivrés se mêlaient encore à sa crinière grise et derrière les lunettes à monture d'argent, son doux regard bleu rayonnait de bonté et d'intelligence. Sa haute silhouette mince se déplaçait avec vivacité. Neeve avait toujours eu l'impression un peu embarrassante que Dev pouvait lire dans ses pensées mais qu'il aimait ce qu'il y lisait. Elle l'embrassa chaleureusement.

Comme d'habitude, Anthony della Salva était superbe dans une de ses créations, un costume gris anthracite en soie d'Italie. La coupe parfaite dissimulait l'embonpoint qui gagnait imperceptiblement son corps naturellement enrobé. Neeve se rappela avoir entendu Myles comparer Sal à un chat trop bien nourri. C'était une image ressemblante. Sa chevelure noire sans un fil gris luisait du même éclat que ses mocassins Gucci. C'était la seconde nature de Neeve d'estimer le prix des vêtements. Selon elle, le costume de Sal ne valait pas moins de quinze cents dollars.

Sal débordait de bonne humeur.

« Dev, Myles, Neeve, les trois êtres que j'aime le plus au monde, sans oublier mon actuelle bien-aimée, mais en laissant de côté mes ex-femmes. Dev, crois-tu que notre Mère l'Église voudra bien m'accepter à nouveau dans son sein quand je serai vieux ?

— L'enfant prodigue est censé revenir repentant et en haillons », répondit sèchement l'Évêque.

Myles éclata de rire et prit ses deux amis par l'épaule.

« Quel bonheur d'être ensemble tous les trois ! J'ai l'impression de me retrouver dans le Bronx. Est-ce que vous buvez toujours de la vodka Absolut ou avez-vous trouvé quelque chose de plus chic ? »

La soirée commença sur le ton plaisant et chaleureux qui était devenu un rituel. Un moment de discussion à propos d'un second Martini, un haussement d'épaules suivi d'un : « Pourquoi pas, nous ne sommes pas si souvent réunis », de la part de l'Évêque, « Je ferais mieux de m'arrêter » venant de Myles et « Bien sûr », de Sal. La conversation passa de la politique actuelle : « Le maire peut-il gagner encore une fois ? » aux problèmes de l'Église : « On ne peut plus élever un gosse dans une école paroissiale pour moins de seize cents dollars par an. Seigneur, vous souvenez-vous quand nous étions à Saint-Francis-Xavier et que nos parents payaient un dollar par mois ? La paroisse entretenait l'école grâce au Bingo », dériva sur les lamentations de Sal concernant les importations étrangères : « Bien sûr, nous devrions utiliser le label du syndicat, mais nous pouvons faire fabriquer les vêtements en Corée et à Hong Kong pour le tiers du prix. Si nous n'en sous-traitons pas une partie, nous devenons trop chers. Si nous le faisons, nous sommes des ennemis des syndicats », et la remarque sévère de Myles : « Je persiste à croire que nous ne connaissons pas la moitié du fric qui appartient au milieu dans la Septième Avenue. »

On en vint inévitablement à la mort de Nicky Sepetti.

« C'est trop commode de sa part d'être mort dans son lit, laissa échapper Sal, toute trace de jovialité brusquement disparue de son visage. « Après ce qu'il a fait à notre jolie. »

Neeve vit les lèvres de Myles se crisper. Il y a longtemps, Sal avait entendu Myles appeler Renata « ma jolie », pour la taquiner, et il s'était empressé d'employer l'expression à son tour, au grand déplaisir de Myles. « Comment va la jolie ? » disait-il à Renata. Neeve revoyait encore le moment, lors de la veillée mortuaire, où Sal s'était agenouillé devant le cercueil, les yeux gonflés de larmes, puis s'était relevé, avait embrassé Myles en disant : « Essaye de penser que ta jolie dort. »

Myles avait répliqué froidement : « Elle ne dort pas. Elle est morte. Et, Sal, ne l'appelle plus jamais ainsi. Moi seul lui donnais ce nom. »

Il ne s'y était jamais risqué jusqu'à ce soir. Il y eut un moment de silence embarrassé, puis Sal avala le reste de son Martini et se leva :

« Je reviens tout de suite », dit-il avec un large sourire, et il se dirigea vers le couloir et les toilettes des invités.

Devin soupira.

« C'est peut-être un couturier de génie, mais il a plus de vernis que de manières.

— C'est lui qui m'a fait démarrer, leur rappela Neeve. Sans Sal, je serais probablement acheteuse chez Bloomingdale's à l'heure qu'il est. »

Elle vit l'expression sur le visage de Myles et l'avertit : « Ne me dis pas que ce ne serait pas plus mal.

— Ça n'a jamais traversé mon esprit. »

Au moment de servir le dîner, Neeve alluma les bougies et baissa l'éclairage du lustre. Une douce lumière baigna la pièce. Chaque plat recueillit l'approbation générale. Myles et l'Évêque se resservirent deux fois, Sal trois fois. « Foin du régime », dit-il. « C'est la meilleure cuisine de tout Manhattan. »

Au dessert, ils ne purent empêcher la conversation de porter sur Renata. « C'est l'une de ses recettes », leur annonça Neeve. « Préparée spécialement pour vous deux. Je me suis plongée dans son livre de cuisine, ce fut un plaisir. »

Myles leur raconta qu'il était question pour lui de prendre la tête de l'Agence de lutte contre la drogue

« Je viendrai peut-être te tenir compagnie du côté de Washington », dit Devin avec un sourire, puis il ajouta : « Strictement confidentiel. »

Sal insista pour aider Neeve à débarrasser la table et tint à préparer lui-même le café. Le laissant s'affairer avec le percolateur, Neeve sortit de leur coffret les ravissantes tasses vert et or qui étaient dans la famille Rosseti depuis des générations.

Un bruit sourd et un cri de douleur les attirèrent précipitamment dans la cuisine. Le percolateur s'était renversé, inondant le comptoir et le livre de cuisine de Renata. Sal passait sa main rougie sous l'eau froide. Il était blême.

« La poignée de cette damnée cafetière a lâché. » Il s'efforça de prendre un ton désinvolte : « Myles, je crois que tu cherches à me faire payer le jour où je t'ai cassé le bras, quand nous étions gosses. »

C'était visiblement une mauvaise brûlure.

Neeve alla en courant chercher les feuilles d'eucalyptus que Myles gardait pour les premiers soins des brûlures. Elle sécha doucement la main de Sal et y appliqua les feuilles avant de l'envelopper dans une serviette de fil. L'Évêque redressa le percolateur et commença à éponger. Myles séchait le livre de cuisine. Neeve vit son regard tandis qu'il examinait les croquis de Renata, trempés et tachés.

Sal le remarqua aussi. Il ôta sa main aux soins de Neeve.

« Myles, pour l'amour de Dieu, je suis vraiment désolé. »

Myles tint le livre au-dessus de l'évier, égoutta les éclaboussures de café et, le recouvrant d'une serviette, il le replaça soigneusement sur le haut du réfrigérateur :

« De quoi diable dois-tu te montrer désolé ? Neeve, je n'ai jamais vu cette foutue machine à café auparavant. D'où vient-elle ? »

Neeve commençait à préparer du café dans la vieille cafetière. « C'était un cadeau », dit-elle à regret. « C'est Ethel Lambston qui te l'a envoyée pour Noël après être venue à la réception. »

Devin Stanton prit l'air ébahi en voyant Myles, Neeve et Sal éclater brusquement de rire.

« Je t'expliquerai tout ça quand nous serons installés, Monseigneur, dit Neeve. Mon Dieu, quoi que je fasse, Ethel revient toujours sur le tapis, même le temps d'un dîner. »

Pendant qu'ils savouraient un espresso accompagné d'une liqueur Sambuca, elle raconta l'apparente disparition d'Ethel.

« Pourvu qu'on ne la revoie jamais », conclut Myles.

S'efforçant de dissimuler que sa main déjà couverte de cloques le faisait souffrir, Sal se versa une autre Sambuca et dit :

« Il n'est pas un couturier Septième Avenue qu'elle n'ait harcelé pour cet article. Pour répondre à ta question, Neeve, elle m'a téléphoné la semaine dernière, insistant pour que je prenne la communication. Nous étions en plein milieu d'une réunion. Elle a posé deux ou trois questions du genre : " Est-il exact que vous étiez le roi de l'école buissonnière au lycée Christopher Columbus ? " »

Neeve le dévisagea.

« Tu racontes n'importe quoi.

— Pas du tout. À mon avis, l'article d'Ethel consiste à démentir toutes les histoires que nous demandons à nos agents d'inventer à notre sujet. Ça peut faire un article, mais que ça vaille un demi-million de dollars pour un livre ! Ça m'épate. »

Neeve fut sur le point d'expliquer que personne n'avait réellement fait cette avance à Ethel, mais elle se mordit la langue. Jack Campbell n'avait manifestement pas l'intention d'ébruiter l'histoire.

« À propos, ajouta Sal, on dit que ton information sur les ateliers au noir de Steuber est en train de faire remonter pas mal de boue à la surface. Neeve, reste à l'écart de ce type.

— Qu'est-ce que ça veut dire ? » demanda sèchement Myles.

Neeve n'avait pas raconté à Myles que Gordon Steuber risquait d'être poursuivi en justice à cause d'elle. Elle fit un signe de tête à l'intention de Sal et expliqua :

« C'est un couturier chez qui je ne me fournis plus parce que sa façon de traiter en affaires ne me plaît pas. » Elle se tourna vers Sal. « Je persiste à dire qu'il y a quelque chose d'anormal dans la façon dont Ethel s'est évanouie dans la nature. Tu sais qu'elle s'habillait uniquement chez moi, et il ne manque pas un seul de ses manteaux dans sa penderie. »

Sal haussa les épaules.

« Neeve, je vais être franc, Ethel est tellement fêlée qu'elle a très bien pu sortir sans manteau et ne pas s'en apercevoir. Patiente et tu vas voir. Elle va débarquer avec sur le dos un truc qu'elle aura acheté au comptoir chez J.C. Penney. »

Myles éclata de rire. Neeve secoua la tête

« Voilà qui m'avance bien. »

Avant qu'ils ne quittent la table, Devin Stanton dit les grâces.

« Nous te remercions, Seigneur, pour notre amitié, pour ce délicieux repas, pour la ravissante jeune femme qui l'a préparé, et nous te prions de bénir la mémoire de notre bien-aimée Renata.

— Merci, Dev. » Myles effleura la main de l'Évêque. Puis il rit. « Et si elle était là, elle te dirait d'aller nettoyer sa cuisine, Sal, parce que c'est toi le responsable du gâchis. »

Après le départ de l'Évêque et de Sal, Neeve et Myles remplirent la machine à laver et lavèrent les casseroles et les récipients dans un silence agréable. Neeve prit le percolateur incriminé.

« Il faudrait peut-être le jeter avant que quelqu'un d'autre ne s'ébouillante, fit-elle remarquer.

— Non, laisse-le dans un coin, lui dit Myles. Il a dû coûter assez cher, et je pourrais le réparer un jour, en regardant *Péril*. »

Péril. Il sembla à Neeve que le mot restait suspendu dans l'air. Secouant impatiemment la tête, elle éteignit la lumière de la cuisine et embrassa Myles avant d'aller se coucher. Elle jeta un coup d'œil autour d'elle, s'assurant que tout était en ordre. La lumière de l'entrée filtrait dans le petit salon, et Neeve tressaillit en voyant un rayon éclairer les pages tachées et cloquées du livre de cuisine de Renata que Myles avait posé sur son bureau.

8.

L E VENDREDI matin, Ruth Lambston quitta l'appartement pendant que Seamus se rasait. Elle ne lui dit pas
au revoir. Le souvenir de la fureur qui avait tordu son visage
quand elle lui avait tendu le billet de cent dollars restait
imprimé dans son esprit. Tout au long de ces dernières
années, le chèque de la pension alimentaire avait étouffé
chez elle toute émotion à son égard, hormis le ressentiment.
Maintenant s'y ajoutait autre chose. Elle avait peur. Pour
lui ? Elle ne savait pas.

Ruth gagnait vingt-six mille dollars par an comme
secrétaire. Une fois soustraits les impôts et la Sécurité
sociale, plus les dépenses de transport, habillement et repas,
elle estimait que trois jours de gains nets par semaine
équivalaient à la pension alimentaire d'Ethel. « Je me crève
pour cette harpie », jetait-elle régulièrement à la face de
Seamus.

Habituellement, Seamus s'efforçait de la calmer. Mais la
nuit dernière, son visage s'était convulsé de rage. Il avait
levé le poing et Ruth s'était reculée, persuadée qu'il allait la
frapper. Mais il s'était emparé du billet, l'avait déchiré en
deux. « Tu veux savoir où je l'ai eu, hein ? » avait-il hurlé.
« C'est cette salope qui me l'a donné. Quand je lui ai
demandé de me lâcher la bride, elle m'a dit qu'elle serait
heureuse de pouvoir m'aider. Ses occupations l'avaient
contrainte à réduire ses sorties au restaurant, et c'était ce
qui lui restait du mois précédent.

« — Et elle ne t'a pas dit de cesser d'envoyer les chèques ? » avait crié Ruth.

La colère inscrite sur le visage de Seamus s'était transformée en haine. « Peut-être l'ai-je convaincue qu'il y a des limites à ce qu'un être humain peut encaisser. Peut-être est-ce une chose que tu devrais apprendre, toi aussi. »

La réponse avait mis Ruth dans un état de rage qui la faisait encore suffoquer. « Comment oses-tu me menacer ! » s'était-elle exclamée et, horrifiée, elle avait vu Seamus fondre en larmes. Secoué de sanglots, il lui avait raconté qu'il avait mis le chèque dans l'enveloppe de la lettre, que la gosse qui habitait dans l'immeuble d'Ethel avait parlé de la rançon qu'il payait chaque mois. « Tout l'immeuble me prend pour un imbécile. »

Pendant la nuit entière, Ruth était restée éveillée dans l'une des chambres des filles, animée d'un tel mépris pour Seamus qu'elle ne supportait pas l'idée de rester près de lui. Au petit matin, elle s'était rendu compte qu'elle était tout aussi méprisable. Cette femme l'avait changée en mégère. Ça ne pouvait plus durer.

Maintenant, les lèvres serrées en une ligne dure, négligeant de tourner à droite en direction de Broadway et de la station de métro, elle se dirigeait vers West End Avenue. Un petit vent aigre matinal soufflait, mais ses chaussures à talons bas lui permettaient de marcher vite.

Elle allait affronter Ethel. Elle aurait dû le faire depuis des années. Elle avait lu assez d'articles écrits par Ethel pour savoir qu'elle se donnait l'image d'une féministe. Mais maintenant qu'elle venait de signer un gros contrat pour un livre, Ethel était beaucoup plus vulnérable. Le *Post* ne se ferait pas prier pour publier dans sa page six qu'Ethel escroquait mille dollars par mois à un homme dont les trois filles faisaient encore leurs études. Ruth se permit un sourire amer. Si Ethel ne renonçait pas à la pension alimentaire, elle partirait à l'attaque. D'abord le *Post*. Ensuite le tribunal.

Elle s'était rendue au bureau du personnel de son entreprise pour demander une avance qui couvrirait les frais de scolarité. La directrice du personnel s'était montrée choquée

138

en apprenant l'existence de la pension alimentaire. « J'ai une amie qui est une bonne avocate spécialisée dans les divorces », lui avait-elle dit. « Elle travaille souvent à titre bénévole, et je suis sûre qu'elle aimerait beaucoup s'occuper d'une affaire comme la vôtre. Si je ne me trompe, une pension alimentaire décidée à l'amiable est irrévocable, mais il serait peut-être temps de mettre la justice à l'épreuve. Si vous faites jouer l'indignation publique, les choses peuvent changer. »

Ruth avait hésité. « Je ne veux pas mettre les filles dans l'embarras. Il faudrait avouer que le bar rapporte à peine de quoi garder la tête hors de l'eau. Laissez-moi réfléchir. »

En traversant la Soixante-treizième Rue, Ruth prit sa décision. Soit elle renonce à la pension, soit je vais voir cette avocate.

Une jeune femme poussant un enfant dans un landau venait droit sur elle. Ruth fit un pas de côté pour l'éviter et heurta un homme au visage en lame de couteau coiffé d'une casquette enfoncée jusqu'aux yeux et vêtu d'un méchant pardessus qui empestait le vin. Fronçant le nez de dégoût, elle serra son sac contre elle et changea rapidement de trottoir. Les piétons se bousculaient, des enfants avec leurs livres de classe, des vieux habitants du quartier qui faisaient leur sortie matinale en allant acheter le journal, des gens qui tentaient désespérément de héler un taxi pour se rendre au bureau.

Ruth n'avait jamais oublié la maison qu'ils avaient failli acheter à Westchester il y a vingt ans. Trente-cinq mille dollars à l'époque et elle devait valoir dix fois ce prix aujourd'hui. En apprenant le montant de la pension alimentaire, la banque avait refusé de leur accorder un prêt.

Elle tourna en direction de l'est dans la Quatre-vingt-deuxième Rue, la rue d'Ethel. Carrant les épaules, Ruth ajusta ses lunettes, se préparant inconsciemment comme un boxeur sur le point de pénétrer sur le ring. Seamus lui avait dit qu'Ethel habitait un rez-de-chaussée avec une entrée particulière. Le nom sur la sonnette, « E. Lambston », confirma ses indications.

Le son étouffé d'une radio à l'intérieur lui parvint. Elle pressa fermement son doigt sur la sonnette. Mais ni le premier ni le second coup de sonnette ne reçurent de réponse. Ruth n'était pas du genre à se laisser dissuader. La troisième fois, elle garda le doigt sur le bouton.

La sonnerie retentit pendant une minute entière avant que Ruth ne fût récompensée par le déclic de la poignée. La porte s'ouvrit brutalement. Les cheveux en bataille, la chemise déboutonnée, un jeune homme la fusilla du regard.

« Qu'est-ce que vous voulez, à la fin ? » demanda-t-il. Puis il fit un effort visible pour se calmer. « Excusez-moi. Êtes-vous une amie de Tante Ethel ?

— Oui, et il faut que je la voie. »

Ruth fit un pas en avant, forçant le jeune homme à lui barrer carrément le passage ou à la laisser entrer. Il recula et elle se retrouva dans le living-room. Elle jeta un rapide regard autour d'elle. Seamus lui avait toujours parlé du désordre habituel d'Ethel, pourtant l'endroit était impeccable. Un amoncellement de journaux, mais bien rangés en piles. Un beau mobilier ancien. Seamus lui avait parlé des meubles qu'il avait achetés à Ethel. Et je vis au milieu de l'horrible fatras de sa mère, pensa-t-elle.

« Je suis Douglas Brown. » Doug sentit l'appréhension le gagner. Il y avait quelque chose chez cette femme, dans la façon dont elle jaugeait l'appartement, qui le mettait mal à l'aise. « Je suis le neveu d'Ethel, dit-il. Avez-vous rendez-vous avec elle ?

— Non. Mais je veux la voir immédiatement. » Ruth se présenta : « Je suis la femme de Seamus Lambston, et je suis venue récupérer le dernier chèque qu'il a donné à votre tante. Dorénavant, il n'y aura plus de pension alimentaire. »

Il y avait une pile de courrier sur le bureau. Ruth aperçut une enveloppe blanche bordée de marron sur le dessus. Le papier à lettres que les filles avaient offert à Seamus pour son anniversaire.

« Je reprends ça », dit-elle.

Avant que Doug ne pût l'en empêcher, elle s'empara de

l'enveloppe, l'ouvrit d'un geste brusque et en sortit le contenu. Elle l'examina attentivement, détruisit le chèque et remit la lettre dans l'enveloppe.

Sous les yeux écarquillés de Doug, trop interloqué pour protester, elle plongea la main dans son sac et en sortit les morceaux du billet de cent dollars que Seamus avait déchiré.

« Elle n'est pas là, je présume, dit-elle.

— Vous avez un sacré culot, protesta Doug. Je pourrais vous faire arrêter.

— Je ne m'y risquerais pas à votre place, rétorqua Ruth. Voilà. » Elle lui fourra les morceaux déchirés du billet dans la main. « Vous direz à cette parasite de les recoller et de s'offrir son dernier gueuleton avec l'argent de mon mari. Dites-lui qu'elle n'obtiendra pas un nickel de plus de notre part et que si elle essaye, elle s'en repentira amèrement jusqu'à son dernier souffle. »

Ruth ne laissa pas à Doug l'occasion de répondre. Elle se dirigea vers le mur où étaient disposées les photos d'Ethel et les examina.

« Elle prétend agir pour toutes sortes de vagues causes imprécises, se balade partout en acceptant des récompenses diverses et variées, et pourtant elle mène à la tombe la seule personne qui ait jamais tenté de la traiter comme une femme, comme un être humain. » Ruth se tourna vers Doug. « Elle me dégoûte. Je sais ce qu'elle pense de vous. Vous vous laissez nourrir dans des restaurants de luxe dont mon mari, moi et mes enfants, nous payons l'addition. Et il faut encore que vous la voliez. Ethel a parlé de vous à mon mari. Je ne dirai qu'une chose. Vous vous valez. »

Elle partit. Les lèvres couleur de cendre, Doug se laissa tomber sur le canapé. À qui d'autre Ethel, avec sa grande gueule, avait-elle raconté qu'il prenait sa part sur le fric de la pension ?

En se retrouvant sur le trottoir, Ruth fut interpellée par une femme qui se tenait sous le porche de l'immeuble. La quarantaine, des cheveux blonds savamment ébouriffés, vêtue d'un pull-over et d'un pantalon moulant dernier cri, son visage trahissait une curiosité sans retenue.

« Pardonnez-moi de vous importuner, dit la femme, mais je suis Georgette Wells, la voisine d'Ethel, et je m'inquiète à son sujet. »

Une adolescente maigrichonne ouvrit la porte de l'immeuble, descendit bruyamment les marches et se tint à côté de ladite Wells. Ses yeux perçants dévisagèrent Ruth, enregistrant le fait qu'elle se tenait devant l'appartement d'Ethel.

« Vous êtes une amie de Mme Lambston? » demanda-t-elle.

Ruth sut tout de suite qu'il s'agissait de la gamine qui s'était moquée de Seamus. Un profond mépris se mêla à l'effroi soudain qui lui glaça le cœur. Pourquoi cette femme s'inquiétait-elle pour Ethel? Elle revit la rage meurtrière sur le visage de Seamus pendant qu'il racontait la façon dont Ethel lui avait fourré le billet de cent dollars dans la poche. Elle revit l'appartement ordonné qu'elle venait de quitter. Combien de fois Seamus lui avait-il raconté qu'il suffisait à Ethel de pénétrer dans une pièce pour donner l'impression qu'une bombe y avait explosé? Ethel n'avait *pas* été chez elle récemment.

« Oui, dit-elle », s'efforçant de prendre un ton aimable. « Je suis étonnée qu'Ethel ne soit pas là, mais pourquoi s'en inquiéter?

— Dana, va à l'école », ordonna sa mère. « Tu vas encore être en retard. »

Dana fit la moue.

« Je veux écouter.

— Bon, bon », fit impatiemment Georgette Wells, et elle se tourna à nouveau vers Ruth. « Il se passe quelque chose de bizarre. La semaine dernière, Ethel a reçu une visite de son ex. Généralement il ne vient que le cinq du mois s'il n'a pas posté la pension alimentaire. Si bien qu'en le voyant rôder dans les parages jeudi après-midi, j'ai trouvé ça curieux. On était seulement le trente, pourquoi venait-il la payer en avance ? Eh bien, laissez-moi vous dire qu'ils ont eu une sacrée dispute ! Je pouvais les entendre s'invectiver comme si je me trouvais dans la pièce. »

Ruth parvint à empêcher sa voix de trembler.

« Que disaient-ils ?

— Eh bien, en fait, j'entendais surtout des cris. Je ne comprenais pas vraiment ce qu'ils disaient. J'ai voulu descendre au cas où Ethel aurait des ennuis... »

Non, tu voulais en entendre davantage, pensa Ruth.

« ... mais mon téléphone a sonné et c'était ma mère qui appelait de Cleveland à propos du divorce de ma sœur, et ça a pris une heure avant qu'elle ne reprenne son souffle. À ce moment-là, l'engueulade était terminée. J'ai téléphoné à Ethel. Elle est marrante quand elle parle de son ex. Ça vaut le coup de l'entendre l'imiter, vous savez. Mais elle n'a pas répondu, alors j'ai pensé qu'elle était sortie. Vous connaissez Ethel — toujours en train de courir. Mais elle me prévient généralement si elle compte s'absenter pour plus de deux jours, et elle n'a pas dit un mot. Maintenant son neveu s'est installé chez elle, et ça aussi, ce n'est pas catholique. »

Georgette croisa les bras.

« Il fait froid, vous ne trouvez pas ? Un drôle de temps. Ce sont toutes ces bombes de laque qui polluent l'ozone, je parie. En tout cas », poursuivit-elle sans que Dana en perdît une miette, « j'ai le bizarre pressentiment qu'il est arrivé quelque chose à Ethel, et que sa nullité d'ex-mari n'y est pas pour rien.

— Et n'oublie pas, Maman, l'interrompit Dana, qu'il est revenu vendredi et qu'il avait l'air d'avoir vraiment peur à propos de quelque chose.

— J'allais y venir. Tu l'as vu vendredi. C'était le cinq, ce qui veut dire qu'il venait probablement remettre le chèque. Et je l'ai vu hier. Pouvez-vous m'expliquer pourquoi il est revenu ? Mais personne n'a vu Ethel. La façon dont je vois les choses, c'est qu'il pourrait lui avoir fait je ne sais quoi et avoir laissé une preuve embêtante. » Son histoire terminée, Georgette Wells eut un sourire triomphant. « Puisque vous êtes une amie d'Ethel, demanda-t-elle à Ruth, dites-moi ce que vous feriez à ma place. Faut-il que je téléphone à la police pour leur dire que ma voisine a peut-être été assassinée ? »

Le vendredi matin, Kitty Conway reçut un appel téléphonique de l'hôpital. L'un des chauffeurs bénévoles était malade. Pouvait-elle le remplacer ?

L'après-midi était avancé quand elle put rentrer chez elle, enfiler sa tenue et ses chaussures de jogging et reprendre le volant en direction du parc Morrison. Les ombres s'allongeaient, et elle se demanda en cours de route s'il ne serait pas plus raisonnable d'attendre le lendemain matin, puis elle continua résolument à conduire jusqu'à l'entrée du parc. Le soleil des derniers jours avait séché le macadam du parking et les sentiers qui y convergeaient, mais les zones en sous-bois étaient encore humides.

Kitty marcha jusqu'au manège, avec l'intention de suivre l'itinéraire qui lui permettrait de retrouver l'endroit où son cheval s'était emballé quarante-huit heures auparavant. Mais elle s'aperçut avec dépit qu'elle n'était pas certaine de la piste à suivre. « Aucun sens de l'orientation », marmonna-t-elle au moment où une branche lui frappait le visage. Elle se souvint que Mike lui faisait toujours des croquis précis indiquant les croisements et les points de repère, lorsqu'elle partait seule en voiture pour un endroit qu'elle ne connaissait pas.

Au bout de quarante minutes, ses chaussures étaient trempées et couvertes de boue, ses jambes douloureuses et elle tournait toujours en rond. Elle s'arrêta pour se reposer dans une clairière où se regroupaient généralement les cavaliers. Il n'y avait aucun autre marcheur dans les parages, aucun bruit de sabots sur les pistes. Le jour était presque tombé. Je suis complètement folle, pensa-t-elle. Ce n'est pas un endroit où se trouver seule. Je reviendrai demain.

Elle se leva, décidée à retourner sur ses pas, puis s'immobilisa. Attends, pensa-t-elle. C'était plus loin dans

144

cette direction. Nous avons pris la bifurcation sur la droite et grimpé cette pente. C'est quelque part par là que ce diable de canasson a décidé de faire bande à part.

Elle était convaincue de ne pas se tromper. L'impatience doublée d'une angoisse grandissante accélérait les battements de son cœur. La nuit dernière, son esprit n'avait cessé d'osciller comme un pendule. Elle *avait* vu une main... Elle *devait* téléphoner à la police... Ridicule. C'était son imagination. Elle aurait l'air d'une imbécile. Elle n'avait qu'à passer un coup de fil anonyme et ne plus s'en occuper. Non. Supposons qu'elle ait raison et qu'ils repèrent l'appel... Au bout du compte, elle s'en était tenue à son plan initial. Aller vérifier elle-même.

Elle mit vingt minutes à parcourir le terrain que les chevaux avaient franchi en cinq minutes. Voilà l'endroit où cette andouille a commencé à brouter toutes les mauvaises herbes sur son chemin, se souvint-elle. J'ai tiré sur les rênes et il a fait un écart et piqué droit par là.

« Par là » était une pente abrupte et rocailleuse. Dans l'obscurité grandissante, Kitty commença à descendre. Les pierres roulaient sous ses pieds. Elle perdit l'équilibre, tomba, s'écorchant la main. « Il ne manquait plus que ça », maugréa-t-elle. Malgré le froid, des gouttes de transpiration se formaient sur son front. Elle les essuya d'une main salie par la terre argileuse répandue entre les pierres. Il n'y avait pas la moindre trace de manche bleue.

À mi-chemin de la pente, elle atteignit un gros rocher et s'arrêta pour s'y reposer. J'ai eu une vision, décida-t-elle. Dieu merci, je ne me suis pas couverte de ridicule en téléphonant à la police. Elle allait se reposer un instant, rentrer chez elle et prendre une bonne douche chaude. « Que l'on puisse aimer la randonnée me dépasse », dit-elle à voix haute. Lorsqu'elle eut retrouvé son souffle, elle se frotta les mains sur son survêtement vert pâle, prit appui de la main droite sur le bord du rocher et se prépara à se redresser. Et elle sentit quelque chose.

Kitty baissa les yeux. Elle voulut crier, mais aucun son ne sortit de sa bouche, seulement un gémissement étouffé, incrédule. Ses doigts effleuraient d'autres doigts, manucurés, vernis de rouge foncé, maintenus vers le haut par les rochers qui avaient glissé autour d'eux, encadrés par la manchette bleue qui avait pénétré dans le subconscient de Kitty. Un morceau de plastique noir, comme un brassard de deuil, enserrait le mince poignet inerte.

Déguisé en ivrogne, Denny Adler s'installa le vendredi matin à sept heures contre l'immeuble qui faisait face à Schwab House. L'air était encore frais et vif, et il se dit qu'il avait peu de chances de voir Neeve partir à pied à son travail. Mais il avait appris à être patient quand il fallait filer quelqu'un. Le Grand Charley avait dit que Kearny partait travailler tôt, entre sept heures trente et huit heures.

Vers huit heures moins le quart, l'exode commença. Un flot de gosses, ramassés par un bus, en route vers une de leurs coûteuses écoles privées. Moi aussi, je suis allé dans une école privée, se rappela Denny. La maison de correction de Brownsville, dans le New Jersey.

Les jeunes cadres dynamiques commencèrent à se déverser dans la rue. Tous vêtus des mêmes imperméables — non, des *Burberrys*, rectifia Denny. Ne pas confondre. Puis les cadres supérieurs grisonnants, hommes et femmes. Astiqués et l'air prospère. De son point d'observation, il pouvait les examiner tout à son aise.

À neuf heures moins vingt, Denny sut que ce n'était pas son jour. La seule chose qu'il ne pouvait pas risquer, c'était que le patron de la delicatessen se foute en rogne contre lui. Avec son casier, on l'appréhenderait pour l'interroger une fois le contrat exécuté. Mais Denny savait que son responsable interviendrait en sa faveur. « C'est un de mes meilleurs garçons, dirait Toohey. Jamais une minute de retard au travail. Un type sans reproche. »

Denny se redressa à regret, se frotta les mains et baissa les yeux. Il portait un ample pardessus crasseux qui sentait le vin bon marché, une casquette trop grande avec des oreillettes qui lui couvrait pratiquement tout le visage, et des tennis trouées sur les côtés. Personne ne pouvait deviner que sous le manteau il était correctement vêtu de son habituelle tenue de travail, une veste zippée et un blue-jean délavé. Il portait un sac de marché qui contenait ses chaussures de tous les jours, un gant de toilette et une serviette. Il avait un couteau à cran d'arrêt dans la poche droite de son pardessus.

Il avait prévu de marcher jusqu'à la station de métro de la Soixante-douzième Rue et Broadway, d'aller au bout du quai, de fourrer le manteau et la casquette dans le sac, de changer les tennis crasseuses par les autres, et de se débarbouiller le visage et les mains.

Si seulement Kearny n'était pas montée dans un taxi hier soir ! Il aurait juré qu'elle s'apprêtait à rentrer chez elle à pied. Il aurait eu toutes les chances de la buter dans le parc...

La patience née de la conviction absolue qu'il remplirait sa mission, sinon ce matin, peut-être ce soir, sinon aujourd'hui, peut-être demain, remit Denny en route. Il prit soin de marcher en vacillant, de balancer le sac comme s'il n'y prêtait pas attention. Les quelques personnes qui prirent la peine de lui jeter un coup d'œil s'écartèrent, avec sur le visage une expression de dégoût ou de pitié.

Alors qu'il traversait la Soixante-douzième Rue et West End, il heurta une grognasse qui avançait tête baissée, le bras serré sur son sac à main, un pli mauvais aux lèvres. Il aurait bien aimé lui donner un coup et s'emparer du sac, mais il repoussa la tentation. Il la dépassa en pressant le pas, tourna dans la Soixante-douzième Rue et se dirigea vers la station de métro.

Il en sortit quelques minutes plus tard, le visage et les mains astiqués, les cheveux brossés, sa veste de jean fermée jusqu'au cou, le sac contenant le pardessus, la casquette, le gant-éponge et la serviette plié en paquet.

À dix heures trente, il apportait le café dans le bureau de Neeve.

« Salut, Denny, l'accueillit-elle. J'ai dormi trop tard ce matin, résultat je n'arrive pas à me mettre au travail. Et je me fiche de ce que disent les autres. Votre café est bien meilleur que la lavasse qu'ils font bouillir dans leur machine.

— Ça arrive à tout le monde de dormir trop tard, mademoiselle Kearny », dit Denny, sortant le gobelet du sac et l'ouvrant avec prévenance à son intention.

Lorsqu'elle s'était réveillée ce vendredi matin, Neeve avait constaté avec stupeur qu'il était neuf heures moins le quart. Dieu du Ciel, avait-elle pensé en sortant d'un bond de son lit, voilà ce que c'est de rester la moitié de la nuit debout avec les anciens du Bronx. Elle enfila sa robe de chambre et se précipita dans la cuisine. Myles avait mis le café en route, pressé un jus de fruits et préparé les muffins.

« Tu aurais dû me réveiller, Préfet, lui reprocha-t-elle.

— L'industrie de la mode n'en mourra pas de t'attendre une demi-heure. »

Il était plongé dans le *Daily News*.

Neeve se pencha sur son épaule.

« Quelque chose d'intéressant ?

— Le récit en première page des hauts faits de Nicky Sepetti. On l'enterre demain, accompagné vers l'éternité de la grand-messe à St. Camilla jusqu'à l'inhumation à Calvary.

— T'attendais-tu à ce qu'ils l'expédient sans fleurs ni couronnes ?

— Non, j'espérais qu'il serait incinéré et qu'on m'accorderait la faveur de glisser son cercueil dans l'incinérateur.

— Oh, Myles, tais-toi. » Neeve chercha à changer de sujet. « C'était bien hier soir, non ?

— Très bien. Je me demande comment va la main de Sal. Ça m'étonnerait qu'il ait conté fleurette à sa dernière fiancée cette nuit. Sais-tu qu'il songe à se remarier une énième fois ? »

Neeve avala son jus d'orange avec une pilule de vitamines.

« Tu plaisantes. Qui est l'heureuse élue ?

148

— Je ne suis pas certain que " heureuse " soit le terme approprié, fit Myles. Il les collectionne. Il ne s'est jamais marié avant sa réussite, et depuis, il passe d'un mannequin de lingerie à une ballerine, d'une femme du monde à une toquée de la forme physique. Il s'est tour à tour installé dans le Westchester, le New Jersey, le Connecticut, Sneden's Landing, et il les laisse toutes dans des maisons plus luxueuses les unes que les autres. Dieu sait ce que ça doit lui coûter depuis le temps !

— Crois-tu qu'il se fixera un jour ? demanda Neeve.

— Qui sait ? En dépit de tout l'argent qu'il gagne, Sal Esposito restera toujours un gosse peu sûr de lui qui essaye de faire ses preuves. »

Neeve introduisit un muffin dans le grille-pain.

« Qu'est-ce que j'ai manqué d'autre pendant que je m'affairais aux fourneaux ?

— Dev a été convoqué par le Vatican. Cela juste entre nous. Il me l'a confié sur le pas de la porte, pendant que Sal était allé pisser — excuse-moi, ta mère m'interdisait de parler ainsi. Pendant que Sal était allé se laver les mains.

— Je l'ai entendu parler de Baltimore. C'est l'archidiocèse ?

— Il pense que c'est en train de se faire.

— Ça peut lui valoir le chapeau rouge.

— Possible.

— Je dois dire que vous, les gars du Bronx, vous ne vous êtes pas trop mal débrouillés. Il devait y avoir quelque chose dans l'air. »

Le grille-pain remonta. Neeve beurra son muffin, étala généreusement la confiture et mordit à belles dents. Bien que la journée s'annonçât maussade, la cuisine avait un air riant avec ses placards de chêne cérusé et son sol à carreaux dans les tons de bleu, blanc et vert. Des carrés de lin vert menthe avec des serviettes assorties servaient de sets de table. Les tasses, les soucoupes, le pichet et le pot de crème venaient de la famille de Myles. Une porcelaine anglaise bleue à motifs chinois. Neeve ne pouvait envisager de commencer la journée sans ce service à petit déjeuner.

149

Elle examina attentivement Myles. Il avait l'air d'être redevenu presque lui-même. Ce n'était pas seulement à cause de Nicky Sepetti. C'était la perspective de se remettre à travailler, d'accomplir quelque chose d'utile. Elle savait à quel point Myles déplorait le trafic de drogue et le carnage qu'il provoquait. Et qui sait ? À Washington, il rencontrerait peut-être quelqu'un. Il devrait se remarier. Il était encore sacrément séduisant. Elle lui en fit la remarque.

« Tu l'as déjà dit hier soir, lui rappela Myles. Je pense d'ailleurs proposer mes services pour la double page de *Playgirl*. Crois-tu que j'aie mes chances ?

— S'ils acceptent, les nanas vont faire la queue à ta porte », lança Neeve en emportant son café dans sa chambre, décidant qu'il était grand temps de se mettre en mouvement et d'aller travailler.

Lorsqu'il eut fini de se raser, Seamus se rendit compte que Ruth avait quitté l'appartement. Il resta désorienté pendant un moment, puis traversa l'entrée d'un pas pesant, entra dans la chambre, dénoua la ceinture du peignoir-éponge marron que les filles lui avaient offert pour Noël, et se laissa tomber sur le lit. La fatigue qui l'accablait était telle qu'il avait peine à garder les yeux ouverts. Tout ce dont il avait envie, c'était se remettre au lit, tirer les couvertures par-dessus sa tête et dormir, dormir, dormir.

Pendant toutes ces années difficiles, Ruth n'avait jamais fait chambre à part. Parfois, ils passaient des semaines, des mois à la file sans jamais se toucher, tellement tourmentés par les ennuis d'argent qu'ils avaient l'estomac tordu, mais même alors, par une sorte de consentement tacite, ils avaient partagé le même lit, liés par la tradition qu'une femme doit dormir aux côtés de son mari.

Seamus contempla la chambre, la voyant avec les yeux de Ruth. Le mobilier acheté par sa mère lorsqu'il avait dix ans. Pas ancien, seulement vieux — le placage d'acajou, la glace qui penchait dangereusement sur ses montants au-dessus de la coiffeuse. Il revoyait sa mère en train de cirer ce meuble, s'activant, fière du résultat. Pour elle, l'ensemble complet, lit, coiffeuse et commode, avait représenté un aboutissement, le rêve comblé d'une « belle maison ».

Ruth découpait dans *Beautiful House* les photos du genre de pièces qu'elle aurait souhaité avoir. Des meubles modernes. Des tons pastel. Une ambiance claire. Les problèmes d'argent avaient mis fin à ses espoirs et effacé la gaieté sur son visage, elle était devenue trop sévère avec les filles. Il se souvint du jour où elle avait hurlé contre Marcy : « Comment ça, tu as déchiré ta robe ? J'ai économisé jusqu'au dernier cent pour l'acheter. »

Tout ça à cause d'Ethel.

Seamus se prit la tête dans les mains. Le coup de téléphone qu'il avait combiné lui pesait sur la conscience. Sans issue. C'était le titre d'un film sorti il y a deux ans. *Sans issue.*

Il avait failli frapper Ruth, hier soir. Le souvenir de ces dernières minutes avec Ethel, le moment où il avait perdu son sang-froid, quand il avait...

Il se renversa à nouveau sur l'oreiller. À quoi bon se rendre au bar, chercher à sauver la face ? Il avait franchi un pas qu'il n'aurait jamais cru possible de franchir. Il était trop tard pour revenir en arrière. Il le savait. Et ça ne servirait à rien. Il le savait aussi. Il ferma les yeux.

Il ne s'aperçut pas qu'il s'était endormi, mais soudainement Ruth fut devant lui. Elle était assise sur le bord du lit. La colère semblait s'être retirée de son visage. Elle avait l'air égaré, frappé de panique, comme quelqu'un face au peloton d'exécution.

« Seamus, dit-elle, tu dois tout me raconter. Qu'est-ce que tu lui as fait ? »

Gordon Steuber arriva à son bureau Trente-septième Rue Ouest à dix heures du matin le vendredi. Il avait pris l'ascenseur avec trois hommes vêtus de gris en qui il avait immédiatement reconnu des vérificateurs du gouvernement venus fourrer leur nez dans sa comptabilité. Son personnel n'eut qu'à voir son pas furieux, le regard mauvais qui lui rapprochait les sourcils, pour que se répande la consigne : « Gare ! »

Il traversa le showroom, sans regarder ni les clients ni les employés, passa rapidement devant le bureau de sa secrétaire, ne daigna pas répondre au timide « Bonjour, monsieur » de May, et entra dans son bureau, claquant la porte derrière lui.

Lorsqu'il s'assit à son bureau et se renversa dans le fauteuil de cuir marocain qui provoquait toujours des commentaires admiratifs, l'inquiétude s'inscrivait sur son visage rembruni.

Il contempla son bureau, s'imprégnant de l'ambiance qu'il avait créée autour de lui : les canapés et sièges en cuir repoussé ; les toiles qui lui avaient coûté les yeux de la tête ; les sculptures que son consultant artistique affirmait dignes d'un musée... Grâce à Neeve Kearny, il avait de bonnes chances de passer plus de temps au tribunal que dans son bureau, désormais. Ou en prison, s'il ne prenait pas de précautions.

Steuber se leva et se dirigea vers la fenêtre. Trente-septième Rue. La rue des marchands ambulants. Elle avait gardé la même atmosphère frénétique. Lorsqu'il était môme, il venait travailler dans l'atelier de fourrures de son père en sortant de l'école. Des peaux bon marché. Le genre de fourrures à côté desquelles les créations de I. J. Fox ont l'air de zibelines. Son père était déclaré en faillite régulièrement tous les deux ans. À l'âge de quinze ans, Gordon savait qu'il ne passerait pas sa vie le nez dans les peaux de lapin, et à faire croire à de pauvres poires qu'elles avaient l'air de reines dans de minables dépouilles.

Les doublures. Il l'avait compris avant d'être assez vieux pour avoir du poil au menton. L'élément de base. Que vous vendiez une veste, une robe, un truc à manches longues, une étole ou une cape, il fallait que ce soit doublé.

Cette simple découverte et un prêt mesquin de la part de son père avaient marqué le début des entreprises Steuber.

Les jeunes qu'ils avaient engagés dès leur sortie du F.I.T. *
ou de l'École graphique de Rhode Island avaient de
l'imagination et du flair. Ses doublures dans leurs imprimés
séduisants étaient devenues célèbres.

Mais les doublures ne font pas de vous une légende dans
un monde avide de reconnaissance. C'est alors qu'il s'était
mis à chercher des débutants capables de dessiner des
tailleurs. Il s'était fixé pour but de devenir le nouveau
Chanel.

Une fois encore, il avait réussi. Ses tailleurs se vendaient
dans les meilleures boutiques. Mais il était un parmi une
douzaine, deux douzaines d'autres, cherchant tous à atteindre la même clientèle haut de gamme. Ça ne rapportait pas
assez.

Steuber prit une cigarette. Son briquet en or massif,
marqué à ses initiales avec des incrustations de rubis, était
posé sur son bureau. Sa cigarette allumée, il le tint un
instant, le tournant et le retournant dans sa main. Il suffisait
à l'administration fédérale d'additionner le coût du mobilier
de cette pièce et de ce briquet, et ils ne cesseraient de fouiner
jusqu'à ce qu'ils trouvent suffisamment de preuves pour
l'inculper de fraude fiscale.

C'était ces syndicats de malheur qui vous empêchaient de
faire des véritables bénéfices, se dit-il. Personne ne l'ignorait. Chaque fois qu'apparaissait la publicité pour l'I.L.-
G.W.U., Steuber avait envie de fracasser son poste de
télévision. Tout ce qu'ils voulaient, c'était plus d'argent.
Arrêtez les importations. Engagez-nous.

Il y a trois ans, il avait commencé à faire comme tout le
monde, à ouvrir des ateliers non déclarés pour immigrants
sans carte de travail. Pourquoi pas ? Les Mexicaines étaient
de bonnes couturières.

Puis il avait découvert où résidait véritablement l'argent.
Il était prêt à liquider les ateliers au noir quand Neeve
Kearny avait révélé le pot aux roses. Et cette cinglée d'Ethel

* Fashion Institute and Technology, célèbre école d'art graphique spécialisée
dans la mode (N.d.T.)

153

Lambston avait commencé à fouiner. Il voyait encore cette sorcière débouler ici mercredi dernier. May était encore dans son bureau, à côté. Sans quoi...

Il l'avait jetée dehors, prise littéralement par les épaules et poussée à travers le showroom jusqu'à la porte d'entrée, la brusquant au point qu'elle avait trébuché contre l'ascenseur. Elle n'avait rien perdu de son assurance. Comme il claquait la porte, elle avait crié : « Au cas où vous ne le sauriez pas encore, ils ne vont pas tarder à vous épingler pour cause de fraude fiscale en plus du travail au noir. Et ce n'est qu'un début. Je sais comment vous vous remplissez les poches. »

Il avait alors su qu'il ne pouvait la laisser continuer à mettre son nez dans ses affaires. Il fallait l'en empêcher.

Le téléphone fit entendre son doux ronronnement. Contrarié, Gordon décrocha.

« Qui est-ce, May ? »

Sa secrétaire prit un ton d'excuse.

« Je savais que vous ne vouliez pas être dérangé, monsieur, mais les agents du bureau du procureur général insistent pour vous voir.

— Faites-les entrer. »

Steuber défroissa la veste de son costume de soie beige clair, ôta d'un petit coup de mouchoir un grain de poussière sur ses boutons de manchettes en diamant et se carra dans son fauteuil.

Au moment où s'avançaient les trois agents à l'air professionnel et sévère, il se rappela pour la dixième fois en une heure que tout avait commencé parce que Neeve Kearny avait tiré la sonnette d'alarme sur ses ateliers au noir.

À onze heures le vendredi matin, Jack Campbell regagna son bureau après une réunion de travail, et attaqua à nouveau le manuscrit qu'il avait essayé de lire la veille au soir. Cette fois-ci, il se força à se concentrer sur les aventures croustillantes d'une éminente psychiatre de trente-trois ans qui tombe amoureuse de son patient, une star du cinéma vieillissante. Ils se rendent à Saint-Martin pour des vacances incognito. L'idole de cinéma, par sa longue et gaillarde expérience des femmes, rompt les barrières que la psychiatre a construites autour de sa féminité. En retour, après trois semaines de nuits amoureuses sous les cieux étoilés, elle lui redonne confiance en lui-même. Il regagne Los Angeles et accepte un rôle de grand-père dans une comédie. Elle reprend ses consultations, sachant qu'elle rencontrera un jour un homme avec lequel elle pourra faire sa vie. Le livre se termine au moment où elle accueille son nouveau patient, un bel agent de change de trente-huit ans qui lui dit : « Je suis trop riche, trop anxieux, trop désorienté. »

Oh là là, pensa Jack en feuilletant les dernières pages. Il reposa brusquement le manuscrit sur son bureau au moment où Ginny entrait dans la pièce, une pile de courrier à la main. Elle fit un signe de tête dans la direction du manuscrit.

« C'est comment ?

— Effroyable, mais ça se vendra bien. C'est curieux, pendant toutes les scènes de sexe dans le jardin, je n'ai cessé de penser aux piqûres de moustiques. Est-ce le signe que je vieillis ? »

Ginny sourit.

« J'en doute. Vous n'avez pas oublié que vous avez un déjeuner ?

— Je l'ai noté. »

Jack se leva et s'étira.

Ginny lui jeta un regard approbateur.

« Vous rendez-vous compte que vous êtes le centre d'attraction de toutes les éditrices juniors de la maison ? Elles me demandent toutes si je suis sûre que vous n'avez personne dans votre vie.

— Dites-leur que nous sommes ensemble vous et moi.

— Je le voudrais bien. Si j'avais vingt ans de moins. »

Un pli soucieux effaça le sourire de Jack.

« Ginny, je viens de penser à quelque chose. Quand *Contemporary Woman* boucle-t-il son prochain numéro?

— Je ne sais pas exactement. Pourquoi?

— Je me demande s'il me serait possible d'obtenir une copie de l'article qu'Ethel Lambston a écrit pour eux sur la mode. Je sais que Toni ne montre généralement rien avant la sortie du magazine, mais voyez ce que vous pouvez faire, d'accord?

— Bien sûr. »

Une heure plus tard, au moment où Jack partait déjeuner, Ginny l'appela.

« L'article sort dans le prochain numéro. Toni vous autorise exceptionnellement à en prendre connaissance. Elle vous fait également parvenir des photocopies des notes d'Ethel.

— C'est formidable.

— C'est elle qui a proposé de vous les communiquer, dit Ginny. À son avis, les coupures faites dans les articles d'Ethel ont généralement plus de piment que la partie imprimée après accord des avocats. Toni commence elle aussi à s'inquiéter au sujet d'Ethel. Puisque vous publiez son livre sur la mode, elle n'a pas l'impression de manquer à l'éthique de la profession. »

En chemin vers son rendez-vous, Jack se sentit soudain terriblement impatient de voir les coupures de l'article d'Ethel qui étaient prétendument trop brûlantes pour être publiées.

Seamus et Ruth n'allèrent pas travailler ce vendredi-là. Ils restèrent assis dans l'appartement, se dévisageant l'un l'autre comme des gens pris dans des sables mouvants, qui s'enfoncent lentement, incapables d'inverser le cours de la fatalité. À midi, Ruth fit du café fort et des toasts au fromage. Elle obligea Seamus à se lever et à s'habiller.

« Viens manger, lui dit-elle, et répète-moi exactement ce qui s'est passé. »

Tandis qu'elle l'écoutait, elle ne voyait qu'une chose, les

conséquences pour les filles. Les espoirs qu'elle avait fondés sur elles. Les études à l'université pour lesquelles elle avait rogné sur tout, s'était sacrifiée. Les cours de danse et de chant, les vêtements si soigneusement achetés en solde. À quoi bon si leur père se retrouvait en prison ?

À nouveau, Seamus débita son histoire. Son visage rond luisant de transpiration, ses grosses mains posées, impuissantes, sur ses genoux, il raconta comment il avait supplié Ethel de lui lâcher la bride, comment elle s'était amusée de lui. « Peut-être que oui, peut-être que non », lui avait-elle dit. Puis elle avait fouillé derrière les coussins du canapé. « Laisse-moi regarder si mon neveu n'a pas tout volé », avait-elle dit en riant, et elle avait trouvé un billet de cent dollars qu'elle avait fourré dans la poche de Seamus en soulignant qu'elle n'avait pas eu le temps de beaucoup dîner dehors ce mois-ci.

« Je lui ai donné un coup de poing », dit Seamus d'une voix sans timbre. « C'est parti malgré moi. Sa tête a valsé sur un côté. Elle est tombée en arrière. Je ne savais pas si je l'avais tuée. Elle s'est relevée et elle a eu peur. Je lui ai dit que si elle demandait un centime de plus, je la tuerais. Elle a vu que je ne plaisantais pas. Elle a dit : " Entendu, plus de pension alimentaire. " »

Seamus avala le reste de son café. Ils étaient assis dans le salon-bureau. La journée avait commencé dans le froid et la grisaille, et on aurait dit que le soir tombait déjà. Gris et froid. Exactement comme jeudi dernier, dans l'appartement d'Ethel. Le lendemain, la tourmente de neige avait éclaté. Elle éclaterait à nouveau. Il en était sûr.

« Et tu es parti ? » le pressa Ruth.

Seamus hésita.

« Et je suis parti. »

Il manquait quelque chose. Ruth embrassa la pièce du regard, le lourd mobilier de chêne qu'elle détestait depuis vingt ans, le tapis défraîchi avec lequel elle avait dû vivre, et elle sut que Seamus ne lui avait pas dit l'entière vérité. Elle baissa les yeux sur ses mains. Trop petites. Carrées. Des ongles épais. Les trois filles avaient de longs doigts fins. De

157

qui les tenaient-elles? De Seamus? Probablement. Les photos de la famille de Ruth montraient des gens petits, trapus. Mais ils étaient forts. Et Seamus était faible. Un homme faible et apeuré, qui s'était laissé conduire par le désespoir. Jusqu'où?

« Tu ne m'as pas tout dit, fit-elle. Je veux savoir. Je dois savoir. C'est le seul moyen qui me permettra de t'aider. »

La tête cachée dans ses mains, il lui raconta le reste. « Ô mon Dieu! s'écria Ruth. Ô mon Dieu! »

À treize heures, Denny retourna « Chez Neeve » avec un carton contenant deux sandwiches au thon et un café. Comme précédemment, la réceptionniste lui indiqua d'un geste le bureau de Neeve. Neeve était en conversation avec son assistante, cette belle fille noire. Denny ne leur donna pas le temps de le remercier et de lui dire de s'en aller. Il ouvrit le carton, sortit les sandwiches et dit : « Vous allez manger ici?

— Denny, vous nous gâtez. C'est presque un service d'hôtel », lui dit Neeve.

Denny tressaillit, réalisant son erreur. Il devenait trop visible. Mais il voulait savoir quels étaient ses plans.

Comme pour répondre à sa demande muette, Neeve annonça à Eugenia :

« Lundi, je ne pourrai pas me rendre Septième Avenue avant la fin de l'après-midi. Mme Poth a rendez-vous à treize heure trente, et elle tient à ce que je l'aide à choisir quelques robes du soir.

— Ça paiera le loyer du trimestre prochain », fit Eugenia.

Denny replia les serviettes. Lundi en fin d'après-midi. C'était bon à savoir. Il parcourut la pièce du regard. Un petit bureau. Sans fenêtre. Dommage. Avec une ouverture sur la rue, il aurait pu lui tirer en plein dans le dos. Mais Charley lui avait dit que ça ne devait pas ressembler à un coup prémédité. Ses yeux s'arrêtèrent sur Neeve. Belle gosse. De la classe. Quand on pensait à toutes les mochetés

158

qui se trimbalaient, c'était vraiment dommage de devoir supprimer celle-là. Il marmonna un au revoir et partit, leurs remerciements résonnant encore à ses oreilles. La réceptionniste le paya, ajoutant l'habituel et généreux pourboire. Mais ce n'est pas avec deux dollars par livraison qu'on arrive rapidement à vingt mille dollars, songea Denny en passant la lourde porte vitrée.

Tout en grignotant son sandwich, Neeve composa le numéro de Toni Mendell à *Contemporary Woman*. Lorsqu'elle entendit la requête de Neeve, Toni Mendell s'exclama :
« Qu'est-ce que tout ça veut dire ? La secrétaire de Jack Campbell a téléphoné pour demander la même chose. Je lui ai dit que je commençais aussi à m'inquiéter au sujet d'Ethel. Je vais être franche. J'ai accepté que Jack lise une copie des notes d'Ethel parce qu'il est son éditeur. Je ne peux vous les donner, mais je vous fais parvenir l'article. » Elle ne laissa pas à Neeve le temps de la remercier. « Mais pour l'amour du Christ, ne le montrez à personne d'autre. Il y aura assez de gens dans la mode qui vont piquer une crise le jour où ils liront ça. »

Une heure plus tard, Neeve et Eugenia étaient plongées dans la lecture de l'article d'Ethel. Il était intitulé « Créateurs et imposteurs de génie » et, même venant d'Ethel, il était particulièrement acéré. Elle commençait par nommer les trois tendances qui avaient marqué la mode dans les cinquante dernières années : le New Look de Christian Dior en 1947, la minijupe de Mary Quant au début des années soixante, et la collection Barrière du Pacifique créée par Anthony della Salva en 1972.
Sur Dior, Ethel avait écrit :

En 1947, la mode était en plein marasme, encore sous l'influence des modes militaires de la guerre. Tissu chiche ; épaules carrées ; boutons de cuivre. Dior, jeune couturier timide, décida de tirer un trait sur la guerre et de reléguer aux oubliettes les jupes courtes, symbole d'une époque de restrictions. Faisant la preuve de son génie, il eut le culot d'affirmer aux yeux d'un monde incrédule qu'à partir de maintenant la robe d'après-midi descendrait à trente-deux centimètres du sol.

On ne lui facilita pas la tâche. Une empotée de Californienne trébucha sur sa longue jupe en descendant de l'autobus et attisa une révolte nationale contre le New Look. Mais Dior resta ferme à son poste, ou à ses ciseaux, et, saison après saison, créa des vêtements pleins de grâce et d'élégance — drapés partant de l'encolure, tailleurs à petite veste cintrée sur une jupe en forme. Et son talent de précurseur trouva sa preuve lors du désastre de la minijupe. Peut-être tous les couturiers comprendront-ils un jour que la mode obéit toujours à une certaine mystique.

Au début des années soixante, les choses bougèrent dans le monde. Nous ne pouvons tout mettre sur le compte du Viêt-nam ou de Vatican II, mais la vague de changements était dans l'air et une créatrice anglaise, jeune et effrontée, entra en scène. C'était Mary Quant, la petite fille qui ne voulait pas grandir et jamais, jamais s'habiller en adulte. La minijupe, les collants de couleur, les hautes bottes firent leur apparition. Et avec eux, l'affirmation qu'il faut *à tout prix* garder l'air jeune. Lorsque l'on demanda à Mary Quant d'expliquer la finalité de la mode, où elle conduisait, elle répondit haut et fort : « Au sexe. »

1972 vit la fin de la minijupe. Lasses de jouer à la bataille de l'ourlet, les femmes se tournèrent vers les vêtements masculins.

C'est alors qu'arriva Anthony della Salva et sa ligne Barrière du Pacifique. Della Salva n'a pas grandi dans un palais sur l'une des sept collines de Rome, comme son agent aimerait nous le faire croire, mais il est né Sal Esposito, dans une ferme sur Williamsbridge Road dans le Bronx. Son sens de la couleur s'est peut-être développé en aidant son père à disposer dans leur voiture ambulante les fruits et les légumes qu'ils colportaient dans le voisinage. Sa mère, Angelina, et non pas la *Comtesse* Angelina, était célèbre pour sa ritournelle : « Dieu bénisse ta Maman. Dieu bénisse ton Papa. Qui veut mes pamplemousses ? »

Sal fut un élève médiocre au lycée Christopher Columbus (dans le Bronx, non en Italie), un étudiant très moyen au F.I.T. Un parmi la foule, mais comme le destin allait le révéler, un des rares élus. Il créa la collection qui allait le porter au sommet : la ligne Barrière du Pacifique, sa seule et unique idée originale.

Mais quelle idée ! D'un seul et magnifique coup de baguette, della Salva remit la mode sur ses rails. Qui a assisté à ce premier défilé de mode en 1972 se souvient encore de la surprise provoquée par ces vêtements ravissants qui semblaient flotter sur les mannequins : tuniques à empiècement lâche, robes de lainage drapées le long du corps, manches plissées qui chatoyaient dans la lumière. Et ses couleurs ! Il s'inspira des nuances de la vie tropicale du Pacifique, des coraux, des plantes et de la faune sous-marine, emprunta les dessins que leur donne la nature pour créer ses propres motifs, certains pleins d'une merveilleuse audace, d'autres assourdis comme son célèbre bleu argenté. Le créateur de la ligne Barrière du Pacifique mérite tous les honneurs que l'industrie de la mode peut accorder.

À ce point de l'article, Neeve rit malgré elle.

« Sal va adorer ce qu'Ethel a écrit sur la Barrière du Pacifique, dit-elle, mais je ne suis pas sûre qu'il appréciera le reste. Il a tellement menti qu'il a fini par se persuader qu'il était né à Rome et que sa mère était une comtesse romaine. Par ailleurs, d'après ce qu'il a dit l'autre soir, il s'attend à quelque chose de ce genre. Aujourd'hui, le grand chic est de raconter que vos parents ont eu la vie dure. Sal va probablement découvrir sur quel bateau sa famille a embarqué pour Ellis Island, et il en fera faire une maquette. »

Ayant décrit les tendances principales de la mode telles qu'elle les voyait, Ethel s'attaquait ensuite dans son article aux créateurs mondains, incapables de distinguer « un bouton d'une boutonnière » et qui engageaient de talentueux jeunes gens pour dessiner et exécuter leurs collections ; elle dénonçait la conspiration qui consistait à suivre la voie de la facilité et à mettre régulièrement la mode sens dessus dessous, même s'il fallait pour ça habiller des douairières en danseuses de french cancan ; elle raillait ceux qui les suivaient comme des moutons de Panurge et flanquaient trois ou quatre mille dollars dans un costume comptant à peine deux mètres de gabardine.

Puis Ethel s'en prenait à Gordon Steuber :

L'incendie de la Triangle Shirtwaist Company en 1911 alerta l'opinion publique sur les épouvantables conditions de travail des ouvrières dans l'industrie du vêtement. Grâce au Syndicat international des ouvrières du vêtement, l'I.L.G.W.U., la confection est devenue un domaine où des gens de talent peuvent gagner honnêtement leur vie. Mais certains fabricants ont trouvé un moyen d'augmenter leurs profits au dépens des déshérités. Les nouveaux centres de travail au noir se trouvent dans le sud du Bronx et à Long Island City. Des immigrés en situation irrégulière, dont la plupart sont à peine plus âgés que des enfants, triment pour des salaires de misère parce qu'ils ne possèdent pas de carte de travail et ont peur de protester. Le roi de ces escrocs est Gordon Steuber. Vous en saurez davantage, bien davantage sur Steuber, dans un article à venir, mais n'oubliez pas une chose. Chaque fois que vous enfilez un de ses vêtements, consacrez une pensée à l'enfant qui l'a cousu. Elle ne mange sans doute pas à sa faim.

L'article concluait par un coup de chapeau à Neeve Kearny, directrice de « Chez Neeve », qui avait suscité l'enquête sur Gordon Steuber et banni ses vêtements de sa boutique.

Neeve parcourut rapidement le reste du texte la concernant, puis reposa le tout sur son bureau.

« Elle n'en a épargné aucun. Peut-être a-t-elle pris peur et préféré prendre le large en attendant que les choses se calment. Je commence à me le demander.

— Est-ce que Steuber peut les poursuivre, elle et le magazine ? demanda Eugenia.

— La vérité est la meilleure défense. Ils ont manifestement toutes les preuves nécessaires. Ce qui me met en rage, c'est qu'Ethel n'en a pas moins acheté un des tailleurs de Steuber, la dernière fois qu'elle est venue à la boutique — celui que nous avions gardé par erreur. »

Le téléphone sonna. Un moment plus tard, la voix de la réceptionniste bourdonna dans l'interphone :

« M. Campbell pour vous, Neeve. »

Eugenia haussa les sourcils. « Tu devrais voir ta tête ! » Elle ramassa les restes des sandwiches, le papier d'emballage et les gobelets à café et les jeta dans la corbeille à papier.

Neeve attendit que la porte fût refermée avant de soulever l'appareil. Elle s'efforça de prendre un ton dégagé en annonçant : « Neeve Kearny » et constata avec dépit qu'elle avait l'air d'avoir couru un cent mètres.

Jack alla droit au but :

« Neeve, pouvez-vous dîner avec moi ce soir ? » Il n'attendit pas la réponse. « J'avais l'intention de vous dire que j'ai sous les yeux quelques-unes des notes d'Ethel Lambston et de vous proposer de les regarder avec moi, mais la réalité est que j'ai envie de vous voir. »

Troublée, Neeve sentit son cœur battre plus vite. Ils convinrent de se retrouver au Carlyle à dix-neuf heures.

Le reste de l'après-midi fut subitement très chargé. À seize heures, Neeve se rendit dans le petit salon et s'occupa des clientes. Une jeune fille à peine âgée de dix-neuf ans acheta une robe du soir et une robe de cocktail. Elle insista pour que Neeve guidât son choix.

« Vous savez, confia-t-elle, une de mes amies travaille à *Contemporary Woman* et elle a vu un article qui doit paraître la semaine prochaine. On y affirme que vous avez plus de talent dans votre petit doigt que la plupart des couturiers de la Septième Avenue et que vos conseils sont toujours justes. Quand je l'ai dit à ma mère, elle m'a envoyée ici. »

Deux autres clientes racontèrent la même histoire. Quelqu'un connaissait quelqu'un qui leur avait parlé de l'article. À dix-huit heures trente, Neeve accrocha avec soulagement la pancarte FERMÉ sur la porte.

« Je commence à croire que nous ferions mieux de bénir cette pauvre Ethel au lieu de la critiquer, dit-elle. Elle a probablement fait grimper notre chiffre d'affaires plus que si j'avais passé des annonces à chaque page du *Women's Wear Daily*.

En rentrant de son travail, Doug Brown s'arrêta au petit supermarché qui était sur le chemin de l'appartement d'Ethel. Il était dix-huit heures trente quand, alors qu'il tournait la clé dans la serrure, il entendit la sonnerie insistante du téléphone.

Sa première réaction fut de l'ignorer, comme il l'avait fait tout au long de la semaine. Mais, l'appel persistant, il hésita. Bien sûr, Ethel avait horreur que l'on réponde à sa place au téléphone. Cependant, au bout d'une semaine, ne semblerait-il pas logique qu'elle cherche à le joindre ?

Il déposa le sac de provisions dans la cuisine. La sonnerie stridente continua. Il finit par soulever le récepteur.

« Allô. »

La voix à l'autre bout du fil était brouillée et gutturale.

« Passez-moi Ethel Lambston. Je dois lui parler.

— Elle est absente. Je suis son neveu. Voulez-vous me laisser un message ?

— Et comment ! Dites à Ethel que son ex-mari doit un paquet de fric à des types pas du tout comme il faut, et qu'il ne pourra pas rembourser tant qu'il la paye. Si elle continue à le presser comme un citron, ils vont s'en mêler. Dites-lui qu'elle pourrait avoir du mal à taper à la machine avec les doigts cassés. »

Il y eut un déclic et la communication fut coupée.

Doug reposa machinalement le récepteur et se laissa tomber sur le canapé. Des gouttes de transpiration envahissaient son front, ses aisselles. Il serra les mains pour les empêcher de trembler.

Que devait-il faire ? L'appel était-il une menace réelle ou une farce ? Il ne pouvait pas le négliger. Il ne voulait pas prévenir la police. Ils risquaient de se mettre à poser des questions.

Neeve Kearny.

Elle était la seule à s'inquiéter d'Ethel. Il allait lui raconter le coup de téléphone. Il aurait l'air du neveu effrayé, inquiet, qui demande conseil. Ainsi, qu'il s'agisse d'une farce ou non, il serait couvert.

Eugenia fermait les tiroirs contenant les bijoux fantaisie quand le téléphone sonna dans la boutique. Elle souleva l'appareil.

« C'est pour toi, Neeve. Quelqu'un qui semble bouleversé. »

Myles ! Une autre attaque cardiaque ? Neeve se précipita sur l'appareil.

« Oui. »

Mais c'était Douglas Brown, le neveu d'Ethel Lambston. Il ne restait rien de son insolence railleuse dans sa voix.

« Mademoiselle Kearny, avez-vous une idée de l'endroit où je pourrais joindre ma tante ? Le téléphone sonnait quand je suis rentré chez elle. Un type m'a dit de la prévenir que Seamus — c'est son ex-mari — est couvert de dettes et qu'il ne peut pas les rembourser tant qu'il lui donne de l'argent. Si elle ne renonce pas à la pension, ils ont promis de lui donner une leçon. *Elle pourrait avoir du mal à taper à la machine avec les doigts cassés*, a menacé le type. »

Douglas Brown semblait au bord des larmes. « Mademoiselle Kearny, il faut prévenir Ethel. »

Lorsque Doug raccrocha, il savait qu'il avait pris la bonne décision. La fille de l'ex-préfet de police lui avait conseillé de téléphoner à la police et de leur raconter la tentative d'intimidation. Aux yeux des flics, il passerait pour un ami de la famille Kearny.

Il s'apprêtait à saisir le téléphone, quand la sonnerie retentit à nouveau. Cette fois, il souleva l'appareil sans hésitation.

C'était la police qui *lui* téléphonait.

Le vendredi, Myles Kearny préférait débarrasser le plancher le plus tôt possible. Lupe, leur fidèle femme de ménage, passait toute la journée à laver, passer l'aspirateur, frotter, astiquer.

Lorsque Lupe arriva, le courrier du matin à la main, Myles se retira dans le bureau. Il y avait une autre lettre de

Washington, le pressant d'accepter la direction de l'Agence de lutte contre la drogue.

Myles sentit la vieille poussée d'adrénaline réchauffer ses veines. Soixante-huit ans. Ce n'était pas si âgé. La perspective de se donner à fond à une tâche utile. Neeve. Je l'ai trop couvée. Pour la plupart des gens, il en est autrement. Sans moi dans ses jambes, elle mènera une vie normale.

Il s'appuya au dossier de son fauteuil, le vieux, confortable fauteuil en cuir qui s'était toujours trouvé dans son bureau pendant les seize années où Myles était resté préfet de police. Il sied à mon arrière-train, pensa-t-il. Si je vais à Washington, je l'emmènerai.

Il entendait l'aspirateur dans l'entrée. Je n'ai pas envie d'écouter ce raffut toute la journée, se dit-il. Mû par une impulsion, il téléphona à son ancien numéro, le bureau du préfet, se présenta au secrétaire d'Herb Schwartz, et entra tout de suite en communication avec Herb.

« Myles, qu'est-ce que tu deviens ?

— Réponds-moi d'abord. Comment va Tony Vitale ? »

Il se représentait Herb, petite taille, petite carrure, le regard prudent et pénétrant, une intelligence formidable, une extraordinaire capacité d'embrasser d'un coup toute une situation. Et, bien plus, un ami fidèle.

« On ne peut encore rien dire. Ils l'ont laissé pour mort et, crois-moi, ils avaient des raisons de penser qu'ils savaient ce qu'ils faisaient. Mais ce gars est sensationnel. Contre toutes les apparences, les médecins pensent qu'il peut s'en tirer. Je vais le voir un peu plus tard. Tu veux m'accompagner ? »

Ils convinrent de se retrouver pour déjeuner.

En avalant un sandwich dans un bar près de l'hôpital St. Vincent, Herb mit Myles au courant des funérailles imminentes de Nicky Sepetti.

« On s'en occupe. Le F.B.I. aussi. Le bureau du procureur également. Mais je ne sais pas, Myles. Mon sentiment est qu'avec ou sans rappel à Dieu, Nicky n'était plus dans la course. Dix-sept ans hors circuit, c'est trop long. Le monde a changé. Dans l'ancien temps, le milieu n'aurait pas touché à la drogue. Maintenant, il y nage. Le monde de Nicky n'existe plus. S'il n'était pas mort de lui-même, ils s'en seraient chargés. »

Après le déjeuner, ils se rendirent au service de réanimation de St. Vincent. Anthony Vitale était emmailloté de bandages, sous perfusion, branché à des machines qui enregistraient la pression du sang, les battements du cœur. Ses parents se tenaient dans la salle d'attente.

« Ils nous permettent de le voir quelques minutes par heure, dit son père. Il va s'en sortir. »

Une confiance sereine perçait dans sa voix.

« On n'abat pas comme ça un dur de dur », lui dit Myles en lui serrant la main.

La mère de Tony prit la parole.

« Monsieur le Préfet. » Elle s'adressait à Myles. Il fit un signe de tête en direction de Herb, mais fut arrêté par le léger geste de dénégation de ce dernier. « Monsieur le Préfet, je crois que Tony essaye de dire quelque chose.

— Il nous a dit ce que nous avions besoin d'entendre. Que Nicky Sepetti n'a pas lancé de contrat sur ma fille. »

Rosa Vitale secoua la tête.

« Monsieur le Préfet, je suis restée au chevet de Tony pendant ces deux derniers jours. Ce n'est pas tout. Il veut nous faire savoir autre chose. »

Tony était gardé vingt-quatre heures sur vingt-quatre. Herb Schwartz fit signe au jeune policier qui se tenait dans le bureau des infirmières du service de réanimation. « Fais attention », lui dit-il.

Myles et Herb prirent l'ascenseur ensemble.

« Qu'en penses-tu ? » demanda Herb.

Myles haussa les épaules.

« S'il est une chose que j'ai appris à respecter, c'est l'instinct d'une mère. » Il se souvint de ce jour lointain où sa mère lui avait dit de chercher cette gentille famille qui l'avait abrité durant la guerre. « Tony a pu apprendre beaucoup de choses cette nuit-là. Ils ont dû tout passer en

revue pour donner à Nicky l'impression d'être au courant. »
Une pensée le frappa. « Oh, Herb, j'y pense, Neeve me
harcèle parce qu'une femme écrivain de sa connaissance
s'est évanouie dans la nature. Peux-tu demander à tes
hommes de se renseigner? La soixantaine. Un mètre
soixante-quinze à un mètre quatre-vingts. Bien habillée.
Cheveux teints en blond platine. Elle est sans doute en train
d'empoisonner l'existence d'un pauvre type avec ses interviews pour son article, mais... »

L'ascenseur s'arrêta. Ils s'avancèrent dans le hall, et
Schwartz sortit un calepin.

« J'ai rencontré Lambston à Gracie Mansion. Elle s'est
occupée de la campagne du maire et il ne peut plus s'en
débarrasser, à présent. Une sorte d'excitée, non?

— Exactement. »

Ils éclatèrent de rire.

« Pourquoi Neeve s'inquiète-t-elle à son sujet?

— Parce qu'elle jure que Lambston a quitté son domicile
jeudi ou vendredi dernier sans manteau. Elle achète tous ses
vêtements chez Neeve.

— Peut-être est-elle partie en Floride ou aux Caraïbes
sans vouloir s'encombrer, suggéra Herb.

— C'est une des nombreuses hypothèses que j'ai soule-
vées, mais Neeve affirme que tous les vêtements manquant
dans la penderie d'Ethel sont des affaires d'hiver, et elle est
bien placée pour le savoir. »

Herb fronça les sourcils.

« Peut-être Neeve flaire-t-elle quelque chose. Recom-
mence la description. »

Myles rentra chez lui pour retrouver la paix et la tranquillité
d'un appartement rutilant. Le coup de téléphone de Neeve à
dix-huit heures le réjouit et le troubla tout à la fois.

« Tu dînes dehors. Parfait. J'espère qu'il est intéressant. »

Puis elle lui parla de l'appel téléphonique du neveu
d'Ethel.

« Tu lui as dit de mettre la police au courant ? C'était la meilleure chose à faire. J'ai parlé d'Ethel à Herb, aujourd'hui. Je vais le tenir informé. »

Myles prit un fruit, des crackers et un verre de Perrier pour son dîner. Tandis qu'ilessayait de se concentrer sur le *Times*, il sentit monter en lui le regret d'avoir si légèrement refusé d'écouter Neeve lorsqu'elle lui disait qu'il était arrivé quelque chose à Ethel.

Il se versa un second verre de Perrier et trouva le point qui le tracassait. Les manœuvres d'intimidation au téléphone, telles que le neveu les avaient rapportées, sonnaient faux.

Neeve et Jack Campbell étaient assis dans la salle à manger du Carlyle. Neeve avait changé la robe de tricot qu'elle portait à la boutique pour un imprimé dans des couleurs tendres. Jack avait commandé les drinks, un Martini-vodka avec olive pour lui, un verre de champagne pour Neeve.

« Vous me rappelez la chanson " Une jolie fille est comme une mélodie ", lui dit-il. À moins qu'il ne soit démodé de traiter quelqu'un de jolie fille de nos jours ? Peut-être devrais-je dire une élégante jeune femme ?

— Je m'en tiendrai à la chanson.

— N'est-ce pas une des robes portées par les mannequins dans la vitrine de votre boutique ?

— Vous avez l'œil. Quand les avez-vous vues ?

— Hier soir. Et je ne passais pas par hasard. J'étais dévoré par la curiosité. »

Son aveu ne semblait pas l'embarrasser outre mesure.

Neeve l'examina. Il portait un complet bleu sombre égayé d'imperceptibles rayures gris clair. Inconsciemment, elle eut un hochement de tête approbateur devant l'effet général, la cravate Hermès du même bleu, la chemise sur mesure, les boutons de manchettes en or.

« Ai-je bien passé l'examen ? »

Neeve eut un sourire.

« Très peu d'hommes savent assortir leur cravate à leur

costume. J'ai choisi celles de mon père pendant des années. »

Le serveur arriva avec les drinks. Jack attendit de le voir s'éloigner.

« J'aimerais que vous me parliez un peu de vous, dit-il. Pour commencer, d'où vient le nom de Neeve ?

— C'est un nom celte. En réalité, il s'épelle N-I-A-M-H et se prononce Neeve. J'ai renoncé depuis longtemps à l'expliquer, et lorsque j'ai ouvert la boutique, j'ai seulement gardé la prononciation phonétique. Je me suis du même coup épargné une bonne dose de temps perdu et l'exaspération d'être appelée Nim-ah.

— Et qui était la Neeve originale ?

— Une déesse. On dit que le nom signifie " étoile du matin ". Ma légende préférée à son sujet raconte qu'elle est venue sur terre chercher l'homme qu'elle désirait. Ils furent longtemps heureux, puis il eut envie de redescendre sur terre. Il était entendu que si ses pieds touchaient le sol, il retrouverait son âge véritable. Vous pouvez imaginer la suite. Il glissa de son cheval, et la pauvre Niamh abandonna un paquet d'os et retourna au ciel.

— Est-ce ainsi que vous traitez vos admirateurs ? »

Ils éclatèrent de rire. Neeve eut l'impression que par une sorte d'accord tacite, ils reculaient le moment de parler d'Ethel. Elle avait raconté à Eugenia l'histoire du coup de téléphone et, étrangement, Eugenia l'avait trouvée rassurante. « Si Ethel reçoit ce genre d'appel, ça veut sans doute dire qu'elle a décidé de prendre le large jusqu'à ce que les choses se calment. Tu as conseillé à son neveu d'en faire part à la police. Ton père est sur l'affaire. Tu ne peux rien faire d'autre. Mon sentiment est que cette chère vieille Ethel se terre dans un établissement de remise en forme. »

Neeve aurait aimé la croire. Elle chassa Ethel de son esprit, but son verre de champagne et sourit à Jack Campbell en face d'elle.

Tout en dégustant un céleri rémoulade, ils parlèrent de leur enfance. Le père de Jack était pédiatre. Jack avait grandi dans la banlieue d'Omaha. Il avait une sœur plus âgée, qui vivait encore près de ses parents. « Tina a cinq enfants. Les nuits sont froides dans le Nebraska. » C'est en travaillant dans une librairie pendant les grandes vacances qu'il s'était passionné pour l'édition.

« Après l'université de Northwestern, je suis donc parti à Chicago vendre des livres de classe. C'est une bonne façon de faire la preuve de ses capacités. Une partie du travail consiste à voir si les professeurs auxquels vous vendez des livres sont eux-mêmes en train d'écrire un ouvrage. L'une d'entre elles me harcela avec son autobiographie. Je finis par lui dire : " Madame, regardons les choses en face. Votre existence est d'un ennui mortel. " Elle est allée se plaindre à mon patron.

— Avez-vous perdu votre situation ?

— Non. Ils m'ont nommé éditeur. »

Neeve jeta un coup d'œil dans la salle. L'élégance feutrée de l'atmosphère ; la vaisselle délicate, l'argenterie et les nappes damassées ; les bouquets de fleurs ; l'agréable murmure des voix aux autres tables. Elle se sentit extraordinairement, absurdement heureuse. Lorsque ses côtelettes d'agneau furent servies, elle parla d'elle-même à Jack.

« Mon père s'est battu bec et ongles pour m'envoyer à l'université, mais j'aimais rester à la maison. Je suis allée à Mount St. Vincent et j'ai passé un trimestre à Oxford, en Angleterre, puis une année à l'université de Pérouse. L'été, je travaillais dans des boutiques de mode. J'ai toujours su ce que je voulais faire. Ma plus grande joie était d'assister à un défilé de collections. Oncle Sal a été formidable. Après la mort de ma mère, il envoyait une voiture me prendre, à la sortie de l'école, pour assister à la sortie des collections.

— Que faites-vous de votre temps libre ? » demanda Jack.

Il y avait trop de désinvolture dans sa question. Neeve sourit, sachant pourquoi il la posait.

« Pendant quatre ou cinq étés, j'ai partagé une maison dans les Hamptons, dit-elle. C'était merveilleux. J'y ai renoncé l'année dernière parce que Myles était trop malade.

L'hiver, je me débrouille pour aller skier au moins deux week-ends à Vail. J'y étais en février.

— Avec qui y allez-vous?

— Toujours avec ma meilleure amie, Julie. Les autres changent. »

Il demanda carrément : « Et les hommes? »

Neeve rit.

« On croirait entendre Myles. Il ne sera heureux que le jour où il jouera le père de la mariée. J'ai eu quelques hommes dans ma vie, bien sûr. Entre autres, le même petit ami pendant pratiquement toutes mes études.

— Qu'est-il arrivé?

— Il est parti poursuivre ses études à Harvard et je me suis orientée vers la mode. Chacun a suivi sa voie. Il s'appelait Jeff. Puis il y a eu Richard. Un garçon très gentil. Mais il a trouvé une situation dans le Wisconsin et il était hors de question que je quitte Big Apple pour toujours, ce n'était donc pas le véritable amour. » Elle se mit à rire. « Il y a deux ans, j'ai été à deux doigts de me fiancer. Il s'appelait Gene. Nous avons rompu à une fête de charité sur l'*Intrepid*.

— Le bateau?

— Hu-um. Il était ancré sur l'Hudson à la hauteur de la Cinquante-sixième Rue Ouest. Bref, on y donnait une réception pendant le week-end de la fête du Travail : tenue de soirée, une foule de gens. Je connaissais quatre-vingt-dix pour cent de l'assistance. Gene et moi fûmes séparés dans la cohue. Je ne m'inquiétais pas. J'imaginais que nous finirions par nous retrouver. Mais lorsque ce fut le cas, il était hors de lui, me reprochant de n'avoir rien fait pour le rejoindre. J'entrevis une facette de sa personnalité dont je ne voulais pas dans ma vie. » Neeve haussa les épaules. « À vrai dire, je crois que je n'ai jamais trouvé personne qui me convienne.

— Jusqu'ici, sourit Jack. Je commence à penser que vous êtes la Neeve de la légende, qui galope en laissant ses admirateurs derrière elle. On ne peut dire que vous m'ayez bombardé de questions sur ma vie, mais je vais malgré tout vous la raconter. Je suis bon skieur, moi aussi. J'ai passé les deux derniers Noël à Arosa. Je cherche un endroit où je puisse avoir un bateau cet été. Peut-être pourriez-vous me faire visiter les environs des Hamptons. Comme vous, j'ai failli me fixer une fois ou deux. En fait, je suis resté avec la même femme pendant quatre ans.

— À mon tour de demander : Que s'est-il passé ? »

Jack haussa les épaules.

« La bague au doigt, elle est devenue une jeune personne extrêmement possessive. Je me suis rendu compte que j'étoufferais très rapidement. Je suis un grand adepte du principe de Kahlil Gibran sur le mariage.

— Les piliers du temple qui restent séparés ? » fit Neeve.

Elle fut récompensée par son expression de respect amusé.

« Cela même. »

Ils attendirent d'avoir terminé leurs framboises et qu'on leur apporte un espresso avant de parler d'Ethel. Neeve raconta à Jack le coup de téléphone du neveu et l'hypothèse qu'Ethel se cachait quelque part.

« Mon père s'est mis en rapport avec ses anciens services. Il leur a demandé de repérer l'origine de l'appel. Et, franchement, je trouve qu'Ethel devrait laisser ce pauvre type en paix. C'est moche de sa part d'amasser de l'argent sur son dos depuis tellement d'années. Elle a besoin de cette pension alimentaire comme d'une jambe cassée. »

Jack sortit de sa poche une copie pliée de l'article d'Ethel. Neeve lui dit qu'elle l'avait déjà lu.

« Est-ce diffamatoire, à votre avis ? demanda-t-il.

— Non. Je dirais que c'est drôle, rosse, caustique, facile à lire et potentiellement diffamatoire. Il n'y a rien là-dedans que tout le monde dans la mode ne sache déjà. Je ne suis pas sûre de la réaction d'Oncle Sal mais, le connaissant, je suis persuadée qu'il tournera en sa faveur le fait que sa mère colportait des fruits et légumes. C'est de Gordon Steuber que je me méfie. J'ai l'intuition qu'il peut se montrer mauvais. Quant aux autres couturiers visés par Ethel, que dire ? Personne n'ignore qu'hormis un ou deux d'entre eux, ils ne savent pas tenir un crayon. Ils adorent s'agiter et faire semblant de travailler. »

Jack hocha la tête.

« Question suivante. Pensez-vous qu'il y ait dans cet article matière à écrire un livre à scandale ?

— Non. Même Ethel n'y parviendrait pas.

— J'ai un dossier de toutes les coupures pratiquées dans le texte original d'Ethel. Je n'ai pas encore eu l'occasion de les examiner. »

Jack demanda l'addition.

De l'autre côté de la rue, en face du Carlyle, Denny attendait. C'était très risqué et il le savait. Il avait suivi Neeve dans Madison Avenue pendant qu'elle marchait vers l'hôtel, mais sans trouver l'occasion de s'approcher d'elle. Trop de monde. Des mecs baraqués qui rentraient chez eux. Même s'il était parvenu à la supprimer, il aurait eu de fortes chances de se retrouver au tapis. Son seul espoir était que Neeve sorte seule, se dirige vers l'autobus, ou rentre à pied chez elle. Mais un type l'accompagnait quand elle apparut, et ils montèrent ensemble dans un taxi.

Un sentiment de frustration déforma le visage de Denny sous les couches de crasse qui lui permettaient de se fondre dans la masse des ivrognes du quartier. Si les conditions atmosphériques ne changeaient pas, elle passerait son temps dans les taxis. Il devait travailler pendant le week-end. Il ne pouvait se permettre d'attirer l'attention sur lui pour ce coup-là. Ce qui l'obligeait à rôder autour de son immeuble tôt dans la matinée au cas où elle irait faire des courses ou bien courir, ou après dix-huit heures.

Restait lundi. Et le quartier de la confection. D'une façon ou d'une autre Denny sentit au plus profond de lui-même que ça se conclurait là. Il se glissa sous un porche, se débarrassa du vieux pardessus, s'essuya la figure et les mains avec une serviette sale, fourra manteau et serviette dans un sac en plastique et se dirigea vers un bar sur la

Troisième Avenue. Une bière-whisky lui ferait le plus grand bien.

Il était vingt-deux heures quand le taxi s'arrêta devant Schwab House.

« Mon père va sûrement prendre un dernier verre », dit Neeve à Jack. « Voulez-vous monter ? »

Dix minutes plus tard, ils sirotaient un cognac dans le bureau. Neeve pressentit qu'il était arrivé un incident. L'inquiétude perçait dans le regard de Myles, même s'il bavardait aimablement avec Jack. Il avait quelque chose à lui dire dont il ne voulait pas parler maintenant.

Jack racontait à Myles sa première rencontre avec Neeve dans l'avion.

« Elle a filé si rapidement que je n'ai pas eu le temps de lui demander son numéro de téléphone. Et il paraît qu'elle a raté sa correspondance.

— Je peux vous garantir que c'est vrai, dit Myles. Je l'ai attendue à l'aéroport pendant quatre heures.

— Je dois avouer que j'ai été ravi de la voir venir à ma rencontre au cocktail, l'autre soir, pour me parler d'Ethel Lambston. D'après Neeve, vous ne portez pas Ethel dans votre cœur, monsieur Kearny. »

Neeve tressaillit en voyant Myles changer de visage.

« Jack, dit-il, j'apprendrai un jour à prendre en compte les intuitions de Neeve. » Il se tourna vers sa fille. « Herb a téléphoné il y a deux heures. On a retrouvé un corps dans le parc Morrison, dans le comté de Rockland. Il correspondait à la description d'Ethel. Ils ont été chercher le neveu d'Ethel qui l'a identifiée.

— Que s'est-il passé ? murmura Neeve.

— Elle a eu la gorge tranchée. »

Neeve ferma les yeux. « Je *savais* qu'il lui était arrivé quelque chose. Je le *savais* !

— Tu avais raison ! Ils ont déjà un suspect, semble-t-il. Lorsque la voisine d'au-dessus a vu la voiture de police, elle s'est précipitée. Il paraîtrait qu'Ethel avait eu une dispute de tous les diables avec son ex-mari, jeudi après-midi. Apparemment, personne ne l'a revue depuis. Vendredi, elle t'a fait faux bond, ainsi qu'à son neveu. »

Myles avala la dernière goutte de son cognac et se leva pour remplir à nouveau son verre.

« Je prends rarement un second cognac, mais demain matin les types de la brigade criminelle de la 20e circonscription veulent t'interroger. Et le bureau du procureur de Rockland a demandé si tu pouvais te rendre sur place pour vérifier les vêtements que portait Ethel. En fait, ils ont constaté que le corps a été transporté après la mort. J'ai dit à Herb qu'elle achetait toutes ses affaires chez toi et que tu avais remarqué qu'il ne manquait aucun de ses manteaux dans sa penderie. Les griffes ont été arrachées sur son tailleur. Ils aimeraient te demander s'il vient de ta boutique. Bon Dieu, Neeve, s'exclama Myles, je n'aime pas te voir citer comme témoin dans une affaire de meurtre ! »

Jack Campbell prit un second verre.

« Moi non plus », dit-il simplement.

9.

L E VENT avait changé pendant la nuit, repoussant les
nuages bas vers l'Atlantique, et samedi le jour se leva
sous un soleil radieux. Les températures étaient néanmoins
inhabituellement froides pour la saison, et le météorologue
de la C.B.S. annonça le retour des nuages dans l'après-midi,
et peut-être quelques flocons de neige en fin de journée.
Neeve sortit d'un bond de son lit. Elle avait rendez-vous
pour courir avec Jack à sept heures trente.

Elle enfila un survêtement, ses chaussures de jogging, et
noua ses cheveux en queue de cheval. Myles était déjà dans
la cuisine. Il se rembrunit.

« Je n'aime pas te voir partir faire du jogging seule de si
bonne heure.

— Je ne suis pas seule. »

Myles haussa les sourcils.

« Je vois. Plutôt rapide, non ? Il me plaît, Neeve. »

Elle se versa un jus d'orange.

« Ne te monte pas la tête trop vite. L'agent de change te
plaisait aussi.

— Je n'ai jamais dit qu'il me plaisait. J'ai dit qu'il avait
l'air bien. C'est différent. » Myles renonça au ton badin.
« Neeve, j'ai réfléchi. Il me paraît plus raisonnable que tu
ailles d'abord voir les inspecteurs du comté de Rockland
avant de rencontrer les types de chez nous. Si tu as raison,
les vêtements d'Ethel Lambston venaient de ta boutique.
C'est donc la première chose à établir. Je pense qu'il te
faudra ensuite passer sa penderie au peigne fin et vérifier

177

exactement ce qu'il y manque. Nous savons que l'ex-mari est le suspect numéro un, mais on ne peut rien affirmer. »

L'interphone retentit. Neeve prit le récepteur. C'était Jack.

« Je suis prête », lui dit-elle.

« À quelle heure veux-tu te rendre dans le Rockland? demanda-t-elle à Myles. Il faudrait que je passe un moment à la boutique.

— Le milieu de l'après-midi serait parfait. » Devant son air surpris, Myles ajouta : « La Onzième Chaîne couvre les funérailles de Nicky Sepetti. Je veux être aux premières loges. »

Denny avait pris sa place habituelle dès sept heures du matin. À sept heures vingt, il vit un grand type en tenue de jogging entrer dans Schwab House. Quelques minutes plus tard, Neeve Kearny sortit avec lui. Ils partirent en courant vers le parc. Denny jura tout bas. Si seulement elle avait été seule. Il avait coupé par le parc pour venir. Pas un chat. Il aurait pu la buter n'importe où. Il tâta le revolver dans sa poche. Hier soir en rentrant chez lui, il avait vu le Grand Charley stationné dans sa rue. Charley avait baissé la vitre de la voiture et lui avait tendu un paquet enveloppé de papier brun. En le prenant, Denny avait senti la forme d'un revolver sous ses doigts.

« Kearny commence à faire de vrais dégâts », lui avait dit le Grand Charley. « Ça n'a plus besoin de ressembler à un accident. Débrouille-toi pour la descendre de n'importe quelle façon. »

Il fut tenté de les suivre dans le parc, de les tuer tous les deux. Mais le Grand Charley risquait de ne pas apprécier.

Denny marcha dans la direction opposée. Aujourd'hui, il était engoncé dans un gros chandail qui lui descendait jusqu'aux genoux, avec un vieux pantalon de toile déchiré, des sandales de cuir, une casquette de jersey autrefois jaune vif sous laquelle il portait une perruque grise ; des mèches de cheveux graisseux lui descendaient sur le front. Il avait l'air d'un junkie pas frais. Dans l'autre déguisement, il ressemblait à un poivrot. Ainsi, personne ne se souviendrait qu'un type en particulier rôdait autour de l'immeuble de Neeve Kearny.

En mettant un jeton dans le tourniquet du métro de la Soixante-deuxième Rue, il pensa, je vais demander au Grand Charley un supplément pour tout le fric que je dépense à changer de frusques

Neeve et Jack pénétrèrent dans le parc à la hauteur de la Soixante-dix-neuvième Rue et commencèrent à courir en direction de l'est, puis bifurquèrent vers le nord. Comme ils approchaient du Metropolitan Museum, Neeve porta instinctivement ses pas vers l'ouest. Elle ne voulait pas passer devant l'endroit où sa mère était morte. Mais devant le regard étonné de Jack, elle dit :

« Désolée, c'est vous qui menez. »

Bien qu'elle s'efforçât de garder les yeux résolument fixés en avant, elle jeta malgré elle un coup d'œil vers la zone située derrière les arbres dénudés. *Le jour où sa mère n'était pas venue la chercher à l'école. La directrice, Sœur Maria, lui avait dit d'attendre dans le bureau et suggéré de commencer ses devoirs à faire à la maison. Il était près de dix-sept heures lorsque Myles était arrivé. À ce moment, elle savait déjà qu'il était arrivé quelque chose. Sa mère n'était jamais en retard.*

Dès l'instant où elle avait levé la tête et vu Myles debout devant elle, les yeux bordés de rouge, le visage empreint d'un mélange de désespoir et de pitié, elle avait compris. Elle avait tendu ses bras vers lui :

« Est-ce que ma maman est morte ?

— Mon pauvre petit chou », avait dit Myles en la soulevant de terre et en la pressant contre lui. « Mon pauvre petit chou. »

Neeve sentit les larmes lui brouiller la vue. Accélérant l'allure, elle passa comme une flèche devant l'allée déserte, devant l'extension du Met qui contenait les collections égyptiennes. Ce n'est qu'en approchant du réservoir qu'elle ralentit.

Jack avait réglé son pas sur le sien. Il la prit par le bras. « Neeve ? » C'était une question. Tandis qu'ils tournaient vers l'ouest, puis vers le sud, ralentissant peu à peu le train, elle lui parla de Renata.

Ils quittèrent le parc à la Soixante-dix-neuvième Rue, parcoururent côte à côte les derniers blocs jusqu'à Schwab House, les doigts entremêlés

Lorsqu'elle prit les informations de sept heures à la radio, samedi matin, Ruth entendit la nouvelle de la mort d'Ethel. Elle avait avalé un somnifère à minuit et dormi d'un sommeil lourd, artificiel, troublé de cauchemars dont elle se souvenait vaguement. Seamus était arrêté. Seamus au tribunal. Cette sorcière, Ethel, en train de témoigner contre lui. Il y a des années, Ruth avait travaillé dans un cabinet juridique, et elle avait une idée assez précise du genre d'accusations qui pouvaient peser sur Seamus.

Mais elle reposa sa tasse de thé d'une main tremblante en écoutant les nouvelles. Elle pouvait ajouter une charge supplémentaire : *meurtre.*

Elle écarta sa chaise de la table et se précipita dans la chambre. Seamus se réveillait à peine. Secouant la tête, il passa sa main sur son visage, de ce geste particulier qui agaçait tellement Ruth.

« Tu l'as *tuée !* hurla-t-elle. Comment veux-tu que je t'aide si tu me caches la vérité !

— Qu'est-ce que tu racontes ?

Elle alluma brutalement le poste de radio. Le speaker décrivait où et comment on avait retrouvé Ethel.

« Tu as emmené les filles pique-niquer au parc Morrison pendant des années, cria-t-elle. Tu connais l'endroit comme ta poche. *Maintenant, dis-moi la vérité ! Est-ce que tu l'as poignardée ?* »

Une heure plus tard, paralysé par la peur, Seamus se

rendit au bar. On avait découvert le corps d'Ethel. Il savait que la police allait venir le chercher.

Hier, Brian, le serveur de jour, avait assuré le service du soir. Pour manifester son mécontentement, il avait laissé le bar sale et en désordre. Le jeune Vietnamien qui s'occupait de la cuisine était déjà sur place. Lui, au moins, travaillait sans se faire prier.

« Êtes-vous sûr qu'il vous fallait venir, monsieur Lambston? demanda-t-il. Vous semblez encore mal fichu. »

Seamus fit un effort pour se rappeler les recommandations de Ruth. « *Dis que tu as un début de grippe. Tu ne t'absentes jamais, généralement. Il faut leur faire croire que tu étais vraiment patraque hier, que tu as été malade pendant tout le week-end dernier. Ils doivent croire que tu n'as pas quitté l'appartement. As-tu parlé à quelqu'un? Est-ce qu'on a pu te voir? Cette voisine va obligatoirement leur raconter que tu es venu deux fois au cours de la semaine dernière.* »

« Ce sacré virus m'a repris, marmonna-t-il. J'étais mal foutu hier, mais j'ai dû rester couché pendant tout le week-end. »

Ruth téléphona à dix heures. Comme un enfant, il écouta et répéta mot pour mot ce qu'elle lui dit.

Il ouvrit le bar à onze heures. À midi, les derniers vieux habitués pointèrent leur nez.

« Seamus », lança l'un d'eux d'une voix tonitruante, son visage jovial plissé d'un sourire, « tristes nouvelles pour la pauvre Ethel, mais c'est formidable que tu sois débarrassé de la pension. La maison offre à boire? »

À quatorze heures, quand les quelques clients venus déjeuner commencèrent à partir, deux hommes pénétrèrent dans le bar. Le premier, la cinquantaine, des épaules baraquées et le teint rougeâtre, portait sur toute sa physionomie l'inscription « FLIC ». Son collègue était un Latino-Américain, mince, approchant de la trentaine. Ils se présentèrent comme les inspecteurs O'Brien et Gomez, de la 20e circonscription.

« Monsieur Lambston », prononça lentement O'Brien, « savez-vous que votre ex-femme, Ethel Lambston, a été

181

retrouvée dans le parc Morrison, qu'elle a été victime d'un meurtre ? »

Seamus agrippa le rebord du bar, les phalanges blanches. Il hocha la tête, incapable d'articuler un mot.

« Voudriez-vous nous accompagner au commissariat ? » demanda l'inspecteur O'Brien. Il s'éclaircit la gorge. « Nous aimerions vous poser quelques questions. »

Après le départ de Seamus, Ruth composa le numéro de téléphone de l'appartement d'Ethel Lambston. Le récepteur fut décroché, mais personne ne répondit. Elle finit par dire :

« J'aimerais parler au neveu d'Ethel Lambston, Douglas Brown. De la part de Ruth Lambston.

— Que voulez-vous ? »

C'était la voix du neveu. Ruth la reconnut.

« Il faut que je vous voie. Je serai là dans un instant. »

Dix minutes plus tard, un taxi la déposait devant l'appartement d'Ethel. Comme elle sortait de la voiture et payait le chauffeur, Ruth leva la tête. Un rideau bougea au troisième étage. La commère d'au-dessus.

Douglas Brown l'avait vue arriver. Il ouvrit la porte et recula pour lui permettre d'entrer. L'appartement était encore anormalement bien rangé, malgré la fine couche de poussière que Ruth remarqua sur la table. Il fallait faire le ménage tous les jours à New York.

Étonnée que ce genre de réflexion pût lui traverser l'esprit en un moment pareil, elle se tint en face de Douglas, notant la robe de chambre coûteuse, le pyjama de soie qui dépassait. Douglas avait l'œil lourd, comme s'il avait bu. Ses traits réguliers auraient pu être beaux s'ils n'avaient été si mous. Mais ils rappelèrent à Ruth ces châteaux que les enfants construisent dans le sable, des châteaux qui sont balayés par le vent et la marée.

« Que voulez-vous ? demanda-t-il.

— Je ne vais pas perdre mon temps et le vôtre à raconter que la mort d'Ethel me désole. Je veux récupérer la lettre que Seamus lui a écrite, et je veux que vous mettiez ceci à sa place. »

Elle tendit la main. L'enveloppe n'était pas cachetée. Douglas l'ouvrit. Elle contenait le chèque de la pension alimentaire daté du 5 avril.

« Qu'est-ce que vous essayez de combiner ?

— Je ne combine rien du tout. Je fais un simple échange. Rendez-moi la lettre que Seamus a écrite à Ethel, et entendons-nous bien. Seamus est venu ici le mercredi dans l'intention de remettre le chèque de la pension. Ethel n'était pas chez elle et il est revenu le jeudi parce qu'il craignait de n'avoir pas introduit correctement l'enveloppe dans la boîte aux lettres. Il savait qu'elle le traînerait en justice si la pension n'était pas versée.

— Pourquoi devrais-je vous obéir ?

— Il y a un an, Seamus a demandé à Ethel à qui elle comptait léguer tout son argent, voilà pourquoi. Elle lui a répondu qu'elle n'avait pas grand choix — vous étiez son seul parent. Mais le week-end dernier, Ethel a dit à mon mari que vous la voliez et qu'elle avait l'intention de changer son testament. »

Ruth vit Douglas devenir blanc comme la craie.

« Vous mentez.

— Vraiment ? demanda Ruth. Donnant-donnant. Vous laissez une chance à Seamus. Nous la fermons sur vos petits larcins, et vous la fermez à propos de la lettre. »

Douglas se sentit malgré lui saisi d'admiration pour la femme déterminée qui se tenait devant lui, avec son sac serré sous son bras, son manteau de toute saison, ses chaussures pratiques, ses lunettes sans monture qui agrandissaient ses yeux bleu clair, sa bouche mince et droite. Elle ne bluffait pas.

Il leva les yeux vers le plafond.

« Vous semblez oublier que la pipelette du dessus raconte à qui veut l'entendre que Seamus et Ethel ont eu une dispute à tout casser la veille du jour où elle ne s'est pas rendue à ses rendez-vous.

— J'ai parlé à cette femme. Elle est incapable de citer un

seul mot. Elle affirme seulement qu'elle a entendu des voix crier. Seamus parle très fort naturellement. Ethel hurle dès qu'elle ouvre la bouche.

— Vous paraissez avoir pensé à tout, lui dit Doug. Je vais chercher la lettre. »

Il disparut dans la chambre.

Ruth se dirigea sans bruit vers le bureau. Outre la pile de courrier, elle aperçut le bord du poignard à manche rouge et or que Seamus lui avait décrit. En un instant il fut dans son sac. Était-ce son imagination qui la porta à le trouver poisseux ?

Lorsque Douglas Brown sortit de la chambre, la lettre de Seamus à la main, Ruth y jeta un bref coup d'œil et la fourra dans la poche de côté de son sac. Avant de partir, elle lui tendit la main.

« Je suis désolée de la mort de votre tante, monsieur Brown, dit-elle. Seamus m'a demandé de vous transmettre ses condoléances. Malgré leurs problèmes, il fut un temps où ils s'aimèrent et furent heureux ensemble. C'est l'époque dont il gardera le souvenir.

— En d'autres termes », dit froidement Douglas, « lorsque la police posera des questions, ce sera la raison officielle de votre visite.

— Exactement, dit Ruth. La raison non officielle est que si vous respectez votre marché, ni moi ni Seamus ne révélerons à la police que votre tante avait l'intention de vous déshériter. »

Ruth rentra chez elle, et se mit à nettoyer l'appartement avec une ardeur presque religieuse. Elle frotta les murs, décrocha les rideaux et les mit à tremper dans la baignoire, passa le vieil aspirateur gémissant sur la moquette élimée.

Tout en s'activant, elle n'avait qu'une chose en tête : comment se débarrasser du poignard ?

Elle élimina tous les endroits qui lui venaient naturellement à l'esprit. L'incinérateur ? Supposons que la police fouille dans les ordures de l'immeuble. Elle ne voulait pas non plus le jeter dans une poubelle dans la rue. Si elle était suivie par la police, ils pourraient le récupérer.

À dix heures, elle téléphona à Seamus et lui répéta ce qu'il devait dire au cas où on l'interrogerait.

Elle ne pouvait tarder plus longtemps. Il lui fallait décider quoi faire du poignard. Elle le sortit de son sac, le passa sous l'eau chaude et le frotta avec du produit pour astiquer les cuivres. Mais elle eut beau faire, il lui sembla qu'il restait poisseux — poisseux du sang d'Ethel.

Elle était loin d'éprouver le moindre élan de pitié pour Ethel. Tout ce qui comptait, c'était de préserver un avenir sans tache pour les filles.

Elle contempla le poignard avec répugnance. Il avait l'air flambant neuf à présent. C'était un de ces instruments indiens, avec une lame coupante comme un rasoir, un manche ornementé, d'un motif compliqué rouge et or. Probablement coûteux.

Neuf.

Bien sûr. C'était si simple. Si facile. Elle savait exactement où le cacher.

À midi, Ruth se dirigea vers Prahm and Singh, un magasin d'articles indiens dans la Sixième Avenue. Elle traîna d'un rayon à l'autre, s'arrêtant devant les comptoirs, examinant longuement les paniers remplis de babioles diverses. Finalement, elle trouva ce qu'elle cherchait, une corbeille pleine de coupe-papier. Les manches étaient des copies bon marché du modèle ancien d'Ethel. Elle en prit négligemment un. Autant qu'elle pouvait en juger, c'était une grossière réplique de celui qu'elle avait dans son sac.

Elle sortit du sac le poignard qui avait tué Ethel, le laissa choir dans la corbeille, puis remua jusqu'à ce que l'arme disparaisse au fond.

« Puis-je vous aider ? » demanda un vendeur.

Surprise, Ruth leva les yeux.

« Euh... oui. Je voulais juste... j'aurais aimé voir des dessous-de-verre.

— Ils se trouvent dans l'allée numéro trois. Je vais vous les montrer. »

À treize heures, Ruth était de retour chez elle, se préparait une tasse de thé, attendant que son cœur cesse de tambouriner dans sa poitrine. Personne ne le trouverait là, se rassura-t-elle. Jamais, jamais...

Après le départ de Neeve pour sa boutique, Myles prit une seconde tasse de café et réfléchit au fait que Jack Campbell allait les accompagner dans le Rockland. Instinctivement, Jack lui plaisait énormément et il devait pourtant admettre avec une certaine ironie qu'il n'avait cessé de prévenir Neeve contre le mythe du coup de foudre. Mon Dieu, pensa-t-il, est-il possible que la foudre frappe deux fois ?

À dix heures moins le quart, il s'installa dans son confortable fauteuil de cuir et regarda les caméras de télévision suivre les funérailles solennelles de Nicky Sepetti. Des voitures fleuries, trois d'entre elles débordant de somptueuses couronnes, précédaient le fourgon mortuaire jusqu'à St. Camilla. Un convoi de limousines de location conduisait les amis en deuil et ceux qui faisaient semblant de l'être. Myles savait que le F.B.I. et le bureau du procureur, ainsi que la brigade criminelle de la police départementale étaient présents, relevant les plaques minéralogiques des voitures privées, photographiant les visages des assistants qui pénétraient en file dans l'église.

La veuve de Nicky était escortée par un homme trapu d'une quarantaine d'années et par une femme plus jeune, drapée dans une cape noire à capuche qui lui dissimulait presque tout le visage. Tous les trois portaient des lunettes noires. Le fils et la fille n'ont pas envie d'être reconnus, en conclut Myles. Il savait que tous les deux s'étaient tenus à distance des associés de Nicky. Sensé de leur part.

Le reportage continua à l'intérieur de l'église. Myles baissa le son et, gardant un œil sur le poste, se dirigea vers le téléphone. Herb était à son bureau.

« As-tu lu le *News* et le *Post*? demanda Herb. Ils mettent le paquet sur le meurtre d'Ethel Lambston.

— J'ai vu.

— Nous continuons à nous occuper de son ex-mari. On va voir ce que donne la fouille de l'appartement. Cette dispute entendue par la voisine jeudi dernier peut s'être terminée par un coup de poignard. Par ailleurs, il l'a peut-être effrayée au point de lui faire quitter la ville, et ensuite il l'a suivie. Myles, tu m'as appris que tous les meurtriers laissent une carte de visite. Nous découvrirons celle-là. »

Ils convinrent que Neeve rencontrerait dimanche après-midi dans l'appartement d'Ethel les inspecteurs de la brigade criminelle de la 20ᵉ circonscription.

« Appelle-moi si tu relèves quelque chose d'intéressant dans le Rockland, dit Herb. Le maire veut annoncer que cette histoire est réglée.

— J'en ai rien à fiche du maire », dit sèchement Myles. « C'est à toi que je parle, Herb. »

Myles monta le son de la télévision et regarda le prêtre bénir les restes de Nicky Sepetti. Le cercueil fut conduit hors de l'église tandis que le chœur entonnait : « Ne crains rien. » Myles écouta les paroles : « Ne crains rien, Je serai toujours auprès de toi. » *Tu* as été avec moi jour et nuit pendant dix-sept ans, espèce d'enfant de salaud, pensa-t-il tandis que les porteurs repliaient le drap mortuaire et hissait le lourd cercueil d'acajou massif sur leurs épaules. Lorsque je serai sûr que tu pourris sous terre, je serai enfin débarrassé de toi.

La veuve de Nicky apparut en haut des marches de l'église, puis se tourna brusquement et s'éloigna de son fils et de sa fille pour s'approcher du commentateur de télévision le plus proche. Tandis que son visage se dessinait distinctement sur l'écran, un visage las et résigné, elle dit :

« Je voudrais faire une déclaration. Beaucoup de gens n'approuvaient pas les activités de mon mari, que son âme repose en paix. Il fut *envoyé* en prison pour ces activités. Mais on l'a *gardé* en détention pendant de nombreuses années supplémentaires pour un meurtre qu'il n'avait *pas* commis. Sur son lit de mort, Nicky m'a juré qu'il n'avait rien eu à voir avec le meurtre de la femme du préfet de police Kearny.

Pensez de lui ce que vous voulez, mais ne le tenez pas pour responsable de cette mort. »

Un flot de questions laissées sans réponse la suivit comme elle reprenait sa place aux côtés de ses enfants. Myles éteignit le poste d'un geste sec. Menteur jusqu'au bout, pensa-t-il. Mais tout en nouant sa cravate à gestes rapides et précis, il sentit pour la première fois l'ombre d'un doute s'insinuer dans son esprit.

Ayant appris que l'on avait trouvé le corps d'Ethel Lambston, Gordon Steuber fut pris d'une frénésie d'activité. Il ordonna de déménager son dernier entrepôt illégal à Long Island City, de prévenir les travailleurs en situation irrégulière des conséquences de déclarations à la police. Puis il téléphona en Corée pour annuler l'expédition en provenance de l'une de ses usines. En apprenant que la cargaison était déjà à bord, il lança d'un geste furieux le téléphone contre le mur. Puis il se força à réfléchir calmement, essayant d'évaluer les dégâts. Quelles preuves détenait réellement Ethel Lambston, et quelle était la part de bluff? Et comment pourrait-il se dépêtrer des retombées de son article?

Bien que l'on fût samedi, May Evans, sa fidèle secrétaire, était venue mettre à jour le classement. May avait un ivrogne pour mari et un gosse qui se fourrait régulièrement dans le pétrin. Gordon l'avait sorti d'affaire une bonne demi-douzaine de fois. Il pouvait compter sur la discrétion de sa mère. Il pria May de venir dans son bureau.

Son calme retrouvé, il l'étudia, notant la peau desséchée qui se ridait déjà, le regard anxieux, abattu, le comportement fébrile, avide de plaire.

« May, dit-il, vous avez sans doute appris la mort tragique d'Ethel Lambston? »

May hocha la tête.

« May, Ethel s'est-elle présentée ici un soir, il y a une dizaine de jours? »

May chercha un indice dans son regard.

188

« Un soir où j'étais restée un peu plus tard pour travailler. Tout le monde était parti, sauf vous. J'ai cru voir Ethel entrer et vous l'avez mise à la porte. Est-ce que je me trompe ? »

Gordon sourit.

« Ethel n'a pas mis les pieds ici, May. »

Elle hocha la tête.

« Très bien, dit-elle. Lui avez-vous parlé au téléphone la semaine dernière ? Il me semble que je vous ai passé la communication. Vous étiez très contrarié et vous lui avez raccroché au nez.

— Je n'ai jamais pris la communication. » Gordon saisit la main veinée de bleue de May et la serra doucement. « Mon souvenir est que j'ai refusé de lui parler, refusé de la voir, et que je n'avais pas la moindre idée de ce qu'elle s'apprêtait à écrire sur moi dans son prochain article. »

May retira sa main de l'étreinte des doigts de Gordon et s'éloigna du bureau. Ses cheveux brun terne frisottaient autour de son visage.

« Je comprends, monsieur, dit-elle à voix basse.

— Bien. Fermez la porte en sortant. »

Comme Myles, Anthony della Salva regarda les funérailles de Nicky Sepetti à la télévision. Sal habitait un dernier étage avec terrasse sur Central Park Sud, dans Trump Park, l'immeuble de luxe qui avait été restauré par Donald Trump à l'intention des fortunés de ce monde. Meublé par le nouveau décorateur en vogue dans l'esprit de la collection Barrière du Pacifique, l'appartement jouissait d'une vue fabuleuse sur Central Park. Depuis son divorce d'avec sa dernière femme, Sal avait décidé de s'en tenir à Manhattan, renonçant à ces ennuyeuses demeures du Westchester ou du Connecticut, de Long Island ou des Palisades. Il aimait pouvoir sortir à n'importe quelle heure de la nuit et trouver un restaurant ouvert. Il aimait les premières au théâtre, les cocktails et les réceptions, être reconnu par les gens qui comptaient. « Laissons la banlieue aux péquenots », telle était maintenant sa devise.

Sal portait une de ses dernières créations, un pantalon de daim avec une vareuse assortie. Des poignets vert foncé et un col du même ton accentuaient son aspect sportif. Les critiques ne s'étaient pas montrés tendres pour ses deux dernières grandes collections, mais ils avaient fait avec quelque réserve l'éloge de sa ligne pour hommes. Bien sûr, les stars dans le domaine restaient toujours les couturiers qui révolutionnaient la mode féminine. Et, quoiqu'ils disent ou ne disent pas sur ses collections, ils continuaient à faire référence à lui comme au couturier qui avait changé la mode au XXe siècle, le créateur de la ligne Barrière du Pacifique.

Sal revit le jour, deux mois auparavant, où Ethel Lambston était venue le trouver dans son bureau. Cette bouche sans cesse en mouvement ; sa manie de parler à toute vitesse. L'écouter vous donnait l'impression de suivre les chiffres sur un téléscripteur. Elle avait désigné du doigt le tissu Barrière du Pacifique sur le mur et prononcé : « C'est remarquable.

— Même une fouineuse comme vous sait reconnaître la vérité, Ethel, avait-il rétorqué, et ils avaient éclaté de rire.

— Allons », l'avait-elle pressé, « baissez le masque et oubliez cette foutaise de villa à Rome. Ce que vous ne comprenez pas, vous et vos semblables, c'est que ces airs de fausse noblesse ne prennent plus. Nous vivons à l'époque du Burger King. Les origines modestes sont à la mode ! Je vous fais une fleur en révélant que vous avez grandi dans le Bronx.

— Il y a pas mal de gens dans la Septième Avenue qui ont plus à cacher que le fait d'être né dans le Bronx, Ethel. Je n'ai pas honte. »

Sal regarda le cercueil de Nicky Sepetti franchir le seuil de St. Camilla. J'en ai assez vu, se dit-il, et il s'apprêtait à éteindre le poste lorsque la veuve de Sepetti s'empara du micro et clama que Nicky n'était pas mêlé au meurtre de Renata.

Pendant un moment, Sal resta assis les mains jointes. Nul

doute que Myles était en train de regarder l'émission. Il savait ce qu'il devait ressentir et décida de lui téléphoner. Le ton détendu de son vieil ami le rassura. Oui, il avait vu le spectacle, dit-il.

« À mon avis, il espérait que ses enfants le croiraient, suggéra Sal. Ils se sont tous les deux convenablement mariés et n'ont aucune envie que les petits-enfants apprennent que le portrait de Nicky porte un numéro dans les dossiers de la police.

— C'est l'explication évidente, dit Myles. Bien qu'à dire vrai mon instinct me pousserait à croire qu'une ultime confession destinée à sauver son âme était plus dans le style de Nicky. » Sa voix s'estompa : « Il faut que j'y aille. Neeve va bientôt arriver. Elle a la désagréable tâche d'aller vérifier si les vêtements portés par Ethel venaient de sa boutique.

— J'espère pour elle que non, dit Sal. Elle n'a pas besoin de ce genre de publicité. Dis à Neeve que si elle n'y prend pas garde, les femmes vont raconter qu'elles ne veulent pas être retrouvées mortes dans ses vêtements. Il n'en faudrait pas plus pour rompre la magie de " Chez Neeve ". »

À quinze heures, Jack Campbell sonnait à la porte de l'appartement 168 de Schwab House. Lorsque Neeve était rentrée de la boutique, elle avait changé son ensemble bleu marine d'Adele Simpson pour un long chandail à côtes rouge et noir sur un pantalon. L'effet arlequin était accentué par les pendants d'oreilles qu'elle avait elle-même dessinés pour ce modèle : les masques de la Tragédie et de la Comédie en onyx et grenats.

« Son Altesse l'échiquier », dit Myles d'un ton ironique en serrant la main de Jack.

Neeve haussa les épaules.

« Myles, veux-tu que je te dise ? Ce que nous avons à faire ne m'amuse pas. Mais j'ai l'impression qu'Ethel aimerait me voir dans une nouvelle tenue pour parler des vêtements qu'elle portait quand elle est morte. Tu ne peux pas comprendre le plaisir qu'elle tirait de la mode. »

Les derniers rayons d'un soleil pâlissant réchauffaient le petit bureau. Les prévisions météorologiques s'avéraient. Des nuages s'amoncelaient sur l'Hudson. Jack regarda autour de lui, appréciant certains détails qu'il n'avait pas remarqués la veille. L'exquise petite toile représentant les collines toscanes accrochée sur le mur à gauche de la cheminée. La photographie sépia d'un bébé dans les bras d'une jeune femme brune au visage d'une rare beauté. La mère de Neeve, sûrement. À quoi ressemblait la douleur de perdre la femme que vous aimiez par la faute d'un meurtrier ? Ce devait être atroce.

Il remarqua le même regard de défi chez Neeve et son père. La similitude était si forte qu'il retint un sourire. Les discussions sur la mode constituaient apparemment un sujet brûlant entre eux et il préféra ne pas être pris à témoin. Il se dirigea vers la fenêtre, où un livre endommagé séchait au soleil.

Myles avait préparé du café et le versait dans d'élégantes tasses de porcelaine Tiffany.

« Neeve, laisse-moi te dire une chose, dit-il, ton amie Ethel n'est plus en état de dépenser des sommes faramineuses pour s'habiller. En ce moment même, elle repose en tenue d'Ève sur une table à la morgue, avec une étiquette I.D. accrochée au gros orteil.

— Est-ce ainsi que Maman a fini ? » demanda Neeve, d'une voix lente et furieuse. Puis elle sursauta et courut vers lui, posa ses mains sur ses épaules : « Oh, Myles, je te demande pardon. C'est moche de ma part d'avoir dit ça. »

Myles resta raide comme une statue, la cafetière à la main. Vingt longues secondes passèrent.

« Oui, dit-il. C'est exactement comme ça que ta mère a fini. Et c'était moche de notre part à tous les deux de parler comme ça. »

Il se tourna vers Jack.

« Excusez ce petit orage familial. Pour son bonheur ou son malheur, ma fille a hérité d'un tempérament romain doublé d'une susceptibilité tout irlandaise. Pour ma part, je n'ai jamais compris comment les femmes peuvent faire de

192

telles histoires à propos de vêtements. Ma mère, Dieu ait son âme, faisait tous ses achats chez Alexander dans Fordham Road, portait une simple robe de tous les jours pendant la semaine et une robe imprimée, également de chez Alexander, pour se rendre à la messe du dimanche et aux banquets du Joyeux Club de la Police. J'ai avec Neeve, comme avec sa mère autrefois, des discussions à n'en plus finir sur le sujet.

— J'ai remarqué. » Jack prit une tasse sur le plateau que Myles lui présentait. « Je constate avec plaisir que je ne suis pas le seul à trop boire de café, fit-il.

— Un whiskey ou un verre de vin serait probablement plus approprié, fit observer Myles. Mais nous le garderons pour plus tard. J'ai un excellent bourgogne qui viendra à point nommé pour nous réchauffer le cœur, quoi qu'en dise le médecin. »

Il se dirigea vers le casier à bouteilles en bas de la bibliothèque et en sortit une bouteille.

« J'étais incapable de distinguer un vin d'un autre lorsque j'ai épousé Renata, dit-il à Jack. Mon beau-père avait une belle cave à vin, et Renata avait grandi dans une maison de connaisseurs. Elle m'a appris à m'y connaître. Elle m'a appris bien des choses qui me manquaient. » Il désigna le livre sur l'appui de la fenêtre. « C'était à elle. Il a été trempé, l'autre soir. Y a-t-il un moyen de le restaurer ? »

Jack prit le livre.

« Quel dommage, dit-il. Ces croquis devaient être charmants. Avez-vous une loupe ?

— Quelque part. »

Neeve en trouva une sur le bureau de Myles. Elle et Myles regardèrent Jack examiner avec attention les pages tachées et abîmées.

« Les croquis ne sont pas réellement effacés, dit-il. Qui sait. Je vais en parler à une ou deux personnes à mon bureau et voir si je peux obtenir le nom d'un bon restaurateur. » Il rendit la loupe à Myles. « Et, par la même occasion, je ne crois pas que ce soit une bonne idée de le laisser au soleil. »

Myles prit le livre et la loupe et alla les déposer sur son bureau.

« Je vous serais reconnaissant de tout ce que vous pourrez faire. À présent, il est temps d'y aller. »

Ils s'installèrent tous les trois sur le siège de la voiture de Myles, une Lincoln vieille de six ans. Myles prit le volant. Jack Campbell étendit naturellement son bras en travers du dossier. Neeve s'efforça de ne pas y prendre garde, de ne pas se pencher contre lui lorsque la voiture s'engagea sur la rampe de la voie express Henry Hudson en direction du pont George Washington.

Jack lui effleura l'épaule.

« Détendez-vous, dit-il, je ne mords pas. »

Le bureau du procureur du comté de Rockland ressemblait à tous les bureaux de procureur de la région. Encombré. Un vieux mobilier sans confort. Des dossiers empilés sur les bureaux et les placards. Des pièces surchauffées excepté là où on avait ouvert les fenêtres, laissant s'engouffrer un courant d'air glacial.

Deux inspecteurs de la brigade criminelle les attendaient. Neeve remarqua qu'à l'instant même où il pénétrait dans l'immeuble, quelque chose changea dans l'attitude de Myles. Il marchait droit, la mâchoire serrée. Ses yeux prirent un éclat bleu acier.

« Il est dans son élément », chuchota-t-elle à Jack Campbell. « Je me demande comment il a pu supporter une année entière d'inactivité.

— Le procureur aimerait que vous passiez dans son bureau, monsieur. »

Visiblement, les inspecteurs étaient conscients de se trouver en présence de l'homme dont la carrière à la tête de la police de New York avait été la plus respectée et la plus longue.

Le procureur, Myra Bradley, était une séduisante jeune

femme qui ne paraissait pas plus de trente-six ou trente-sept ans. Neeve savoura l'expression de stupéfaction qui apparut sur le visage de Myles. Seigneur, tu es un véritable macho, pensa-t-elle. Tu as sûrement su que Myra Bradley avait été élue l'an dernier et tu as préféré l'ignorer.

Jack et Neeve lui furent présentés. Myra Bradley leur désigna des sièges d'un geste de la main et en vint immédiatement à l'essentiel.

« Comme vous le savez, dit-elle, c'est un problème de juridiction. Nous sommes en mesure d'affirmer que le corps a été transporté, mais nous ignorons à partir d'où. Elle a pu être assassinée dans le parc à un mètre cinquante de l'endroit où on l'a retrouvée. Auquel cas, l'affaire dépend de nous. »

Bradley leur montra le dossier sur son bureau.

« D'après le médecin légiste, la mort a été provoquée par un coup violent porté avec un instrument tranchant qui lui a coupé la veine jugulaire et sectionné la trachée. Elle s'est peut-être débattue. Elle avait la mâchoire noir et bleu et une coupure sur le menton. Il est par ailleurs miraculeux que les animaux ne l'aient pas trouvée. Sans doute parce que les pierres recouvraient presque entièrement son corps. Elle était censée rester à jamais enterrée. Il a fallu tout soigneusement préparer pour la cacher à cet endroit.

— Vous cherchez donc quelqu'un connaissant les lieux, dit Myles.

— Exactement. Il est impossible de définir l'heure exacte de la mort, mais d'après ce que nous a dit son neveu, elle n'est pas venue au rendez-vous qu'elle lui avait fixé vendredi de la semaine dernière. Le corps était assez bien conservé, et en nous reportant aux conditions météo, nous constatons que la vague de froid a commencé il y a neuf jours, le jeudi. Par conséquent, si Ethel Lambston est morte jeudi ou vendredi, et si on l'a enfouie dans ce trou peu de temps après, cela expliquerait l'absence de décomposition. »

Neeve était assise à la droite du bureau du procureur, Jack à côté d'elle. Elle eut un frisson et il étendit son bras sur

195

le dossier de sa chaise. Si seulement je m'étais souvenue de son anniversaire. Elle s'efforça de repousser cette pensée et se concentra sur ce que disait Bradley.

« ... Ethel Lambston aurait pu rester introuvable pendant des mois, au point même de rendre l'identification extrêmement difficile. Elle n'était pas censée être découverte. Elle n'était pas censée être identifiée. Elle ne portait aucun bijou ; il n'y avait ni sac ni portefeuille près d'elle. » Bradley se tourna vers Neeve. « Les vêtements que vous lui vendiez portaient-ils toujours votre griffe ?

— Bien sûr.

— Les griffes sur ceux de Mme Lambston ont toutes été ôtées. » Le procureur se leva. « Si vous le voulez bien, mademoiselle Kearny, nous aimerions que vous jetiez un coup d'œil sur les vêtements. »

Ils pénétrèrent dans une pièce contiguë. L'un des inspecteurs apporta plusieurs sacs de plastique remplis de vêtements froissés et souillés. Neeve le regarda les vider. L'un des sacs contenait les sous-vêtements, un soutien-gorge et un slip assortis, les deux ourlés de dentelle, le soutien-gorge éclaboussé de sang ; il y avait une large maille filée sur la jambe droite du collant. Des escarpins de cuir souple bleu lavande étaient retenus par un élastique. Neeve revit la rangée d'embauchoirs qu'Ethel était si fière de faire admirer dans sa penderie dernier cri.

Le second sac contenait un trois-pièces : une veste de lainage blanc à manchettes et col bleu lavande, une jupe blanche et un chemisier rayé bleu et blanc. Les trois étaient maculés de sang et de terre. Neeve sentit la main de Myles sur son épaule. Elle examina résolument les vêtements. Quelque chose clochait, quelque chose qui dépassait la fin horrible survenue à ces vêtements et à la femme qui les portait.

Elle entendit le procureur l'interroger : « Est-ce l'une des tenues qui manquaient dans la penderie d'Ethel Lambston ?

— Oui.

— Est-ce vous qui lui avez vendu cet ensemble ?

— Oui, un peu avant les vacances de Noël. » Neeve leva

les yeux vers Myles. « Elle le portait à la soirée, tu te souviens ?

— Non. »

Neeve parla lentement. Il lui semblait que le temps n'existait plus. Elle se trouvait dans l'appartement, décoré pour leur traditionnel buffet de Noël. Ethel était particulièrement séduisante. Le tailleur bleu et blanc avait beaucoup d'allure et mettait en valeur ses yeux bleu sombre et ses cheveux blond platiné. Beaucoup de gens l'avait complimentée. Puis, bien sûr, Ethel s'était précipitée en direction de Myles, l'assourdissant de paroles, et il avait passé le reste de la soirée à tenter de l'éviter...

Quelque chose ne collait pas dans son souvenir. Quoi ?

« Ethel avait acheté ce tailleur avec d'autres vêtements au début du mois de décembre. C'était un modèle original de Renardo. Renardo est une filiale des Textiles Gordon Steuber. » Qu'est-ce qui lui échappait ? Elle ne savait pas. « Portait-elle un manteau ?

— Non. » Le procureur fit un signe discret aux inspecteurs, qui replièrent les effets d'Ethel et les rangèrent dans les sacs. « Le préfet Schwartz m'a dit que vous avez commencé à vous inquiéter au sujet d'Ethel en vous apercevant que tous ses vêtements d'hiver se trouvaient dans sa penderie. Mais ne peut-on envisager qu'elle ait acheté un manteau dans une autre boutique que la vôtre ? »

Neeve se leva. La pièce sentait une faible odeur d'antiseptique. Elle ne voulait pas se rendre ridicule en affirmant qu'Ethel s'habillait exclusivement chez elle.

« Je ferais volontiers l'inventaire de la penderie d'Ethel, dit-elle. Je garde tous les reçus de ses achats dans un dossier. Je pourrai vous dire exactement ce qui manque.

— J'aimerais la description la plus précise possible. Portait-elle habituellement des bijoux avec ce tailleur ?

— Oui. Une broche en or et diamants. Des boucles d'oreilles assorties. Un large bracelet en or. Elle portait toujours plusieurs diamants aux doigts.

— Elle n'avait aucun bijou sur elle. Nous sommes peut-être simplement en présence d'un crime crapuleux. »

Jack prit le bras de Neeve au moment où ils quittaient la pièce.

« Ça va ? »

Elle secoua la tête.

« Quelque chose m'échappe. »

L'un des inspecteurs l'avait entendue. Il lui donna sa carte.

« Appelez-moi quand vous voudrez. »

Ils se dirigèrent vers la porte du palais de justice. Marchant en tête, Myles bavardait avec le procureur, sa crinière grise dépassant d'une tête le casque de cheveux bruns de la jeune femme. L'an dernier, son pardessus de cachemire pendait mollement sur ses épaules. Il était longtemps resté pâle et amaigri après l'opération, mais, aujourd'hui, ses épaules remplissaient à nouveau son manteau. Il marchait d'un pas ferme et assuré. Et il était dans son élément. Le travail de policier était ce qui donnait un sens à sa vie. Neeve pria pour que rien ne vînt contrarier la proposition qu'on lui avait faite à Washington.

Tant qu'il travaillera, il vivra centenaire, pensa-t-elle. Elle se rappela un drôle de dicton : « Si tu veux être heureux pendant un an, gagne à la loterie. Si tu veux être heureux pour la vie, aime ce que tu fais. »

L'amour de son travail avait soutenu Myles après la mort de Renata.

Et maintenant Ethel Lambston était morte.

Les inspecteurs étaient restés derrière eux après leur départ, repliant les vêtements qui avaient été le linceul d'Ethel, ces vêtements dont Neeve savait qu'ils réapparaîtraient un jour au cours d'un procès. Vus portés pour la dernière fois...

Myles avait raison. Elle était complètement idiote d'être venue ici déguisée en arlequin, avec ces boucles d'oreilles ridicules qui cliquetaient dans cet endroit sinistre. Elle se félicita d'avoir pu garder la cape noire qui dissimulait l'ensemble. Une femme était morte. Ni facile ni populaire, mais remarquablement intelligente et qui menait sa barque comme elle l'entendait. Une femme qui voulait avoir l'air à son avantage mais n'avait pas plus le temps que l'instinct nécessaires pour faire seule ses choix dans la mode.

La mode. C'était ça. Cela avait un rapport avec le tailleur qu'elle portait...

Neeve sentit un frisson la parcourir. Jack Campbell dut s'en apercevoir. Son bras l'entoura soudain.

« Vous l'aimiez beaucoup, n'est-ce pas ? demanda-t-il.

— Beaucoup plus que je ne le croyais. »

Ils se trouvaient devant l'entrée du tribunal. Le procureur et Myles étaient d'avis que Manhattan et le comté de Rockland coopèrent étroitement à l'enquête.

« Ce n'est pas à moi de me prononcer. J'oublie trop facilement que je ne suis plus numéro un à la direction de la police. »

Leurs pas résonnaient le long de l'interminable couloir de marbre. Le marbre était vieux et usé, strié de fissures.

La veine jugulaire d'Ethel. Ethel avait un cou très fin. Mais sans rides. À presque soixante ans, bien des femmes commençaient à montrer les signes révélateurs de l'âge. « C'est le cou qui vieillit en premier », disait Renata quand un fabricant voulait à tout prix lui vendre des modèles décolletés pour des femmes mûres.

Neeve avait une demande à formuler et pria le ciel qu'elle ne paraisse pas saugrenue.

« Je me demandais... » Le procureur, Myles et Jack attendirent. Elle recommença : « Je me demandais s'il me serait possible de parler à la femme qui a découvert le corps d'Ethel. Je ne sais pas pourquoi, mais j'ai l'intuition que je devrais m'entretenir avec elle. »

Elle avala une boule qui se formait dans sa gorge.

Elle sentit trois paires d'yeux la scruter.

« Mme Conway a fait une déclaration complète », dit lentement Myra Bradley. « Vous pouvez y jeter un coup d'œil si vous le désirez.

— J'aimerais lui parler en personne. » Faites qu'ils ne me demandent pas pourquoi, pensa fébrilement Neeve. « C'est nécessaire.

— C'est grâce à ma fille que l'enquête avance, dit Myles.

Si elle désire parler avec ce témoin, je pense qu'on devrait l'y autoriser. »

Il avait déjà ouvert la porte, et Myra Bradley frissonna dans le vent aigrelet d'avril.

« On se croirait en mars, fit-elle. Écoutez, je ne vois aucune objection. Nous pouvons téléphoner à Mme Conway pour voir si elle est chez elle. Elle nous a paru dire tout ce qu'elle savait, mais un détail supplémentaire peut remonter à la surface. Attendez une minute. »

Elle revint quelques instants plus tard.

« Mme Conway est chez elle. Elle accepte volontiers de s'entretenir avec vous. Voilà son adresse et les indications pour y parvenir. » Elle sourit à Myles, le sourire de connivence de deux professionnels de la police. « Si jamais elle se rappelle avoir vu le type qui a tué Lambston, passez-nous un coup de fil, hein ? »

Kitty Conway avait allumé un feu dans la bibliothèque, une grande flambée où jouaient des langues de flammes bleutées au-dessus des bûches rougeoyantes.

« Dites-moi si vous avez trop chaud », dit-elle d'un ton d'excuse, « mais depuis le moment où j'ai touché la main de cette pauvre femme, je me sens glacée jusqu'aux os. »

Elle s'interrompit, gênée, mais les trois paires d'yeux qui l'observaient semblaient refléter la compréhension.

Elle les trouva sympathiques. Neeve Kearny. Mieux que belle. Un visage intéressant, magnétique, avec ses pommettes hautes, ce teint de lait qui mettait en valeur les yeux bruns au regard intense. Mais on y lisait des traces de tension ; les pupilles étaient énormes. Le jeune homme, Jack Campbell, était visiblement inquiet pour elle. En l'aidant à ôter sa cape, il avait dit : « Neeve, vous tremblez encore. »

Kitty fut soudain envahie d'une vague de nostalgie. Son fils était le même type d'homme que Jack Campbell, un peu plus d'un mètre quatre-vingts, les épaules carrées, mince, l'air énergique, intelligent. Elle regretta que Mike Junior vécût à l'autre bout du monde.

Myles Kearny. Lorsque le procureur avait téléphoné, elle avait tout de suite su de *qui* il s'agissait. Pendant des années, son nom était régulièrement apparu dans les médias. Il lui était arrivé de le rencontrer lorsque Mike l'emmenait déjeuner ou dîner chez Neary's dans la Cinquante-septième Rue Est. Elle savait qu'il avait eu une crise cardiaque et pris sa retraite, mais il paraissait remis maintenant. Un bel Irlandais.

Kitty se félicita au passage d'avoir changé ses jeans et son vieux chandail trop large pour un chemisier de soie et un pantalon. Lorsqu'ils refusèrent qu'elle leur servît le verre qu'elle leur offrait, elle insista pour préparer du thé.

« Quelque chose de chaud vous fera du bien », dit-elle à Neeve, disparaissant dans le couloir qui menait à la cuisine.

Myles était assis dans un fauteuil droit à oreillettes recouvert d'un tissu rayé rouge et caramel. Neeve et Jack s'étaient installés côte à côte sur un canapé en demi-lune devant la cheminée. Myles jeta un regard approbateur à la pièce. Confortable. Peu de gens avaient l'intelligence d'acheter des canapés et des fauteuils dans lesquels un homme de haute taille puisse appuyer sa tête. Il se leva et se mit à examiner les photos de famille dans leurs cadres. L'histoire d'une vie. Le jeune couple. Kitty Conway n'avait rien perdu de son charme tout au long des années. Elle et son mari avec leur petit garçon. Un collage de photos du fils à des âges différents. La dernière photo représentait Kitty, son fils et son épouse japonaise, et leur petite fille. Myra Bradley l'avait prévenu que la femme qui avait découvert le corps d'Ethel était veuve.

Les pas de Kitty résonnèrent dans le couloir. Rapidement, Myles se tourna vers les rayons de la bibliothèque. Une rangée de livres attira son regard, une collection d'ouvrages d'anthropologie à l'apparence usagée. Il commença à les parcourir.

Kitty plaça le plateau d'argent sur la table ronde près du canapé, servit le thé, leur offrit des biscuits.

« J'en ai fait cuire une flopée ce matin ; j'étais bouleversée après ce qui s'est passé hier, je suppose, dit-elle et elle se dirigea vers Myles.

— Qui est anthropologue ? demanda-t-il.

Elle sourit.

« Amateur seulement. J'ai attrapé le virus à l'université, le jour où un professeur nous a dit que nous ne pouvions connaître l'avenir sans étudier le passé.

— Exactement ce que je ne cessais de rappeler à mes enquêteurs, dit Myles.

— Il est en train de tomber sous le charme », murmura Neeve à Jack. « Je ne l'ai jamais vu comme ça. »

Tandis qu'ils buvaient leur thé, Kitty raconta comment son cheval s'était emballé dans la pente, elle leur décrivit le morceau de plastique qui lui avait frôlé le visage, l'impression fugace d'une main dans une manche bleue. Elle expliqua la façon dont elle avait vu la manche de son sweat-shirt dépasser du couvercle de la corbeille à linge et comment, à ce moment-là, elle avait su qu'elle devait retourner dans le parc et chercher.

Neeve l'écouta attentivement, la tête penchée sur le côté comme si elle s'astreignait à saisir chaque mot. Elle était encore oppressée par l'idée qu'un élément lui échappait, quelque chose d'évident, qui était juste à sa portée. Et soudain, elle sut de quoi il s'agissait.

« Madame Conway, voulez-vous décrire exactement ce que vous avez vu lorsque vous avez trouvé le corps ?

— Neeve ? »

Myles secoua la tête. Il était en train d'établir avec soin ses questions et ne voulait pas être interrompu.

« Myles, je suis désolée, mais c'est extrêmement important. *Parlez-moi de la main d'Ethel. Dites-moi ce que vous avez vu.* »

Kitty ferma les yeux.

« On aurait dit la main d'un mannequin. Elle était si blanche, avec des ongles d'un rouge criard. Le revers de la manche était bleu. Il lui recouvrait le poignet, et un bout de plastique noir y était collé. Le chemisier était bleu et blanc, mais dépassait à peine du revers. Il était chiffonné. C'est incroyable, mais j'ai failli le défriper. »

Neeve poussa un long soupir. Elle se pencha en avant et se frotta le front.

« Voilà ce qui me tracassait. Ce chemisier.

— Qu'a-t-il de particulier ? demanda Myles.

— Il... »

Neeve se mordit les lèvres. Une fois de plus, ils allaient la trouver ridicule. Le chemisier que portait Ethel faisait partie du tailleur trois-pièces d'origine. Mais lorsque Ethel l'avait acheté, Neeve lui avait dit qu'à son avis le chemisier ne convenait pas. Elle lui en avait vendu un autre, blanc uni, sans la surcharge des rayures bleues. Elle avait vu Ethel porter ce tailleur à deux reprises, et chaque fois avec le chemisier blanc.

Pourquoi avait-elle mis le chemisier rayé bleu et blanc?

« Qu'y a-t-il, Neeve, insista Myles.

— C'est probablement sans importance. Je m'étonne seulement qu'elle ait porté ce chemisier. Il n'allait pas avec le tailleur.

— Neeve, n'as-tu pas dit toi-même à la police que tu reconnaissais le tailleur, que tu savais de quelle maison de couture il provenait?

— Si. Il sort des ateliers de Gordon Steuber.

— Je suis désolé, je ne saisis pas. »

Myles s'efforça de dissimuler son irritation.

« Je crois comprendre. » Kitty remplit de thé fumant la tasse de Neeve. « Buvez ça, ordonna-t-elle. Vous avez l'air à bout. » Elle regarda Myles en face. « Si je ne me trompe pas, Neeve pense qu'Ethel Lambston n'aurait pas porté délibérément ce tailleur de la manière où on l'a trouvé sur elle.

— Je *sais* qu'elle n'aurait pas choisi ce chemisier », dit Neeve. Elle affronta le regard incrédule de Myles. « Visiblement, son corps a été transporté. Existe-t-il un moyen d'établir si quelqu'un a pu l'habiller *après* sa mort? »

Douglas Brown n'ignorait pas que la brigade criminelle avait l'intention de venir perquisitionner chez Ethel. Mais il eut malgré tout un choc en les voyant se présenter. Quatre enquêteurs débarquèrent dans l'appartement. Il les regarda répandre de la poudre sur les surfaces, passer tapis, sol et meubles à l'aspirateur, soigneusement sceller et étiqueter les sacs de plastique contenant la poussière, les fibres et les particules qu'ils avaient ramassés, examiner avec minutie et renifler le petit tapis d'Orient près du bureau d'Ethel.

Doug était sorti de la morgue le cœur au bord des lèvres après avoir vu le corps d'Ethel ; souvenir incongru de l'horrible mal de mer qu'il avait éprouvé lors de sa première et dernière sortie en bateau. Elle était recouverte d'un drap qui lui enveloppait le visage comme un voile de nonne, si bien qu'il n'avait pas eu à regarder sa gorge. Il s'était concentré sur la meurtrissure bleu et jaune sur sa joue. Puis il avait hoché la tête et s'était précipité dans les toilettes.

Il était resté éveillé dans le lit d'Ethel pendant toute la nuit, cherchant à prendre une décision. Il pouvait parler de Seamus à la police, leur raconter ses efforts désespérés pour obliger Ethel à renoncer à la pension alimentaire. Mais la femme, Ruth, jaserait à son sujet. Il sentit une sueur froide lui couvrir le front en réalisant la bêtise qu'il avait commise le jour où il était allé retirer de l'argent à la banque en coupures de cent dollars. Si la police apprenait que...

Avant l'arrivée de la police, il s'était rongé les sangs, hésitant à laisser les billets cachés dans l'appartement. S'ils ne s'y trouvaient pas, qui pourrait prouver qu'Ethel n'avait pas tout dépensé ?

Quelqu'un le saurait. Cette fofolle qui venait faire le ménage avait peut-être remarqué les billets qu'il avait remis en place.

Pour finir, Douglas décida de ne rien toucher. Il laisserait les flics trouver les billets. Si Seamus ou sa femme tentaient de le mettre en cause, il les traiterait de menteurs. Un peu réconforté par cette pensée, Douglas tourna son esprit vers l'avenir. L'appartement lui appartenait désormais. L'argent d'Ethel était le sien. Il se débarrasserait de tous ces vêtements et accessoires ridicules. A va avec A, B va avec B. Peut-être les empaquetteraient-ils tels quels et irait-il les porter à la décharge. Cette pensée amena sur ses lèvres un sombre sourire. Inutile de commencer à gaspiller. Pourquoi jeter à l'eau les paquets de dollars dépensés par Ethel pour s'habiller ? Il dénicherait une bonne boutique de vêtements d'occasion et les vendrait.

Lorsqu'il s'était habillé, ce samedi matin, il avait délibérément choisi un pantalon bleu sombre et une chemise sport de couleur ocre. Il voulait donner l'impression d'un chagrin contenu. Le manque de sommeil avait marqué des cercles sous ses yeux. Ça tombait à pic.

Les enquêteurs s'attaquèrent au bureau d'Ethel. Il les regarda ouvrir le dossier marqué « Papiers importants ». Le testament. Il n'avait pas encore décidé s'il avouerait être au courant. L'inspecteur termina sa lecture et se tourna vers lui.

« Avez-vous jamais vu ceci ? » demanda-t-il comme si de rien n'était.

Douglas se laissa guider par son instinct.

« Non, répondit-il. Ce sont les papiers personnels de ma tante.

— Elle ne vous a jamais parlé de son testament ? »

Douglas grimaça un sourire piteux.

« Elle en plaisantait de temps en temps, disant que si elle me laissait seulement sa pension alimentaire, je serais tranquille pour le reste de mes jours.

— Elle semble vous avoir légué un capital considérable, vous l'ignoriez ? »

Douglas balaya l'appartement d'un geste de la main.

« Je ne pensais pas que Tante Ethel était riche. Elle a acheté cet appartement lorsqu'il a été vendu en copropriété. Il a dû lui coûter les yeux de la tête. Elle gagnait bien sa vie comme écrivain, mais sans faire partie du peloton de tête.

— Eh bien, elle a dû faire beaucoup d'économies dans sa vie. » L'inspecteur avait pris le testament dans ses mains gantées, le tenant par une extrémité. Consterné, Douglas l'entendit appeler l'expert des empreintes : « Saupoudre-moi ça. »

Cinq minutes plus tard, tordant fébrilement ses mains sur ses genoux, Douglas confirmait, puis niait connaître l'existence des billets de cent dollars que les inspecteurs venaient de trouver dissimulés dans l'appartement. Cherchant à détourner leur attention, il expliqua qu'il n'avait pas répondu au téléphone jusqu'à hier.

« Pourquoi ? »

C'était l'inspecteur O'Brien qui menait l'enquête. La question trancha l'air comme un rasoir.

« Ethel était bizarre. Il m'est arrivé de décrocher le téléphone un jour où je lui rendais visite, et elle m'a abreuvé d'injures. Elle m'a dit que je n'avais pas à savoir qui lui téléphonait. Mais, hier, j'ai soudain pensé qu'elle pouvait vouloir me joindre. Voilà pourquoi j'ai commencé à répondre.

— Elle aurait pu vous téléphoner à votre travail.

— Je n'y ai pas réfléchi.

— Et vous avez pour la première fois soulevé l'appareil pour entendre une menace proférée contre elle. Étrange coïncidence que ce coup de téléphone vous soit parvenu presque à l'heure même où l'on retrouvait son corps. »

Brusquement, O'Brien interrompit l'interrogatoire. « Monsieur Brown, avez-vous l'intention de rester dans cet appartement ?

— Oui.

— Nous viendrons demain avec Mlle Neeve Kearny. Elle vérifiera les vêtements manquant dans la penderie de Mme Lambston. Nous pourrons avoir besoin de vous poser d'autres questions. Vous serez donc présent. »

Ce n'était pas une requête. C'était une affirmation claire et nette.

Étrangement, Douglas ne fut pas soulagé de voir l'interrogatoire prendre fin. Et ses craintes étaient justifiées. O'Brien ajouta :

« Nous vous convoquerons peut-être au commissariat central. Nous vous le ferons savoir. »

Ils emportèrent les sacs de plastique avec le contenu de

l'aspirateur, le testament d'Ethel, l'agenda et le petit tapis d'Orient. Doug entendit l'un d'eux dire à voix haute : « Ils ont beau s'escrimer, ils n'arrivent jamais à supprimer toutes les traces de sang sur les tapis. »

À l'hôpital St. Vincent, Tony Vitale se trouvait encore dans la salle de réanimation, son état restant critique. Mais le chirurgien en chef persistait à rassurer ses parents : « Il est jeune, robuste. Nous croyons qu'il s'en tirera. »

La tête, l'épaule, la poitrine et les jambes emmaillotées de bandages, branché au goutte-à-goutte qui s'écoulait dans ses veines, aux moniteurs électriques qui observaient chaque changement de son organisme, aux tubes de plastique dans ses narines, Tony glissait d'un état de coma à des éclairs de conscience. Les derniers instants lui revenaient. *Les yeux de Nicky Sepetti qui le sondaient. Il avait tout de suite su que Nicky le soupçonnait de les avoir infiltrés. Il aurait dû se diriger vers le commissariat au lieu de s'arrêter pour téléphoner. Il aurait dû savoir que sa couverture ne valait plus rien.*

Tony glissa dans le noir.

Quand il reprit vaguement conscience, il entendit le médecin dire : « Chaque jour montre un léger progrès. »

Chaque jour! Depuis combien de temps était-il là? Il voulut parler, mais aucun son ne sortit de sa bouche.

Nicky avait tempêté et frappé du poing sur la table et leur avait ordonné de faire annuler le contrat.

Joey lui avait dit que c'était impossible.

Puis Nicky avait exigé de savoir qui l'avait lancé.

« ... Quelqu'un a mis le feu aux poudres », lui avait dit Joey. Ruiné ses affaires. Maintenant il a le F.B.I. aux fesses... »

Puis Joey avait prononcé le nom :

« *Gordon Steuber.* »

Seamus attendait dans le commissariat de la 20ᵉ circonscription, Quatre-vingt-deuxième Rue Ouest. Son visage rond, pâle, luisait de transpiration. Il essayait de se rappeler tous les conseils de Ruth, tout ce qu'elle lui avait dit de raconter.

Il avait la tête dans du coton.

La pièce où il se tenait était austère. Une table, la surface marquée de brûlures de cigarettes. Des chaises de bois. Celle sur laquelle il était assis lui faisait mal aux reins. Une fenêtre sombre donnait sur la rue latérale. La circulation dehors était un enfer ; taxis, bus et voitures klaxonnaient. Des voitures de police encerclaient tout l'immeuble.

Combien de temps comptaient-ils le garder ?

Une autre demi-heure s'écoula avant que n'entrent les deux inspecteurs. Une greffière les suivit et se glissa dans une chaise derrière Seamus. Il se tourna et la regarda installer sa machine sur ses genoux.

Le plus âgé des inspecteurs se nommait O'Brien. Il s'était déjà présenté dans le bar, ainsi que son collègue, Steve Gomez.

Seamus s'attendait à ce qu'ils lui lisent les mises en garde habituelles, mais ne put s'empêcher de blêmir en les entendant prononcer et en voyant O'Brien lui tendre une copie imprimée et lui demander de la lire. Il hocha la tête quand on lui demanda s'il comprenait. Oui. Voulait-il la présence d'un avocat ? Non. Savait-il qu'il avait le droit de garder le silence ? Oui. Savait-il que tout ce qu'il dirait pouvait être retenu contre lui ?

Il chuchota : « Oui. »

L'attitude de O'Brien changea. Il devint imperceptiblement plus aimable, s'adressant à Seamus sur le ton de la conversation :

« Monsieur Lambston, il est de mon devoir de vous prévenir que vous êtes considéré comme un suspect possible dans la mort de votre première femme, Ethel Lambston. »

Ethel morte. Plus de pension alimentaire. Ils ne seraient plus pris à la gorge, lui, Ruth et les filles. Ou cela ne faisait-il que commencer ? Il revoyait ses mains qui s'agrippaient, son expression quand elle était tombée en arrière, la façon dont elle s'était débattue et avait pris le coupe-papier.

208

Il lui sembla sentir l'humidité du sang d'Ethel sur ses mains.

Que disait l'inspecteur avec son ton bienveillant ?

« Monsieur Lambston, vous vous êtes querellé avec votre ex-femme. Elle vous rendait fou. La pension alimentaire vous menait à la ruine. Parfois la pression est trop forte et nous faisons sauter le couvercle. Est-ce cela qui vous est arrivé ? »

Était-il devenu fou ? Il se rappela la haine qui l'avait envahi à cet instant, la bile qui était montée dans sa gorge, la façon dont il avait fermé le poing et l'avait dirigé vers cette bouche railleuse, mauvaise.

Seamus s'effondra, la tête sur la table, et se mit à pleurer. Les sanglots le secouaient.

« Je veux un avocat », dit-il.

Deux heures plus tard, Robert Lane, un avocat d'une cinquantaine d'années auquel Ruth avait fait appel en catastrophe, se présenta :

« Vous apprêtez-vous à inculper formellement mon client ? » demanda-t-il.

L'inspecteur O'Brien le fixa, l'air revêche.

« Non. Pas pour le moment.

— Par conséquent, M. Lambston est libre de s'en aller, n'est-ce pas ? »

O'Brien soupira :

« Oui. »

Seamus avait été convaincu qu'ils allaient l'arrêter. N'osant croire ce qu'il venait d'entendre, il pressa ses paumes sur la table et se souleva péniblement de la chaise. Il sentit la main de Robert Lane prendre son bras et le guider hors de la pièce. Il entendit Lane dire :

« Je veux une copie de la déclaration de mon client.

— Vous l'aurez. » L'inspecteur Gomez attendit que la porte se refermât, puis se tourna vers son collègue : « J'aurais bien aimé boucler ce type. »

O'Brien sourit, d'un petit sourire sans joie :

« Patience. Nous devons attendre les résultats du labo. On a besoin de vérifier l'emploi du temps de Lambston le jeudi et le vendredi. Mais il y a une chose de certaine, c'est que nous aurons une mise en accusation par le grand jury avant que Seamus Lambston ne puisse se réjouir de ne plus verser de pension à son ex. »

Lorsque Neeve, Myles et Jack regagnèrent l'appartement, il y avait un message sur le répondeur. Myles pouvait-il rappeler le préfet de police Schwartz à son bureau ?

Herb Schwartz habitait Forest Hills, « comme quatre-vingt-dix pour cent des préfets de police », expliqua Myles à Jack Campbell en décrochant le téléphone. « Si Herb n'est pas en train de s'affairer dans sa maison un samedi soir, c'est qu'il est arrivé quelque chose d'important. »

L'entretien fut bref. Lorsque Myles raccrocha, il dit :

« L'affaire paraît réglée. À la minute où ils ont commencé à interroger l'ex-mari, il s'est mis à pleurer comme un bébé et a demandé un avocat. Ils ne mettront pas longtemps à rassembler suffisamment de preuves pour l'accuser.

— Tu veux dire qu'il n'a pas avoué, dit Neeve. C'est ça, n'est-ce pas ? »

Elle alluma les lampes sur la table jusqu'à ce que la pièce fût baignée d'une chaude lumière tamisée. Lumière et chaleur. Son esprit aspirait au réconfort après avoir assisté à la dure réalité de la mort. Elle ne parvenait pas à éliminer le pressentiment d'une menace autour d'elle. Depuis l'instant où elle avait vu les vêtements d'Ethel étalés sur cette table, le mot *linceul* dansait dans sa tête. Elle en était arrivée à se demander ce qu'elle-même, Neeve, porterait le jour de sa mort. Intuition ? Superstition d'Irlandaise ? L'impression que quelqu'un marchait sur sa tombe ?

Jack Campbell la regardait. Il sait, pensa-t-elle. Il sent que ce n'est pas uniquement une question vestimentaire. Si Ethel avait donné au teinturier le chemisier qu'elle portait habituellement avec le tailleur, elle l'aurait automatiquement remplacé par celui qui allait avec l'ensemble. C'est ce qu'avait fait remarquer Myles et toutes les réponses qu'il apportait avaient un sens. Myles. Il se tenait devant elle, les mains posées sur ses épaules.

« Neeve, tu n'as pas écouté un seul mot de ce que j'ai dit. Tu m'as posé une question et j'y ai répondu. Que se passe-t-il ?

— Je ne sais pas. » Neeve eut un pauvre sourire. « Écoute, cette journée a été atroce. Nous devrions prendre un verre. »

Myles scruta son visage.

« Je crois que nous devrions prendre un bon remontant, et ensuite Jack et moi nous t'emmènerons dîner dehors. » Il leva les yeux vers Jack : « À moins que vous n'ayez d'autres projets pour ce soir.

— Aucun projet hormis, si je peux me permettre, préparer les drinks. »

Le scotch, comme le thé chez Kitty Conway, eut pour effet de chasser temporairement les papillons noirs dans l'esprit de Neeve. Myles répéta ce que le préfet de police lui avait dit : les inspecteurs de la brigade criminelle sentaient que Seamus Lambston était sur le point d'avouer.

« Est-il toujours nécessaire que j'aille vérifier la penderie d'Ethel, demain ? »

Neeve n'aurait su dire si elle avait envie d'être libérée de cette tâche.

« Oui. Je pense qu'il importe peu qu'Ethel ait eu l'intention de s'en aller et fait elle-même ses bagages ou qu'il l'ait tuée et ait voulu ensuite faire croire qu'elle était partie de son plein gré, mais nous ne devons pas laisser des points dans l'obscurité.

— Mais n'aurait-il pas été contraint de verser indéfiniment la pension alimentaire si on l'avait crue partie ? Ethel m'a dit un jour que si le chèque arrivait en retard, son comptable avait l'ordre de menacer Seamus de poursuites. Si l'on n'avait pas retrouvé le corps d'Ethel, il aurait dû continuer à payer pendant sept ans avant qu'elle ne soit déclarée légalement décédée. »

Myles haussa les épaules.

« Neeve, le pourcentage d'homicides qui sont la consé-

211

quence de querelles domestiques est effrayant. Et ne prends pas les gens pour plus intelligents qu'ils ne sont. Ils agissent d'après leurs impulsions. Ils perdent leur contrôle. Ensuite, ils essayent de couvrir leurs traces. Je l'ai dit et redit : " Tout meurtrier laisse sa carte de visite. "

— Si c'est vrai, Préfet, j'aimerais savoir quelle est la carte de visite du meurtrier d'Ethel.

— Je vais te dire ce que je crois être sa carte de visite. Cette meurtrissure sur la joue d'Ethel. Tu n'as pas vu le rapport d'autopsie. Moi si. Gosse, Seamus était un amateur de rings. Le coup a presque fracassé la mâchoire d'Ethel. Avec ou sans confession, j'aurais commencé à chercher un individu qui ait tâté de la boxe.

— La Légende a parlé. Et tu te fiches complètement dedans. »

Assis sur le divan de cuir, Jack Campbell buvait son Chivas Regal. Pour la seconde fois de la journée, il préféra rester à l'écart de la discussion entre Neeve et son père. Les écouter lui donnait l'impression d'assister à un match de tennis entre deux adversaires de même niveau. Il faillit sourire mais, observant Neeve, sentit l'inquiétude le saisir à nouveau. Elle était encore très pâle, et l'auréole de ses cheveux noirs accentuait son teint de nacre. Il avait vu ces grands yeux d'ambre briller de plaisir, mais ce soir il lui sembla lire en eux une mélancolie qui dépassait la mort d'Ethel Lambston. Ce qui a entraîné la mort d'Ethel n'est pas encore arrivé à son terme, pensa-t-il, et Neeve s'y trouve mêlée.

Il secoua la tête. Son ascendance écossaise avec ses fichus dons de double vue resurgissait. Il avait demandé à accompagner Neeve et son père chez le procureur du comté de Rockland pour la simple raison qu'il voulait passer la journée avec Neeve. En la quittant ce matin, il était rentré chez lui, avait pris une douche, s'était changé et il s'était rendu à la bibliothèque municipale. Là, sur microfilms, il avait lu les journaux datés d'il y avait dix-sept ans avec les gros titres : « LA FEMME DU PRÉFET DE POLICE ASSASSINÉE DANS CENTRAL PARK. » Il avait retenu chaque détail, étudié les photos du cortège funèbre depuis la cathédrale St. Patrick. Neeve, âgée de dix ans, dans un manteau noir et coiffée d'un petit bonnet rond, sa menotte perdue dans la main de Myles, ses yeux brillant de larmes. Le visage de Myles gravé dans le granit. Les rangs et les rangs de policiers. Ils semblaient s'étendre sur toute la longueur de la Cinquième Avenue. Les éditoriaux qui les accompagnaient accusaient le truand Nicky Sepetti de l'exécution de la femme du préfet de police.

Nicky avait été enterré ce matin. L'événement avait ravivé chez Neeve et son père le souvenir de la mort de Renata. Les vieux journaux de l'époque rapportaient que Nicky Sepetti, de la cellule de sa prison, aurait aussi ordonné la mort de Neeve. Ce matin, Neeve avait dit à Jack que son père avait toujours redouté la mise en liberté de Sepetti par crainte pour elle, et que sa mort semblait avoir délivré Myles de cette peur obsessionnelle.

Pourquoi alors est-ce que je m'inquiète pour vous, Neeve? se demanda Jack.

La réponse lui vint aussi simplement que s'il avait posé la question à voix haute. Parce que je l'aime. Parce que je l'attends depuis le premier jour où elle m'a échappé dans l'avion.

Jack s'aperçut que leurs verres étaient vides. Il se leva et prit celui de Neeve.

« Ce soir, je crois que vous avez besoin d'une dose supplémentaire. »

En buvant le second cocktail, ils regardèrent les informations du soir. On passa des extraits de l'enterrement de Nicky Sepetti, y compris la déclaration exaltée de sa veuve.

« Qu'en penses-tu? » demanda tranquillement Neeve à Myles.

Myles éteignit le poste.

« Ce que je pense n'est pas imprimable. »

Ils dînèrent chez Neary's, Cinquante-septième Rue Est. Jimmy Neary, un Irlandais au regard pétillant et au sourire malicieux, se précipita à leur rencontre. « Monsieur le Préfet, quelle joie de vous voir ! » On les conduisit à l'une des tables que Jimmy réservait à ses clients privilégiés. Jack eut droit aux commentaires sur les photos qui recouvraient les murs. « Lui, en personne. » La photo de l'ancien gouverneur Garey était ostensiblement placée au milieu de la salle. « C'est la crème de New York qui vient chez moi », dit Jimmy à Jack. « Regardez où se trouve le préfet. » La photo de Myles était accrochée en face de celle du gouverneur Garey.

Ils passèrent une agréable soirée. Neary's restait toujours le lieu de rendez-vous des hommes politiques et des prélats. À plusieurs reprises, les gens s'arrêtèrent à leur table pour saluer Myles.

« Heureux de vous revoir, monsieur le Préfet. Vous avez l'air en pleine forme.

— Il est au paradis », murmura Neeve à Jack, « il a mal supporté la maladie et l'idée de disparaître de la circulation, cette année. Je le crois prêt à reprendre du service. »

Le sénateur Moynihan s'approcha d'eux.

« Myles, je prie le Seigneur que vous preniez la direction de l'Agence pour la lutte contre la drogue, dit-il. Nous avons besoin de vous. Nous devons nous débarrasser de cette saleté, et vous êtes l'homme qu'il nous faut. »

Lorsque le sénateur les quitta, Neeve leva les yeux.

« Tu parlais d'avoir été pressenti. C'est allé drôlement vite ! »

Myles étudiait le menu. Margaret, sa serveuse préférée, s'avança.

« Comment sont les crevettes à la créole, Margaret ?

— Superbes. »

Myles soupira.

« J'en étais sûr. Pour faire honneur à mon régime, apportez-moi du flétan bouilli, s'il vous plaît. »

Ils passèrent leur commande, et burent un verre de vin.

« Cela signifie passer beaucoup de temps à Washington, dit Myles. Y louer un appartement. Je ne crois pas que je t'aurais laissée seule ici, Neeve, en sachant Nicky Sepetti en liberté dans la rue. Mais je me sens rassuré aujourd'hui. Le gang en a toujours voulu à Nicky d'avoir ordonné la mort de ta mère. On ne les a pas lâchés d'une semelle jusqu'à ce que la plus grande partie de la bande l'ait rejoint.

— Donc, vous ne croyez pas à sa déclaration sur son lit de mort ? demanda Jack.

— Il est difficile pour ceux d'entre nous qui ont grandi en croyant que le repentir de dernière minute peut vous ouvrir les portes du paradis de voir un homme s'en aller avec un faux serment sur les lèvres. Mais dans le cas de Nicky, je m'en tiendrai à ma première réaction. C'était un geste d'adieu à l'intention de sa famille, et ils sont tombés dans le panneau. Et maintenant, la journée a été suffisamment éreintante. Parlons de quelque chose d'intéressant. Jack, êtes-vous à New York depuis suffisamment longtemps pour juger si le maire peut gagner une autre élection ? »

Comme ils finissaient leur café, Jimmy Neary s'arrêta à leur table.

« Monsieur le Préfet, saviez-vous que c'est l'une de mes clientes habituelles, Kitty Conway, qui a trouvé le corps de cette Ethel Lambston ? Elle venait souvent ici avec son mari. C'est une femme formidable.

— Nous l'avons rencontrée hier, dit Myles.

— Si vous la revoyez, dites-lui bien des choses de ma part et rappelez-lui de se faire moins rare.

— Je pourrais peut-être faire mieux », dit Myles d'un ton dégagé. « Je pourrais l'amener moi-même. »

Le taxi déposa Jack en premier. Après leur avoir souhaité le bonsoir, Jack demanda :

« Écoutez, je sais que ça peut paraître exagéré, mais ne verriez-vous pas d'objection à ce que je vous accompagne demain dans l'appartement d'Ethel ? »

Myles haussa les sourcils :

« Non, si vous promettez de vous fondre dans le décor et de rester bouche cousue.

— Myles ! »

Jack sourit.

« Votre père a raison, Neeve. J'accepte les conditions. »

Lorsque le taxi s'arrêta devant Schwab House, le portier ouvrit la porte pour Neeve. Elle sortit tandis que Myles réglait le chauffeur. Le portier regagna sa place à l'entrée du hall. La nuit était claire, le ciel rempli d'étoiles. Neeve s'éloigna de la voiture. Elle leva la tête et admira la galaxie.

De l'autre côté de la rue, Denny Adler était affalé contre l'immeuble d'en face, une bouteille de vin à ses côtés, la tête penchée sur la poitrine. À travers ses yeux plissés il observa Neeve pendant qu'elle s'éloignait du taxi. Il retint brusquement sa respiration. Il pouvait la viser d'ici, et filer avant que personne ne l'aperçoive. Denny fouilla dans la poche de la veste qu'il portait ce soir, un vieux molleton usé jusqu'à la trame.

Maintenant.

Son doigt toucha la gâchette. Il était sur le point de sortir le revolver de sa poche quand la porte à sa droite s'ouvrit. Une vieille femme sortit de l'immeuble, tenant un caniche au bout d'une laisse. Le caniche se rua vers Denny.

« N'ayez pas peur de Chouchou, dit la femme. Elle est très amicale. »

La fureur envahit Denny comme une coulée de lave en voyant Myles Kearny s'éloigner du taxi et s'avancer à la suite de Neeve à l'intérieur de Schwab House. Ses doigts faillirent étrangler le caniche, mais il parvint à se contrôler et laissa sa main retomber sur le trottoir.

« Chouchou aime bien être caressée, l'encouragea la vieille, même par des inconnus. » Elle laissa tomber un quarter sur les genoux de Denny. « J'espère que ça vous aidera. »

10.

LE DIMANCHE matin, l'inspecteur O'Brien demanda à parler à Neeve au téléphone.

« C'est à quel sujet ? demanda sèchement Myles.

— Nous aimerions parler à la femme de ménage qui était dans l'appartement de Lambston la semaine dernière, monsieur. Votre fille aurait-elle son numéro de téléphone ?

— Oh. » Myles ne sut pourquoi il se sentit immédiatement soulagé. « Rien de plus facile. Neeve me l'a donné. »

Cinq minutes plus tard, Tse-Tse téléphonait.

« Neeve, je suis citée comme témoin. » Elle paraissait excitée. « Mais puis-je leur demander de les rencontrer chez toi à une heure et demie de l'après-midi ? Je n'ai encore jamais été interrogée par la police. J'aimerais mieux que toi et ton père soyez dans les parages. » Sa voix baissa d'un ton : « Neeve, ils ne croient pas que je l'ai tuée, n'est-ce pas ? »

Neeve sourit.

« Bien sûr que non, Tse-Tse. Ne t'inquiète pas. Myles et moi assistons à la messe de midi à St. Paul. Viens à une heure et demie, ce sera parfait.

— Est-ce que je dois leur raconter que ce salaud de neveu piquait du fric et le remettait en place, et qu'Ethel avait menacé de le déshériter ? »

Neeve sursauta.

« Tse-Tse, tu racontais qu'Ethel était folle de lui. Tu n'as jamais dit qu'elle menaçait de le déshériter. Bien sûr que tu dois le leur dire. »

Quand elle raccrocha, Myles attendait, l'œil interrogateur. « Que se passe-t-il ? »

Neeve le mit au courant. Myles laissa échapper un sifflement silencieux.

Tse-Tse arriva, les cheveux tirés en un strict chignon, peu maquillée, à l'exception de ses faux cils. Elle était vêtue d'une robe paysanne avec des chaussures plates.

« C'est le costume que je portais quand je jouais la domestique condamnée pour avoir empoisonné sa patronne », confia-t-elle.

Les inspecteurs O'Brien et Gomez s'annoncèrent quelques minutes plus tard. Lorsque Myles les accueillit, constata Neeve, personne n'aurait pu croire qu'il n'était plus le numéro un de la police. Ils sont pratiquement à genoux devant lui.

Mais quand on lui présenta Tse-Tse, O'Brien eut l'air stupéfait.

« Douglas Brown nous a dit que la femme de ménage était suédoise. »

Il resta bouche bée en entendant Tse-Tse expliquer avec le plus grand sérieux comment elle changeait de personnage d'après les rôles qu'elle interprétait dans les pièces d'avant-garde à Broadway.

« Je jouais une femme de chambre suédoise », conclut-elle, « et j'ai envoyé une invitation personnelle à Joseph Papp pour la pièce, hier soir. C'était la dernière représentation. Mon horoscope disait que Saturne était en Capricorne, et que ma carrière traversait des courants forts. J'ai vraiment cru qu'il viendrait. » Elle secoua tristement la tête. « Il n'est pas venu. En fait, personne n'est venu. »

Gomez toussa énergiquement. O'Brien ravala un sourire.

« C'est désolant. Maintenant, Tse-Tse — si je peux vous appeler ainsi ? »

Il commença à la questionner.

L'interrogatoire se termina en entretien tandis que Neeve expliquait pourquoi elle s'était rendue avec Tse-Tse dans l'appartement d'Ethel, pourquoi elle était retournée vérifier les manteaux dans la penderie, jeter un coup d'œil sur l'agenda d'Ethel. Tse-Tse parla de l'appel téléphonique courroucé d'Ethel à son neveu le mois dernier, de l'argent qui avait été remis en place la semaine dernière.

À quatorze heures trente, O'Brien referma son carnet de notes.

« Vous vous êtes montrées d'une grande aide toutes les deux. Tse-Tse, voudriez-vous accompagner Mlle Kearny chez Ethel Lambston ? Vous connaissez bien l'appartement. Vous remarquerez peut-être s'il manque quelque chose. Rendez-vous dans une heure, si c'est possible. J'aimerais avoir une autre petite conversation avec Douglas Brown. »

Myles était resté assis dans son profond fauteuil de cuir, le front plissé.

« Voilà maintenant un neveu intéressé qui entre en scène », dit-il.

Neeve eut un sourire sans joie.

« Quelle pourrait être sa carte de visite, à ton avis, Préfet ? »

À quinze heures trente, Myles, Neeve, Jack Campbell et Tse-Tse pénétrèrent dans l'appartement d'Ethel. Douglas Brown était affalé sur le divan, les mains jointes sur les genoux. Il leva la tête, le regard hostile. Son beau visage boudeur était moite de sueur. Les inspecteurs O'Brien et Gomez étaient assis en face de lui, leurs carnets ouverts. Les tables et le bureau paraissaient couverts de poussière et en désordre.

Tse-Tse murmura à Neeve :

« L'appartement était impeccable quand je suis partie. »

Neeve expliqua à mi-voix que les traînées étaient celles de la poudre à empreintes répandue par les enquêteurs, puis elle dit doucement à Douglas Brown :

« Je suis très peinée de ce qui est arrivé à votre tante. Je l'aimais beaucoup.

— Vous devez être une des rares qui pensent ainsi »,

répliqua vivement Brown. Il se redressa. « Écoutez, tous ceux qui connaissaient Ethel vous diront à quel point elle pouvait se montrer irritante et exigeante. Ainsi, elle passait son temps à m'inviter au restaurant et il y a bien des soirs où j'ai dû laisser tomber mes amis parce qu'elle avait besoin de compagnie. Elle me filait parfois un des billets de cent dollars qu'elle planquait ici ou là. Ensuite, elle oubliait où elle avait caché le reste et m'accusait de l'avoir piqué. Pour finir, elle les retrouvait et s'excusait. Et ainsi de suite. » Il jeta un regard noir vers Tse-Tse. « Qu'est-ce que vous foutez dans ce déguisement, vous avez fait un pari ou quoi ? Si vous voulez vous rendre utile, vous pourriez aller chercher l'aspirateur et nettoyer ce fourbi.

— Je travaillais pour Mlle Lambston », rétorqua Tse-Tse avec hauteur, « et Mlle Lambston est morte. » Elle regarda l'inspecteur O'Brien. « Que voulez-vous que je fasse ?

— J'aimerais que Mlle Kearny nous indique les vêtements qui manquent dans la garde-robe, et que vous fassiez un tour dans l'appartement pour voir si vous repérez quelque chose d'anormal. »

Myles murmura à Jack :

« Pourquoi n'accompagnez-vous pas Neeve ? Peut-être pourriez-vous l'aider à noter ses observations. »

Il choisit de s'asseoir sur une chaise à dos droit près du bureau. De là, il avait vue sur le mur où étaient exposées les photos d'Ethel. Au bout d'un moment, il se leva et alla les examiner de près, découvrant avec étonnement un montage où l'on voyait Ethel à la dernière convention du parti républicain, sur l'estrade avec les proches du Président ; Ethel embrassant le maire, à Gracie Mansion ; Ethel recevant le prix de la Société des journalistes et auteurs américains pour le meilleur article de presse. Cette femme était apparemment plus intéressante que je ne le pensais, songea Myles. Je l'ai prise à tort pour une écervelée.

Le livre qu'Ethel se proposait d'écrire. Le milieu blanchissait beaucoup d'argent par l'intermédiaire de l'industrie de la mode. Ethel avait-elle eu vent d'une histoire de ce genre ? Myles nota en lui-même de demander à Herb

Schwartz s'il y avait des enquêtes en cours sur les activités du monde de la confection.

Malgré le lit sans un pli et l'ordre relatif qui régnait dans la pièce, la chambre avait le même aspect négligé que le reste de l'appartement. Même la penderie n'était plus rangée comme avant. Visiblement, les vêtements et accessoires avaient été sortis, examinés et remis au hasard.

« Bravo ! s'exclama Neeve. Les choses n'en seront que plus difficiles. »

Jack portait un pull irlandais blanc sur un pantalon de velours côtelé bleu marine. Lorsqu'il avait sonné à leur porte, Myles avait ouvert, haussé les sourcils et dit : « Vous avez l'air de Flossie et Freddie Bobbsey *, tous les deux. » Il s'était écarté pour le laisser passer, et Jack s'était retrouvé nez à nez avec Neeve, vêtue elle aussi d'un chandail irlandais blanc et d'un pantalon de velours côtelé marine. Ils avaient éclaté de rire, et Neeve avait rapidement enfilé un cardigan marine et blanc.

La coïncidence avait un peu apaisé la peur qui glaçait Neeve à l'idée de manipuler les effets personnels d'Ethel. Maintenant, c'était la consternation qui l'emportait devant le désordre qui régnait dans la garde-robe chérie d'Ethel.

« Plus difficile, mais pas impossible, fit Jack calmement. Voyons la meilleure façon de procéder. »

Neeve lui tendit le dossier avec les doubles des factures d'Ethel.

« Nous allons d'abord commencer par ses derniers achats. »

Elle sortit les vêtements neufs qu'Ethel n'avait jamais portés, les posa sur le lit, puis commença par l'autre bout de la penderie, passant à Jack les robes et les tailleurs un à un. Il apparut vite que les effets manquants étaient uniquement des vêtements d'hiver.

« Voilà qui élimine l'idée qu'elle aurait pu projeter un voyage aux Caraïbes ou dans un endroit similaire et délibérément renoncer à prendre un manteau », murmura

---

* Des jumeaux dans un album pour enfants.

221

Neeve autant pour elle-même que pour Jack. « Mais Myles a peut-être raison. Je ne trouve pas le chemisier blanc qui allait avec le tailleur dont elle était vêtue quand on l'a retrouvée. Peut-être est-il chez le teinturier. Attendez ! »

Elle s'interrompit brusquement et tira du fond de la penderie un cintre qui était resté coincé entre deux chandails. Le chemisier blanc, avec son jabot et ses poignets bordés de dentelle, y était pendu.

« Voilà ce que je cherchais », dit triomphalement Neeve. « Pourquoi Ethel ne le portait-elle pas ? Et si elle a préféré mettre l'autre, pourquoi n'a-t-elle pas rangé celui-ci correctement ? »

Ils s'assirent côte à côte sur la méridienne et Neeve recopia les notes de Jack, jusqu'à ce qu'elle ait établi une liste précise des vêtements manquant dans la garde-robe d'Ethel. En attendant, Jack inspecta silencieusement la pièce du regard. Pas très nette, sans doute à cause de l'enquête de la police. De beaux meubles. Une luxueuse courtepointe et des coussins décoratifs. Mais elle manquait d'originalité. Il n'y avait aucune touche personnelle, aucune photo encadrée, pas de bibelots. Les quelques tableaux accrochés au mur étaient sans imagination, comme s'ils avaient été choisis uniquement pour remplir l'espace. C'était une pièce triste, vide. Jack se sentit soudain empli de pitié pour Ethel. L'image qu'il avait d'elle était si différente. Il l'avait toujours vue comme une balle de tennis animée d'une énergie propre, rebondissant avec frénésie de part et d'autre du filet. La femme qu'évoquait cette pièce était plutôt une solitaire pathétique.

Ils regagnèrent le living-room pour voir Tse-Tse fouiller dans la pile de courrier sur le bureau d'Ethel.

« Il n'est pas là, dit-elle.

— Qu'est-ce qui n'est pas là ? demanda sèchement O'Brien.

— Ethel utilisait un poignard ancien comme coupe-papier, un de ces trucs indiens avec un manche rouge et or. »

Neeve trouva soudain à l'inspecteur O'Brien le regard d'un chien de chasse sur une piste.

« Vous rappelez-vous la dernière fois où vous avez vu ce poignard, Tse-Tse ? demanda-t-il.

— Oui. Il était là les deux jours de la semaine où je suis venue faire le ménage. Mardi et jeudi. »

O'Brien regarda Douglas Brown.

« Le poignard n'était pas là hier, quand nous avons relevé les empreintes. Aucune idée de l'endroit où nous pouvons le trouver ? »

Douglas avala sa salive et prit un air absorbé. Le coupe-papier se trouvait sur le bureau vendredi matin. Personne n'était venu, à l'exception de Ruth Lambston.

Ruth Lambston. Elle avait menacé de raconter à la police qu'Ethel s'apprêtait à le déshériter. Mais il avait déjà dit aux policiers qu'Ethel retrouvait toujours l'argent qu'elle l'accusait d'avoir volé. Brillant de sa part. À présent, devait-il leur parler de Ruth ou simplement dire qu'il ne savait pas ?

O'Brien répétait sa question, d'un ton insistant cette fois. Douglas décida qu'il était temps d'éloigner de lui l'attention des flics.

« Ruth Lambston est venue ici, vendredi après-midi. Elle a repris une lettre que Seamus avait déposée pour Ethel. Elle m'a menacé de vous révéler qu'Ethel était en rogne contre moi, si je dénonçais Seamus. » Douglas s'arrêta, puis ajouta presque religieusement : « Le coupe-papier était là, le jour où elle est venue. Elle se tenait près du bureau au moment où je suis allé dans la chambre. Je ne l'ai pas revu depuis vendredi. Vous feriez mieux de lui demander pour quelle raison elle l'a volé. »

Dès qu'elle avait reçu l'appel téléphonique affolé de Seamus, le samedi après-midi, Ruth avait fait des pieds et des mains pour joindre chez elle la directrice du personnel de sa société. C'était elle qui avait envoyé l'avocat, Robert Lane, au commissariat de police.

Lorsque Lane ramena Seamus chez lui, Ruth crut que son mari était au bord de la crise cardiaque et voulut l'emmener à l'hôpital. Seamus refusa avec véhémence, mais il accepta d'aller se coucher. Les yeux rougis, gonflés de larmes, il entra d'un pas lourd dans sa chambre. Il était anéanti, brisé.

Lane attendit dans le living-room pour parler à Ruth.

« Je ne suis pas avocat d'assises », annonça-t-il carrément, « et il faudra en trouver un de taille pour votre mari. »

Ruth baissa la tête.

« D'après ce qu'il m'a raconté dans le taxi, il a peut-être une chance de bénéficier d'un acquittement ou d'une réduction de peine en plaidant la folie passagère. »

Ruth se glaça :

« Il a avoué l'avoir tuée ?

— Non. Il m'a dit qu'il l'a poussée, qu'elle s'est emparée du coupe-papier, qu'il le lui a arraché des mains et que dans la bagarre, elle a eu la joue droite entaillée. Il m'a aussi avoué qu'il avait engagé un individu qui traînait dans son bar pour la menacer au téléphone. »

Les lèvres de Ruth se crispèrent.

« Je l'ai appris hier soir. »

Lane haussa les épaules. « Votre mari ne résistera pas à un interrogatoire serré. À mon avis, mieux vaut qu'il avoue et tente d'obtenir une réduction des charges. Vous croyez qu'il l'a tuée, n'est-ce pas ?

— Oui. »

Lane se leva.

« Comme je vous l'ai dit, je ne suis pas avocat d'assises, mais je vais voir si je peux vous en trouver un. Je regrette. »

Pendant quatre heures, Ruth resta assise en silence, le silence du désespoir. À vingt-deux heures, elle regarda les nouvelles et entendit le journaliste annoncer que l'on avait interrogé l'ex-mari d'Ethel Lambston. Elle éteignit précipitamment le poste.

Les événements de la semaine dernière passaient et repassaient dans son esprit comme une cassette défilant indéfiniment dans les deux sens. Il y a dix jours, l'appel téléphonique éploré de Jeannie : « Maman, j'ai honte. Le chèque est sans provision. L'économe m'a fait demander dans son bureau. » C'est à partir de là que tout avait commencé. Ruth se rappela ses cris, sa fureur contre Seamus. Je l'ai harcelé au point de le rendre fou, pensa-t-elle.

La réduction des charges. Qu'est-ce que cela signifiait ? L'homicide par imprudence ? Combien d'années ? Quinze ? Vingt ? Mais il avait enterré le corps. Il s'était donné tout ce mal pour cacher son crime. Comment était-il parvenu à conserver ce calme ?

Calme ? Seamus ? Le coupe-papier à la main, fixant du regard la femme dont il venait de trancher la gorge ? Impossible.

Un souvenir lui revint en mémoire, un de ceux qui faisaient l'objet des plaisanteries en famille du temps où ils savaient encore rire. Seamus avait voulu assister à la naissance de Marcy. Et il s'était évanoui. À la vue du sang, il était tombé dans les pommes. « Ils étaient plus inquiets pour ton père que pour toi et moi », racontait Ruth à Marcy. « Ce fut la première et la dernière fois où j'ai laissé ton père mettre les pieds dans la salle d'accouchement. Il valait mieux qu'il reste au bar à servir les clients plutôt que gêner le médecin. »

Seamus qui regardait le sang s'écouler de la gorge d'Ethel, mettait son corps dans un sac de plastique, la transportait furtivement hors de son appartement. Ils avaient dit aux informations que les griffes avaient été ôtées des vêtements d'Ethel. Seamus aurait-il eu le sang-froid d'agir ainsi, puis de l'enterrer dans cette grotte au milieu du parc ? C'était tout simplement impossible, décida-t-elle.

Mais s'il n'avait pas tué Ethel, s'il l'avait laissée dans l'état où il affirmait l'avoir quittée, en nettoyant le coupe-papier, en s'en débarrassant, Ruth avait alors peut-être détruit une preuve qui aurait pu conduire à quelqu'un d'autre...

Cette pensée était trop accablante pour que Ruth s'y

attardât davantage. Elle se leva avec lassitude et alla dans la chambre. Seamus respirait régulièrement, mais il bougea. « Ruth, reste avec moi. » Lorsqu'elle se coucha près de lui, il mit ses bras autour d'elle et s'endormit, la tête sur son épaule.

À trois heures du matin, Ruth cherchait toujours quelle décision prendre. Puis, comme en réponse à une prière muette, elle se rappela qu'elle avait souvent rencontré l'ancien préfet de police Kearny au supermarché depuis qu'il avait pris sa retraite. Il souriait toujours très aimablement en disant : « Bonjour. » Il s'était même arrêté pour l'aider, un jour où son sac s'était déchiré. Elle l'avait instinctivement trouvé sympathique, même si sa vue lui rappelait qu'une partie de la pension alimentaire passait dans la boutique de luxe de sa fille.

Les Kearny habitaient Schwab House, Soixante-quatorzième Rue. *Demain, elle irait avec Seamus demander au préfet de police de les recevoir. Il saurait ce qu'ils devraient faire. Elle pourrait avoir confiance en lui.* Ruth finit par s'endormir en pensant : j'ai trouvé à qui me fier.

Pour la première fois depuis des années, elle se réveilla tard le dimanche matin. Quand elle se redressa sur le coude pour regarder l'heure, son réveil indiquait midi moins le quart. Le soleil entrait dans la pièce par les stores mal ajustés. Elle contempla Seamus. Dans son sommeil, il avait perdu cette physionomie anxieuse et apeurée qui l'irritait tellement, et elle retrouvait dans ses traits réguliers le souvenir de l'homme séduisant qu'elle avait épousé. Les filles tenaient de lui, se dit-elle et elles avaient hérité de son humour. Autrefois, Seamus était plein d'esprit et d'assurance. Puis la dégringolade avait commencé. Le loyer du bar avait augmenté de façon astronomique, le quartier s'était embourgeoisé, et les vieux habitués avaient disparu les uns après les autres. Et tous les mois, il fallait verser la pension alimentaire.

Ruth se glissa hors du lit et se dirigea vers le secrétaire. Le soleil éclairait cruellement les éraflures et les entailles du bois. Elle voulut ouvrir le tiroir sans faire de bruit, mais il était coincé et grinça. Seamus remua.

« Ruth. »

Il n'était pas tout à fait réveillé.

« Repose-toi », lui dit-elle d'une voix apaisante, « je t'appellerai quand le petit déjeuner sera prêt. »

Le téléphone sonna au moment où elle ôtait le bacon du gril. C'était les filles. Elles avaient entendu les nouvelles concernant Ethel. Marcy, l'aînée, dit :

« Maman, nous sommes désolées pour elle, mais ça veut dire que Papa est enfin tranquille, n'est-ce pas ? »

Ruth s'appliqua à prendre un ton joyeux.

« C'est à peine croyable, hein ? Nous arrivons encore difficilement à nous y faire. »

Elle appela Seamus qui prit le téléphone.

Ruth vit l'effort qu'il faisait pour dire : « C'est horrible de se féliciter de la mort de quelqu'un, mais il est permis de se réjouir d'être délivré d'un poids financier. Maintenant racontez-moi. Comment vont les Dolly Sisters ? Les petits copains se conduisent bien, j'espère. »

Ruth avait pressé un jus d'orange, préparé du bacon, des œufs brouillés, des toasts et du café. Elle attendit que Seamus eût fini de manger et lui versa une seconde tasse de café. Puis elle s'assit en face de lui, de l'autre côté de la table de chêne massif, encombrant héritage d'une tante célibataire, et dit :

« Il faut que nous parlions. »

Elle posa les coudes sur la table, cala ses mains sous son menton, vit son reflet dans le miroir tacheté au-dessus du vaisselier et prit soudain conscience de son air terne. Sa robe de chambre était défraîchie ; ses beaux cheveux châtain clair étaient devenus clairsemés et sans éclat ; ses lunettes rondes donnaient à son petit visage un air pincé. Elle repoussa ces pensées et continua :

« Lorsque tu m'as dit que tu avais poussé Ethel, que le coupe-papier lui avait entaillé la joue, que tu avais payé quelqu'un pour la menacer au téléphone, j'ai cru que tu avais été plus loin. J'ai cru que tu l'avais tuée. »

Seamus contempla fixement sa tasse de café. Comme si elle contenait tous les secrets de l'univers, songea Ruth. Puis il se redressa et regarda Ruth droit dans les yeux. On aurait dit qu'une bonne nuit de sommeil, le fait d'avoir parlé aux filles et un copieux petit déjeuner l'avaient remis sur pied.

« Je n'ai pas tué Ethel, dit-il. Je lui ai fait peur. Bon Dieu, je me suis fait peur à moi-même. Je n'avais pas l'intention de la pousser, mais mon poing est parti tout seul. Elle s'est coupée parce qu'elle a voulu prendre le coupe-papier. Je le lui ai arraché des mains et l'ai lancé sur le bureau. Mais elle était morte de peur. C'est alors qu'elle a dit : " D'accord, d'accord. Tu peux garder ta maudite pension alimentaire. "

— C'était jeudi après-midi, dit Ruth.

— Jeudi, vers quatorze heures. Tu sais qu'il n'y a pas grand monde à cette heure-là. Tu te souviens de l'état dans lequel tu étais à cause du chèque sans provision. J'ai quitté le bar à treize heures trente. Dan était présent. Il pourra témoigner.

— Es-tu revenu au bar ? »

Seamus termina son café et reposa sa tasse sur la soucoupe.

« Oui. Il le fallait. Puis, je suis rentré à la maison et je me suis soûlé. Et j'ai continué à m'enivrer pendant tout le week-end.

— Qui as-tu vu ? Es-tu sorti acheter le journal ? »

Seamus sourit, un sourire indifférent, triste.

« Je n'étais pas en état de lire. » Il attendit sa réaction, puis Ruth vit un semblant d'espoir naître sur son visage. « Tu me crois, dit-il, d'une voix humble et étonnée.

— Je ne t'ai pas cru hier, ni vendredi, dit Ruth. Mais je te crois maintenant. Tu es capable et incapable de beaucoup de choses, mais je ne pense pas qu'il te soit jamais possible de prendre un couteau ou un coupe-papier et de trancher la gorge de quelqu'un.

— Tu as tiré le gros lot avec moi », dit calmement Seamus.

Le ton de Ruth se fit coupant :

« J'aurais pu faire pire. Maintenant examinons sérieuse-ment la situation. Je n'aime pas cet avocat, et il a reconnu qu'il te fallait quelqu'un d'autre. Je veux tenter une chose. Pour la dernière fois, jure sur ta vie que tu n'as pas tué Ethel.

— Je le jure sur ma vie. Seamus hésita. Sur la vie de mes trois filles.

— Nous avons besoin d'aide. D'aide véritable. J'ai regardé les informations hier soir. Ils parlaient de toi. On disait que tu étais interrogé. Ils ont hâte de prouver que tu es coupable. Il faut que nous disions toute la vérité à quelqu'un capable de nous conseiller ou de nous recomman-der un avocat approprié. »

Elle passa l'après-midi entier à discuter, argumenter, cajo-ler, raisonner, et enfin amener Seamus à accepter. Il était seize heures trente quand ils enfilèrent leurs manteaux, Ruth bien carrée dans le sien, Seamus avec le bouton du milieu qui tirait sur la boutonnière, et parcoururent à pied les trois blocs qui les séparaient de Schwab House. Ils parlèrent peu en chemin. Bien que le fond de l'air fût frais pour la saison, les gens profitaient du soleil. La vue de jeunes enfants avec leurs ballons, suivis de leurs parents à l'air exténué, amena un sourire sur les lèvres de Seamus.

« Te souviens-tu du temps où nous emmenions les filles au zoo, le dimanche après-midi ? Je suis content qu'on l'ait rouvert. »

Devant Schwab House, le portier leur annonça que le préfet de police Kearny et sa fille étaient sortis. Timide-ment, Ruth lui demanda l'autorisation d'attendre. Ils restèrent pendant une demi-heure assis côte à côte sur le divan du hall, et Ruth se mit à douter de la sagesse de sa décision. Elle s'apprêtait à suggérer qu'ils s'en aillent quand le portier ouvrit la porte à un groupe de quatre personnes. Les Kearny et deux inconnus.

Avant de perdre courage, Ruth s'élança à leur rencontre.

·« Myles, j'aurais voulu que tu leur permettes de te parler. »

Ils étaient dans la cuisine. Jack préparait une salade. Neeve sortait du congélateur le reste de la sauce tomate de jeudi soir.

Myles préparait les Martini.

« Neeve, il n'est pas question qu'ils me débitent leur histoire. Tu es témoin dans cette affaire. Si je le laisse raconter qu'il a tué Ethel au cours d'une dispute, j'ai l'obligation morale de le rapporter.

— Je suis convaincue qu'il n'avait pas l'intention de te dire ça.

— Quoi qu'il en soit, je peux te promettre que Seamus Lambston et sa femme Ruth vont subir un interrogatoire serré au commissariat. N'oublie pas que si ce lèche-bottes de neveu dit la vérité, Ruth Lambston a dérobé le coupe-papier, et sois certaine qu'elle ne le voulait pas comme souvenir. J'ai agi au mieux. J'ai téléphoné à Pete Kennedy. C'est un avocat d'assises de premier ordre, et il les rencontrera dans la matinée.

— Et ont-ils les moyens de s'offrir un bon avocat d'assises ?

— Si Seamus est innocent, Pete démontrera à nos hommes qu'ils sont sur la mauvaise piste. Au cas où il serait coupable, le montant demandé sera justifié si Pete permet de réduire le chef d'accusation d'homicide volontaire à homicide involontaire avec circonstances atténuantes. »

Pendant le dîner, il sembla à Neeve que Jack cherchait délibérément à éviter de parler d'Ethel. Il interrogea Myles sur quelques-unes des affaires les plus célèbres qu'il avait menées, un sujet sur lequel ce dernier pouvait s'étendre à plaisir. Neeve se rendit compte seulement au moment de débarrasser la table que Jack était au courant d'affaires qui n'étaient sûrement jamais parvenues jusqu'au Midwest.

« Vous vous êtes renseigné sur Myles dans les journaux de l'époque », l'accusa-t-elle.

Il ne montra aucune confusion.

« Oui, en effet. Hé, laissez ces casseroles dans l'évier. Je vais les nettoyer. Vous allez vous abîmer les ongles. »

C'est impossible, songea Neeve, que tant de choses surviennent dans la même semaine. C'était comme si Jack avait toujours été là. Que se passait-il ?

Elle savait ce qui se passait. Puis un frisson glacé la parcourut. Moïse contemplant la Terre promise et sachant qu'il n'y entrerait jamais. Pourquoi éprouvait-elle cette sensation ? Pourquoi se sentait-elle déprimée ? Pourquoi, lorsqu'elle regardait la triste photo d'Ethel, y voyait-elle quelque chose d'autre aujourd'hui, quelque chose de caché, comme si Ethel lui disait : " Attends de voir ce que c'est. " Ce qu'est *quoi ?* se demanda Neeve.

La mort.

Le journal de vingt-deux heures abondait en informations récentes sur Ethel. On avait fait un rapide montage des événements qui avaient jalonné sa vie. Les médias étaient à court de nouvelles à sensation, et Ethel tombait à pic.

L'émission approchait de la fin quand le téléphone sonna. C'était Kitty Conway. Sa voix claire, presque musicale, semblait un peu précipitée : « Neeve, je m'excuse de vous déranger, mais je viens juste de rentrer chez moi. En accrochant mon manteau, je me suis aperçue que votre père avait oublié son chapeau à la maison. Je dois me rendre en ville demain en fin d'après-midi, peut-être pourrais-je le déposer quelque part ? »

Neeve resta interdite.

« Attendez une minute. Je vais le chercher. » Tout en tendant l'appareil à Myles, elle murmura : « Tu n'oublies jamais rien. Qu'est-ce que tu mijotes ?

— Oh, c'est cette charmante Kitty Conway. » Myles paraissait enchanté. « Je me demandais si elle finirait par trouver ce maudit chapeau. » Quand il eut raccroché, il se tourna vers Neeve d'un air penaud : « Elle passera demain vers dix-huit heures. Puis je l'emmènerai dîner. Tu veux venir ?

— Sûrement pas. À moins que tu n'aies besoin d'un

231

chaperon. De toute façon, je dois me rendre Septième Avenue. »

Sur le pas de la porte, Jack demanda :

« Dites-moi franchement si je m'impose. Sinon, voulez-vous dîner avec moi demain soir ?

— Vous savez très bien que vous n'êtes pas importun. Je dînerai volontiers avec vous si vous voulez bien attendre que je vous téléphone. J'ignore à quelle heure exactement je serai libre. Je fais généralement un dernier arrêt chez Oncle Sal, je vous téléphonerai de chez lui.

— C'est parfait pour moi. Neeve, encore une chose. Faites attention. Vous êtes un témoin important dans la mort d'Ethel Lambston, et la vue de ces gens, Seamus Lambston et sa femme, m'a mis mal à l'aise. Neeve, ils sont désespérés. Coupables ou innocents, ils veulent qu'on arrête l'enquête. Leur désir de se confier à votre père est peut-être spontané, mais il peut aussi être calculé. Le fait est que les meurtriers n'hésitent jamais à tuer une seconde fois si quelqu'un se met en travers de leur chemin. »

11.

Lundi étant le jour de congé de Denny, son absence ne paraîtrait pas suspecte, mais il voulait aussi pouvoir prétendre qu'il avait passé la journée au lit. « Je crois que j'ai attrapé la grippe », marmonna-t-il dans le hall de son meublé à l'intention du portier indifférent. Hier, le Grand Charley l'avait appelé au téléphone dans le même hall. « Débarrasse-toi d'elle au plus vite ou nous trouvons quelqu'un d'autre de plus capable. »

Denny savait ce que cela signifiait. On ne le laisserait pas en circulation, de peur de le voir utiliser ce qu'il savait pour obtenir la clémence de la justice. Par ailleurs, il voulait le reste du fric.

Il suivit soigneusement le plan qu'il avait mis au point. Il se rendit à la pharmacie du coin et, toussant comme un malheureux, demanda au pharmacien de lui conseiller un médicament sans ordonnance. De retour chez lui, il alla intentionnellement bavarder avec la vieille idiote qui habitait deux portes plus loin et s'évertuait à se lier d'amitié avec lui. Cinq minutes plus tard, il quittait sa chambre avec un gobelet cabossé rempli d'une tisane nauséabonde.

« Ça soigne tout, lui dit-elle. Je passerai vous voir un peu plus tard.

— Peut-être pourriez-vous me préparer une autre tisane vers midi », gémit Denny.

Il alla aux toilettes communes aux locataires du premier et du deuxième étage et se plaignit de crampes au vieil

233

ivrogne qui attendait patiemment son tour. L'homme refusa de lui céder sa place.

Dans sa chambre, Denny empaqueta soigneusement toutes les vieilles frusques qu'il avait utilisées pour filer Neeve. On ne savait jamais. Un des portiers pouvait avoir l'œil aiguisé et être capable de décrire un type qu'il avait vu rôder autour de Schwab House. Même cette vieille tarée avec son chien. Elle avait eu le temps de l'observer. Denny ne doutait pas que le jour où la fille de l'ex-préfet de police serait supprimée, les poulets passeraient la planète au peigne fin.

Il allait se débarrasser des vêtements dans une poubelle du quartier. C'était facile. Le plus dur serait de suivre Neeve Kearny depuis sa boutique jusqu'à la Septième Avenue. Mais il avait calculé son coup. Il possédait un survêtement gris neuf que personne dans le coin de l'avait encore vu porter. Il avait une perruque de punk et de grosses lunettes d'aviateur. Dans cet accoutrement, il ressemblerait aux coursiers qui parcouraient la ville sur leur vélo en renversant les piétons. Il se procurerait une grosse enveloppe en papier kraft, attendrait Neeve à la sortie de sa boutique. Elle prendrait sans doute un taxi pour se rendre dans le quartier de la confection. Il la suivrait dans un autre taxi, raconterait au chauffeur une histoire à dormir debout selon laquelle on lui avait volé sa bicyclette et qu'il lui fallait absolument remettre ces papiers à cette dame.

Il avait entendu de ses propres oreilles Neeve Kearny dire qu'elle avait rendez-vous à treize heures trente avec une de ces richardes qui peuvent se permettre de dépenser une montagne de pognon pour s'habiller.

Il fallait toujours laisser une marge d'erreur. Il se posterait dans la rue, en face de sa boutique, avant treize heures trente.

Peu importait que le chauffeur de taxi fît le rapprochement après la mort de Kearny. La police rechercherait un type coiffé à la punk.

Son plan établi, Denny fourra le ballot de vieilles nippes sous le lit défoncé. Quel taudis, pensa-t-il, en contemplant la pièce minuscule. Un nid de cafards. Puante. Une malheureuse caisse d'oranges pour table. Mais quand il aurait exécuté le contrat et empoché les autres dix mille dollars, il n'aurait plus qu'à se tenir tranquille jusqu'à la fin de sa liberté conditionnelle et à se tirer d'ici. Bon Dieu, tu parles qu'il allait se tirer !

Pendant le reste de la matinée, Denny fit de fréquents allers-retours aux toilettes, se plaignant de ses douleurs à qui voulait l'entendre. À midi, la vieille toupie dans le couloir frappa à sa porte et lui offrit une autre tasse de tisane et un beignet rassis. Il se rendit à nouveau aux toilettes, y resta enfermé en se bouchant le nez, jusqu'à ce que s'élèvent les protestations de ceux qui attendaient derrière la porte.

À treize heures moins le quart, il sortit et annonça au vieil ivrogne qui poireautait : « Ça va mieux. Je vais dormir un peu. » Sa chambre se trouvait au premier étage et donnait sur une ruelle. Partant du toit en pente, un surplomb s'avançait au-dessus des étages inférieurs. Il fallut à peine quelques minutes à Denny pour enfiler le survêtement gris, ajuster la perruque punk et les lunettes, jeter le paquet de vieux vêtements dans la ruelle et sauter en bas.

Il fourra le ballot au fond d'une poubelle infestée de rats, derrière un immeuble dans la Cent-huitième Rue, prit le métro en direction de Lexington et Quatre-vingt-sixième Rue, acheta une grosse enveloppe en papier kraft et des crayons au Prisunic, inscrivit « URGENT » sur l'enveloppe et prit son poste d'observation en face de « chez Neeve ».

Le lundi matin à dix heures, un avion-cargo coréen, vol 771, s'apprêtait à atterrir à Kennedy Airport. Les camions de Gordon Steuber Textiles attendaient à l'aéroport, prêts à charger les caisses de robes et de vêtements de sport qu'ils devaient transporter dans les entrepôts de Long Island City ; des entrepôts qui n'apparaissaient nulle part sur les registres.

D'autres attendaient la cargaison : les agents des forces

de l'ordre, qui se préparaient à opérer l'une des plus grosses saisies de drogue des dix dernières années.

« C'était une idée de génie », fit observer l'un d'eux, posté dans un uniforme de mécanicien sur la piste bitumée. « J'ai vu de la drogue camouflée dans des meubles, dans des poupées Barbie, dans des colliers de chiens, dans des couches pour bébés, mais encore jamais dans des vêtements de haute couture. »

L'avion tourna, atterrit, stoppa devant le hangar. En un instant, la piste fourmilla d'agents du F.B.I.

Dix minutes plus tard, ils ouvraient et fouillaient la première caisse, tailladaient les coutures des vestes de lin superbement coupées et le chef des opérations ouvrait d'un coup sec un sachet de plastique bourré d'héroïne pure.

« Nom de Dieu, s'écria-t-il, il y en a pour au moins deux millions de dollars dans cette seule caisse ! Dites-leur d'arrêter Steuber. »

À neuf heures quarante, les agents du F.B.I. firent irruption dans le bureau de Gordon Steuber. Sa secrétaire voulut leur barrer le passage, mais ils la repoussèrent fermement. Steuber écouta d'un air impassible les mises en garde légales. Sans qu'apparût sur son visage la moindre trace d'émotion, il regarda les menottes se refermer sur ses poignets. Une rage furieuse, mortelle, grondait en lui, et elle était dirigée contre Neeve.

Alors qu'on le conduisait hors de son bureau, il se retourna vers sa secrétaire en larmes.

« May, lui dit-il, vous feriez mieux d'annuler mes rendez-vous. N'oubliez pas. »

L'expression de May l'assura qu'elle avait compris. Elle ne mentionnerait pas que douze jours auparavant, dans la soirée du mercredi, Ethel Lambston avait fait irruption dans son bureau et lui avait déclaré qu'elle était au courant de ses activités.

Douglas Brown dormit mal dans la nuit du dimanche. S'agitant dans les draps de percale d'Ethel, il rêva de sa tante. Images intermittentes où elle brandissait un verre de Dom Pérignon au San Domenico : « À la santé de ce pauvre imbécile de Seamus. » Visions d'Ethel qui lui disait froidement : « Combien as-tu volé jusqu'à aujourd'hui ? » Rêves où la police venait l'arrêter.

À dix heures, le lundi matin, le cabinet du médecin légiste du comté de Rockland téléphona. En tant que plus proche parent, on demanda à Doug quelles étaient ses intentions concernant l'enterrement d'Ethel Lambston. Doug s'attacha à prendre un ton soucieux.

« Ma tante a toujours exprimé le désir d'être incinérée. Pourriez-vous me conseiller sur ce point ? »

À dire vrai, Ethel avait parlé d'être enterrée avec ses parents dans l'Ohio, mais l'expédition d'une urne serait moins coûteuse que celle d'un cercueil.

On lui donna le nom d'une société de pompes funèbres. La femme qui lui répondit au téléphone se montra aimable, empressée et curieuse de ses possibilités financières. Doug promit de la rappeler et téléphona au comptable d'Ethel. Le comptable s'était absenté pour un long week-end et venait d'apprendre l'affreuse nouvelle.

« J'ai assisté à la rédaction du testament de Mlle Lambston, dit-il. Je possède une copie de l'original. Elle vous aimait beaucoup.

— Et je le lui rendais de tout mon cœur. »

Doug raccrocha. Il finissait par y croire, sachant qu'il était un homme riche. Riche selon ses critères, en tout cas.

« Pourvu que rien ne vienne se mettre en travers », pria-t-il.

Il s'attendait à l'arrivée de la police, mais le coup sec frappé à la porte, la convocation au commissariat pour un interrogatoire le mirent néanmoins mal à l'aise.

Au commissariat, il les entendit avec stupéfaction lui réciter les mises en garde.

« Vous vous fichez de moi !

— Nous avons tendance à faire preuve d'un excès de prudence », le rassura l'inspecteur Gomez d'un ton conciliant. « N'oubliez pas, Doug, que vous pouvez garder le silence, demander la présence d'un avocat ou interrompre l'interrogatoire si vous le décidez. »

Doug songea à l'argent d'Ethel ; l'appartement en copropriété d'Ethel ; la nana à son travail qui lui faisait les yeux doux ; il allait laisser tomber ce boulot minable ; envoyer au diable cette ordure à qui il devait obéir du matin au soir. Il prit une attitude conciliante.

« Je suis tout disposé à répondre à vos questions. »

La première émanant de l'inspecteur O'Brien le prit au dépourvu.

« Jeudi dernier, vous êtes allé à la banque pour retirer quatre cents dollars en coupures de cent dollars. Inutile de nier, Doug. Nous avons vérifié. C'est l'argent que nous avons trouvé dans l'appartement, n'est-ce pas ? Pourquoi l'avoir placé là alors que, selon vos précédentes déclarations, votre tante retrouvait toujours les billets qu'elle vous accusait de voler ? »

Myles dormit de minuit jusqu'à cinq heures et demie. Il se réveilla avec la certitude qu'il n'avait aucune chance de se rendormir. Il n'était rien qu'il détestât autant que de rester au lit dans l'espoir de retomber dans les bras de Morphée. Il se leva, enfila son peignoir et se rendit dans la cuisine.

Tout en buvant une tasse de café décaféiné, il examina point par point les événements de la semaine. Il sentait s'évanouir le soulagement qu'il avait éprouvé à l'annonce de la mort de Nicky Sepetti. Pourquoi ?

Il contempla la cuisine en ordre. Hier soir, il avait intérieurement approuvé la façon dont Jack Campbell avait aidé Neeve à ranger. Jack était à l'aise dans une cuisine. Myles eut un bref sourire au souvenir de son propre père. Un type formidable. « Le maître de maison », disait sa mère en parlant de lui. Mais Dieu sait qu'il n'avait jamais porté une assiette dans l'évier, passé l'aspirateur ou changé un enfant. Les jeunes époux d'aujourd'hui étaient différents. En mieux.

Quelle sorte de mari avait-il été pour Renata ? Un bon

mari, si l'on s'en tenait aux standards habituels. « Je l'aimais », laissa échapper Myles, d'une voix à peine perceptible. « J'étais fier d'elle. Nous avons eu des moments merveilleux. Mais je me demande si je la connaissais réellement. Jusqu'où ai-je été le fils de mon père dans notre mariage ? L'ai-je jamais prise au sérieux en dehors de son rôle d'épouse et de mère ? »

La veille au soir — ou était-ce l'avant-veille — il avait dit à Jack Campbell que c'était grâce à Renata qu'il s'y connaissait en matière de vins. Je m'appliquais scrupuleusement à me dégrossir à cette époque, songea Myles, se rappelant le programme de progrès personnels qu'il avait mis au point avant de rencontrer Renata. Billets pour Carnegie Hall. Billets pour le Met. Visites guidées au Museum of Art.

C'était Renata qui avait changé cet apprentissage consciencieux en sorties amusantes. Renata qui, après avoir assisté à un opéra, chantonnait la musique de sa voix claire et forte de soprano. « Milo, *caro,* es-tu le seul Irlandais à n'avoir aucune oreille ? » se moquait-elle.

Pendant les onze merveilleuses années que nous avons vécues ensemble, nous commencions à peine à explorer ce que nous serions devenus l'un pour l'autre.

Myles se versa une seconde tasse de café. Pourquoi ce sentiment d'alarme ? Qu'est-ce qui lui échappait ? Quelque chose. Quelque chose. Oh ! Renata, supplia-t-il en silence. J'ignore pourquoi, mais je suis inquiet pour Neeve. J'ai fait tout ce que je pouvais pour elle pendant ces dix-sept ans. Mais elle est ton enfant, aussi. Est-elle menacée ?

La seconde tasse de café lui remit les esprits en place et il se sentit un peu ridicule. Lorsque Neeve entra dans la cuisine en bâillant, il avait retrouvé suffisamment d'entrain pour lui dire : « Ton éditeur fait très bien la plonge. »

Neeve sourit, se pencha pour embrasser le front de son père et répliqua : « " C'est cette charmante Kitty Conway. " Bravo, Préfet. Il est temps de te mettre à regarder les femmes. Après tout, tu ne rajeunis pas. »

Elle s'écarta pour éviter une tape.

Neeve mit un tailleur Chanel rose pâle et gris à boutons dorés, des escarpins gris clair et choisit un sac en bandoulière assorti. Elle noua ses cheveux en un chignon lâche.

Myles lui fit un signe approbateur.

« J'aime ce genre de tenue. C'est mieux que l'arlequin de samedi. Je dois dire que tu as hérité du goût de ta mère en matière vestimentaire.

— J'apprécie les félicitations de Sir Hubert. » Sur le pas de la porte, Neeve hésita. « Préfet, peux-tu m'accorder une faveur et demander au médecin légiste s'il est possible que l'on ait changé les vêtements d'Ethel après sa mort ?

— Je n'y avais pas pensé.

— Réfléchis-y, s'il te plaît. Et même si tu n'es pas d'accord, fais-le pour moi. Autre chose : crois-tu que Seamus Lambston et sa femme cherchaient à nous embobiner ?

— Tout à fait possible.

— Mettons. Mais, Myles, écoute-moi sans m'interrompre pour une fois. La dernière personne qui ait admis avoir vu Ethel en vie est son ex-mari Seamus. Nous savons que c'était jeudi après-midi. Peut-on lui demander comment elle était habillé ? Je parie qu'elle portait la robe d'intérieur en léger lainage multicolore qu'elle aimait enfiler en rentrant chez elle. Ce vêtement a disparu de sa penderie. Ethel ne l'emportait jamais en voyage. Myles, ne me regarde pas comme ça. Je sais de quoi je parle. On pourrait supposer que Seamus — ou quelqu'un d'autre — a tué Ethel alors qu'elle était vêtue de cette robe et l'a ensuite habillée différemment. »

Neeve ouvrit la porte. Myles se rendit compte qu'elle attendait une repartie ironique de sa part. Il garda un ton neutre : « Ce qui signifie... ?

— Cela signifie que si les vêtements d'Ethel ont été changés après sa mort, il n'y a pas une chance que son ex-mari soit coupable. Tu as vu la façon dont lui et sa femme étaient attifés. Ils n'ont pas plus d'idée sur la mode que moi sur le maniement de la navette spatiale. D'autre part, il y a cet immonde salaud nommé Gordon Steuber qui aurait instinctivement choisi un de ses modèles et vêtu Ethel du trois-pièces original. »

Avant de refermer la porte derrière elle, Neeve ajouta : « Tu dis toujours qu'un meurtrier laisse sa carte de visite, Préfet. »

On demandait souvent à l'avocat Peter Kennedy s'il avait des liens de parenté avec les Kennedy. Il offrait en réalité une forte ressemblance avec le Président défunt. La cinquantaine, une crinière rousse striée de gris, un visage fort, carré et une silhouette élancée. Il avait été procureur adjoint dans les débuts de sa carrière, et s'était lié d'amitié avec Myles Kearny. Dès l'appel pressant de Myles, Pete avait annulé son rendez-vous de onze heures et était convenu de retrouver Seamus et Ruth Lambston à son cabinet, dans le centre de la ville.

À présent, il les écoutait avec incrédulité tout en observant leurs visages las et anxieux. De temps en temps, il posait une question. « Vous dites, monsieur Lambston, que vous avez poussé votre ex-femme si violemment qu'elle est tombée en arrière, s'est immédiatement relevée et a saisi le poignard qu'elle utilisait comme coupe-papier, qu'elle s'est entaillé la joue lorsque vous avez voulu le lui arracher des mains. »

Seamus hocha la tête.

« Ethel a pu voir que j'étais presque prêt à la tuer.

— Presque ?

— Presque », répéta Seamus d'une voix basse et honteuse. « Je veux dire que pendant une seconde, si ce coup l'avait tuée, j'aurais été heureux. Elle a fait de ma vie un enfer pendant plus de vingt ans. Quand je l'ai vue se relever, j'ai réalisé ce qui avait failli se produire. Mais elle était affolée. Elle m'a dit qu'elle renonçait à la pension alimentaire.

— Et alors...

241

— Je suis parti. Je suis retourné au bar. Puis je suis rentré chez moi, je me suis enivré et je n'ai pas dessoûlé. Je connaissais Ethel. Elle n'allait pas manquer de m'accuser de tentative d'agression. Elle a essayé de me faire boucler à trois reprises parce que j'avais versé la pension en retard. » Il eut un rire douloureux : « Une fois, c'était le jour de la naissance de Jeannie. »

Pete continua à poser ses questions et habilement finit par lui faire dire qu'il avait eu peur qu'Ethel ne porte plainte; cru qu'elle exigerait à nouveau la pension dès qu'elle aurait repris ses esprits et s'était montré assez bête pour raconter à Ruth qu'Ethel avait promis de renoncer aux versements. Et aussi qu'il avait été terrifié quand Ruth avait exigé qu'il rappelle par écrit à Ethel son accord.

« C'est alors que vous avez mis par inadvertance le chèque et la lettre dans sa boîte aux lettres et que vous êtes revenu dans l'espoir de les récupérer? »

Seamus se tordit les mains sur ses genoux. Il se faisait l'effet d'un pauvre débile. Ce qu'il était. Et il y avait plus. Les menaces. Mais quelque chose le retint d'en parler tout de suite.

« Vous n'avez pas vu votre ex-femme, Ethel Lambston, après jeudi, treize mars?

— Non. »

Il ne m'a pas tout dit, pensa Pete, mais c'est suffisant pour un début. Il regarda Seamus Lambston appuyer sa tête sur le dossier du canapé de cuir marron. Il commençait à se détendre. Bientôt, il se laisserait aller, suffisamment pour tout mettre sur la table. Pousser trop loin l'interrogatoire serait une erreur. Pete se tourna vers Ruth Lambston. Elle était assise près de son mari, guindée, le regard abattu. Pete avait noté que les révélations de celui-ci commençaient à l'effrayer.

« Peut-on accuser Seamus d'agression volontaire pour avoir poussé Ethel? demanda-t-elle.

— Ethel Lambston n'est plus en vie pour porter plainte, répliqua Pete. En théorie, la police pourrait déposer une charge. Madame Lambston, je crois être assez bon juge en matière de caractères. C'est vous qui avez persuadé votre mari d'aller se confier au préfet de police — il se corrigea —, à *l'ancien* préfet de police Kearny. Vous aviez raison d'estimer qu'une aide extérieure vous était nécessaire. Mais je ne pourrai vous aider qu'à la condition de savoir toute la vérité. Il y a un élément que vous gardez pour vous, et j'ai besoin de le connaître. »

Sentant peser sur elle le regard de son mari et de cet avocat à l'air autoritaire, Ruth murmura : « Je crois que j'ai fait disparaître l'arme du crime. »

Lorsqu'ils partirent une heure plus tard, Seamus ayant accepté de se soumettre au détecteur de mensonges, Pete Kennedy doutait de son intuition. À la fin de l'entretien, Seamus avait avoué avoir engagé un pauvre type qui traînait dans le bar pour menacer Ethel. Soit il est seulement stupide et mort de frousse, se dit Pete, soit il joue un jeu particulièrement astucieux, et il nota mentalement de prévenir Myles Kearny de ne pas lui envoyer trop de clients de cet acabit.

La nouvelle de l'arrestation de Gordon Steuber s'abattit comme raz de marée sur le monde de la mode. Les téléphones bourdonnèrent : « Non, il ne s'agit pas des ateliers au noir. Tout le monde en fait autant. C'est une histoire de drogue. » Puis la grande interrogation : « Pourquoi ? Il gagne des millions. Qu'il se fasse pincer pour ses ateliers, qu'on l'accuse d'évasion fiscale, tout ça n'est pas bien grave. De bons avocats peuvent faire durer le procès pendant des années. Mais de la drogue ! » Au bout d'une heure la rumeur se répandit : « Ne vous mettez pas Neeve Kearny à dos. Votre montre-bracelet aura vite fait de se transformer en une paire de menottes. »

Entouré d'une nuée d'assistants, Anthony della Salva mettait au point les derniers détails de la collection d'au-

243

tomne qu'il devait présenter la semaine suivante. Une collection particulièrement réussie. Le jeune dessinateur qu'il venait d'engager à sa sortie du F.I.T. était un génie. « Tu seras un autre Anthony della Salva », dit-il à Roget avec un large sourire.

C'était le plus grand compliment qu'il pût faire.

Le visage mince, le cheveu terne, la silhouette maigrichonne, Roget murmura entre ses dents : « Ou un futur Ralph Lauren. » Mais il retourna son sourire béat à Sal. Dans deux ans, il aurait assez d'appuis pour ouvrir sa propre maison de couture, il en était certain. Il s'était battu bec et ongles avec Sal afin d'utiliser les motifs en réduction de Barrière du Pacifique pour les accessoires de la nouvelle collection, écharpes, pochettes et ceintures, dans les formes et les couleurs éblouissantes qui faisaient la magie et le mystère du monde aquatique. « Il n'en est pas question », avait sèchement refusé Sal. « C'est encore aujourd'hui ce que vous avez créé de mieux. Votre marque de fabrique. » La collection terminée, Sal avait reconnu que Roget ne s'était pas trompé.

Il était quinze heures trente lorsque Sal apprit l'arrestation de Gordon Steuber. Et les plaisanteries qui l'accompagnaient. Il téléphona sur-le-champ à Myles.

« Savais-tu ce qui se tramait ?

— Non », dit Myles d'un ton irrité. « On ne me raconte pas tout ce qui se passe. »

Le ton inquiet de Sal renforça le noir pressentiment qui le hantait depuis le début de la journée.

« Eh bien, c'est dommage, rétorqua Sal. Écoute, Myles, personne n'ignore que Steuber a des relations avec le milieu. Que Neeve attire l'attention sur lui à cause des travailleurs sans carte de travail, passe encore. Mais il en est autrement quand elle se retrouve indirectement responsable d'une saisie de stpéfiants d'une valeur de cent millions de dollars.

— Cent millions ? Je n'étais pas au courant de ce chiffre.

— Alors allume la radio. Ma secrétaire vient de l'entendre. Tu devrais peut-être songer à engager un garde du corps pour Neeve. Prends soin d'elle ! Je sais qu'elle est ta fille, mais n'oublie pas que je suis directement intéressé.

— Je ne l'oublie pas. Je vais parler aux gars du commissariat central et y réfléchir. J'ai essayé de joindre Neeve au téléphone. Elle était déjà partie pour la Septième Avenue. C'est son jour d'achats. Doit-elle passer te voir ?

— Elle termine généralement sa tournée chez nous. Et elle sait que je veux lui montrer ma prochaine collection. Elle va l'adorer.

— Dis-lui de m'appeler dès que tu la verras. Dis-lui que j'attends son coup de fil.

— Compte sur moi. »

Au moment de lui dire au revoir, Myles eut une soudaine arrière-pensée.

« Comment va ta main, Sal ?

— Pas trop mal. Ça m'apprendra à être moins maladroit. Je suis surtout navré d'avoir abîmé le livre.

— Ne t'en fais pas. Il est presque sec. Neeve a un nouveau galant, un éditeur. Il va le confier à un restaurateur.

— Pas question. C'est à moi de le faire. Je vais envoyer quelqu'un le chercher. »

Myles rit.

« Sal, tu es peut-être un bon couturier, mais je crois Jack Campbell mieux placé pour ce travail.

— Myles, j'insiste.

— À bientôt, Sal. »

À quatorze heures, Seamus et Ruth Lambston se présentèrent à nouveau au cabinet de Peter Kennedy pour y subir les tests du détecteur de mensonges. Pete leur avait expliqué : « Si nous déclarons que le détecteur de mensonges pourra être utilisé contre vous en cas d'inculpation, je crois qu'il me sera possible de les retenir d'engager des poursuites pour agression ou manipulation de preuves. »

Ruth et Seamus avaient passé les deux heures du déjeuner dans un petit café du centre. Incapables d'avaler plus d'une ou deux bouchées de leurs sandwiches, ils recommandèrent du thé. Seamus rompit le silence : « Que penses-tu de l'avocat ? »

Ruth détourna les yeux.

« Je pense qu'il ne nous croit pas. » Elle tourna la tête et le regarda en face. « Mais si tu dis la vérité, nous avons agi comme il le fallait. »

Le test rappela à Ruth son dernier électrocardiogramme. À la différence que les fils mesuraient d'autres impulsions. L'homme qui maniait l'appareil se montra aimable et impersonnel. Il demanda à Ruth son âge, où elle travaillait, l'interrogea sur sa famille. Lorsqu'elle parla des filles, elle commença à se détendre et une note d'orgueil pointa dans sa voix. « Marcy... Linda... Jeannie... »

Puis l'interrogatoire porta sur sa visite dans l'appartement d'Ethel, sur le fait qu'elle ait déchiré le chèque, dérobé le coupe-papier, qu'elle l'ait rapporté chez elle, lavé, jeté au fond d'une corbeille dans une boutique indienne, dans la Sixième Avenue.

Le test terminé, Peter Kennedy lui demanda de patienter dans la salle d'attente et fit venir Seamus. Pendant les quarante-cinq minutes suivantes, Ruth resta assise sans bouger, figée par l'appréhension. Nous avons perdu le contrôle de nos vies, pensa-t-elle. D'autres que nous décideront si nous devons être traduits en justice, si nous devons aller en prison.

La salle d'attente était imposante avec son élégant canapé de cuir capitonné. Ruth contempla la causeuse assortie, la table ronde en acajou où étaient disposés les derniers magazines, les belles gravures modernes sur les murs lambrissés. Tout ça avait dû coûter une fortune. Elle fut consciente des regards furtifs que l'hôtesse jetait sur elle. Que voyait cette jolie et élégante jeune femme ? Une femme banale vêtue d'une banale robe de lainage vert, chaussée de mocassins ordinaires, les cheveux coiffés en chignon d'où s'échappaient quelques mèches. Elle pense probablement que nous n'avons pas les moyens de payer les prix pratiqués ici, et elle a raison.

La porte du couloir qui menait au bureau personnel de Peter Kennedy s'ouvrit. Kennedy apparut avec un sourire réconfortant.

« Voulez-vous entrer, madame Lambston ? Tout va bien. »

Après le départ de l'expert en détecteur de mensonges, Kennedy mit cartes sur table.

« Normalement, je préférerais ne pas conduire cette affaire trop rapidement. Mais plus les médias continueront à présenter Seamus comme suspect, plus vos filles en souffriront. Je propose de contacter la brigade criminelle chargée d'enquêter sur la mort d'Ethel Lambston, d'exiger un test immédiat au détecteur de mensonges pour clarifier cette atmosphère d'insinuations que vous trouvez intolérable. Je vous préviens : si nous voulons qu'ils acceptent un test immédiat, il nous faut convenir expressément que si vous êtes traduit devant le tribunal, les résultats du test constituent une preuve recevable. Je crois qu'ils accepteront. J'espère également les convaincre d'abandonner tout autre chef d'accusation. »

Seamus avala sa salive. Son visage ruisselait de sueur. « D'accord », dit-il.

Kennedy se leva.

« Il est quinze heures. Nous avons encore une chance de les joindre aujourd'hui. Voulez-vous attendre dans la pièce à côté pendant que je vois ce que je peux faire ? »

Une demi-heure plus tard, il sortit de son bureau.

« Ils ont accepté. Allons-y. »

Le lundi était en général le jour où les affaires marchaient au ralenti, mais, ainsi que Neeve le fit remarquer à Eugenia : « Ce n'est pas vraiment notre cas ». Depuis l'ouverture, à neuf heures trente, la boutique n'avait pas désempli. Myles lui avait raconté que Sal s'inquiétait des rumeurs déplaisantes causées par la mort d'Ethel. Après avoir travaillé sans répit jusqu'à midi, Neeve dit ironiquement :

« Apparemment, nos clientes se fichent éperdument qu'on les retrouve mortes avec un ensemble de " Chez Neeve " sur le dos. » Puis elle ajouta : « Demande qu'on m'apporte un café et un sandwich, veux-tu ? »

Lorsque le garçon livreur entra dans son bureau, Neeve leva la tête et haussa les sourcils.

« Oh, je croyais que c'était Denny. Il n'est pas parti, j'espère ? »

Le remplaçant, un échalas de dix-neuf ans, posa brutalement le sac sur le bureau.

« Lundi est son jour de congé. »

Lorsque la porte se referma derrière lui, Neeve dit sèchement : « Pas de pourboire pour celui-là », et elle souleva adroitement le couvercle du récipient brûlant.

Jack téléphona quelques minutes plus tard.

« Tout va bien ? »

Neeve sourit.

« Très bien. En fait, non seulement tout va bien, mais je suis en train de faire fortune. La matinée a été formidable.

— Peut-être devriez-vous m'apporter votre concours. Je m'apprête à aller déjeuner avec un agent qui risque de ne pas apprécier mon offre. » Jack laissa tomber le ton badin. « Neeve, notez l'endroit. Les Four Seasons. Si vous avez besoin de moi, j'y serai pendant les deux prochaines heures.

— Je déjeune d'un sandwich. Apportez-moi vos restes.

— Neeve, je suis sérieux. »

Le ton de Neeve se radoucit :

« Jack, je me sens en pleine forme. Gardez seulement un peu d'appétit pour le dîner. Je vous appellerai sans doute entre dix-huit heures trente et dix-neuf heures. »

Eugenia lui lança un regard interrogateur lorsqu'elle raccrocha.

« L'éditeur, je présume. »

Neeve déballa son sandwich. « Hmm. » Elle mordait la première bouchée lorsque le téléphone sonna à nouveau.

C'était l'inspecteur Gomez. « Mademoiselle Kearny, j'ai

étudié les photos d'autopsie de la défunte, Ethel Lambston. Vous avez émis l'hypothèse qu'on pourrait l'avoir habillée après sa mort.

— Oui. »

Neeve sentit sa gorge se serrer et repoussa le sandwich, consciente du regard d'Eugenia fixé sur elle. Il lui sembla que la couleur quittait ses joues.

« Sachant cela, j'ai demandé un agrandissement des photos. Les tests ne sont pas terminés et nous savons que le corps a été transporté, aussi est-il assez difficile de savoir si votre intuition est juste, mais dites-moi une chose : Ethel Lambston aurait-elle pu sortir de chez elle avec un bas filé ? »

Neeve se souvint d'avoir remarqué cette maille lorsqu'elle avait identifié les vêtements d'Ethel.

« Jamais.

— C'est bien ce que je pensais, acquiesça Gomez. Le rapport d'autopsie montre des fibres de nylon coincées sous un ongle du pied. La maille est donc partie au moment d'enfiler le collant. Cela signifie que si Ethel Lambston s'est habillée seule, elle est sortie vêtue d'un tailleur de haute couture avec des collants filés. J'aimerais reparler de ce point dans un jour ou deux. Pourrais-je vous recontacter ? »

En raccrochant, Neeve se remémora ce qu'elle avait dit à Myles ce matin même. À son avis, Seamus Lambston, avec son manque de goût manifeste en matière de mode, n'avait pu habiller le cadavre sanglant de son ex-femme. Elle se rappela ce qu'elle avait ajouté. Gordon Steuber aurait d'instinct choisi le chemisier d'origine.

On frappa un petit coup à la porte, et la réceptionniste entra précipitamment dans le bureau. « Neeve, chuchota-t-elle, Mme Poth est arrivée. Et Neeve, savez-vous qu'on a arrêté Gordon Steuber ? »

Neeve parvint à garder un sourire serein, attentif, tandis qu'elle aidait sa riche cliente à choisir trois robes du soir d'Adolfo, deux tailleurs de Donna Karan, sans compter les mules, chaussures et sacs à main. Mme Poth, qui portait ses soixante-cinq ans avec beaucoup d'allure, déclara que les bijoux fantaisie ne l'intéressaient pas : « Ils sont ravissants, mais je préfère les vrais », mais finit par se ranger aux suggestions de Neeve.

Neeve accompagna Mme Poth jusqu'à sa limousine, garée juste devant la boutique. Madison Avenue grouillait de monde, des promeneurs, des gens qui faisaient leurs courses, comme si le soleil attirait les New-Yorkais dehors malgré le froid inhabituel. Au moment où elle regagnait la boutique, Neeve remarqua un homme vêtu d'un survêtement gris appuyé contre l'immeuble en face. Une fugitive impresssion de déjà vu lui traversa l'esprit, qu'elle oublia à l'instant où elle pénétra dans son bureau. Elle raviva son rouge à lèvres, prit son carnet de commandes.

« Occupe-toi de la boutique, dit-elle à Eugenia. Je ne repasserai pas, sois gentille de fermer. »

Le sourire aux lèvres, s'arrêtant pour dire un mot rapide à quelques-unes de ses plus anciennes clientes, elle s'avança vers la sortie. Un taxi l'attendait. Neeve y monta rapidement et ne vit pas l'homme avec une curieuse coiffure punk et un survêtement gris qui hélait un taxi de l'autre côté de la rue.

Plusieurs fois de suite, Doug répondit aux mêmes questions posées différemment. À quelle heure était-il arrivé chez Ethel ? Pourquoi avait-il décidé de s'installer dans l'appartement de sa tante ? Quelles étaient les menaces proférées au téléphone contre Ethel si elle ne lâchait pas la bride à Seamus ? Comment expliquait-il qu'il occupait l'appartement depuis le vendredi trente et un, s'était abstenu de répondre au téléphone pendant une semaine entière, et que le premier appel fût une menace ?

À plusieurs reprises, on lui répéta qu'il était libre de s'en aller. Il pouvait demander un avocat, cesser de répondre aux questions. À chaque fois, il répondait : « Je n'ai pas besoin d'un avocat. Je n'ai rien à cacher. »

S'il n'avait pas répondu au téléphone, leur raconta-t-il, c'était parce qu'il redoutait qu'Ethel n'appelle et ne lui ordonne de décamper. « Je pensais qu'elle resterait absente pendant un mois. J'avais besoin d'un endroit où loger. »

Pourquoi avait-il fait un retrait à la banque en coupures de cent dollars qu'il avait ensuite cachées dans l'appartement de sa tante ? « D'accord. J'avais emprunté quelques-uns des billets qu'Ethel planquait dans l'appartement et j'ai voulu les remettre en place. »

Il avait dit qu'il ignorait tout du testament d'Ethel, mais on avait relevé ses empreintes sur le document.

Doug sentit la panique le saisir.

« Je commençais à craindre qu'il ne lui soit arrivé quelque chose. J'ai regardé dans son agenda et j'ai vu qu'elle avait annulé tous ses rendez-vous après le vendredi où je devais soi-disant la retrouver chez elle. Ça m'a rassuré. Mais la voisine m'a raconté que son abruti d'ex-mari s'était disputé avec elle et qu'il avait débarqué pendant que j'étais à mon travail. Puis sa femme s'est pratiquement introduite de force, et elle a déchiré le chèque de la pension alimentaire. J'ai commencé à me dire que les choses ne tournaient plus rond.

— C'est alors », dit l'inspecteur O'Brien d'un ton sarcastique, « que vous avez décidé de répondre au téléphone, et que le premier appel fut une menace proférée contre votre tante, n'est-ce pas ? Et le second vous parvint du bureau du procureur du comté de Rockland, pour vous prévenir qu'on venait de retrouver son corps ! »

Doug était baigné de sueur. Il bougea nerveusement, cherchant à trouver une position confortable sur la chaise de bois. De l'autre côté de la table, les deux inspecteurs l'observaient, O'Brien avec sa grosse figure rougeaude, Gomez avec ses cheveux d'un noir luisant et son menton de fouine. L'Irlandish et le Latino.

« J'en ai marre de vos histoires », déclara-t-il.

O'Brien devint écarlate.

« Alors va faire un petit tour, mon bonhomme. Mais si tu veux bien, réponds encore à une question. Le tapis devant le bureau de ta tante a été éclaboussé de sang. Quelqu'un s'est appliqué à le nettoyer. Doug, avant ton travail actuel, n'étais-tu pas employé chez Sear's, au service de nettoyage des meubles et tapis ? »

L'affolement provoqua une réaction instinctive chez Doug. Il se leva d'un bond, repoussant sa chaise si violemment qu'elle se renversa en arrière.

« Allez vous faire foutre ! » leur cracha-t-il à la figure tout en s'élançant vers la porte de la salle des interrogatoires.

Denny avait pris un risque calculé en attendant pour héler un taxi le moment où Neeve pénétrait dans le sien. Mais il connaissait le côté fouineur des chauffeurs de taxi. Le plus judicieux était d'en arrêter un et de dire d'une voix essoufflée :

« Un salaud vient de me piquer mon vélo. Suivez vite ce taxi. J'suis foutu si je remets pas cette enveloppe à cette nana. »

Le chauffeur était vietnamien. Il fit un signe de tête indifférent et coupa habilement la voie à un bus en se rabattant à gauche dans Madison avant de s'engager dans la Quatre-vingt-cinquième. Denny se renfonça dans le coin, la tête baissée. Il ne voulait pas que le chauffeur pût l'observer dans le rétroviseur. La seule remarque du type fut : « Tous fêlés. Si y avait un marché pour les pets de lapin, ils les voleraient. »

L'anglais du Viet était excellent, constata amèrement Denny.

À l'angle de la Septième Avenue et de la Trente-sixième Rue, le taxi qu'ils suivaient passa au feu et ils le virent disparaître.

« Navré », s'excusa le chauffeur.

Denny savait que Neeve allait probablement descendre au bloc suivant ou à l'autre. Son taxi ralentirait sans doute dans les embouteillages.

« Bon, qu'ils me fichent à la porte s'ils veulent. J'ai vraiment essayé. »

Il paya la course et s'éloigna d'un pas nonchalant vers le nord. D'un coup d'œil en biais, il vit le taxi repartir, descendre la Septième Avenue. Denny changea brusquement de direction et fonça vers la Trente-sixième Rue.

Comme à l'accoutumée, les rues étaient prises dans le tourbillon effréné du quartier de la confection. On déchargeait des camions, garés en double file le long de la chaussée et gelant presque totalement la circulation. Des coursiers en patins à roulettes se faufilaient dans la foule ; indifférents aux piétons et aux véhicules, des livreurs poussaient des portants chargés de vêtements. Les klaxons hurlaient. Des hommes et des femmes vêtus à la dernière mode parcouraient les trottoirs, parlant avec animation, sans se soucier de l'agitation et des encombrements autour d'eux.

L'endroit idéal pour un meurtre, pensa Denny avec satisfaction. À mi-bloc, il vit un taxi s'arrêter près du trottoir et regarda Neeve Kearny en sortir. Avant qu'il pût s'approcher d'elle, elle s'était engouffrée dans un immeuble. Il prit son poste d'observation de l'autre côté de la rue, à l'abri d'un gros camion.

« En plus de tes fringues de luxe, tu ferais bien de te commander un linceul, Kearny », marmonna-t-il pour lui-même.

À l'âge de trente ans, Jim Greene venait d'être promu inspecteur. Sa rapidité à analyser une situation et à choisir instinctivement le bon moyen d'action lui avait acquis la confiance de ses supérieurs.

Aujourd'hui, on lui avait confié la mission ennuyeuse mais essentielle de surveiller le lit d'hôpital où reposait l'inspecteur Tony Vitale. C'était une tâche peu enviable. Si Tony s'était trouvé dans une chambre privée, Jim aurait pu se poster devant sa porte. Mais au service de réanimation, il lui fallait rester dans le bureau des infirmières. Là, huit heures d'affilée par jour, il était confronté à la fragilité de la vie, au milieu des moniteurs qui sonnaient l'alarme et du personnel de l'hôpital qui se ruait pour conjurer la mort.

Maigre et de taille moyenne, il se faisait le moins encombrant possible dans cet espace confiné, si bien qu'au bout de quatre jours, les infirmières avaient fini par le considérer comme un élément du décor. Et elles semblaient toutes montrer un souci particulier pour le jeune flic qui luttait de toutes ses forces pour rester en vie.

Jim savait qu'il fallait avoir quelque chose dans le ventre pour s'infiltrer dans un gang, s'asseoir à la même table que des tueurs sans merci, savoir qu'à tout moment on pouvait percer votre identité. Il savait qu'on redoutait un contrat lancé par Nicky Sepetti contre Neeve Kearny et que tout le monde avait été soulagé quand Tony était parvenu à murmurer : « Nicky... pas de contrat, Neeve Kearny... »

Jim était de service lorsque le préfet était venu à l'hôpital avec Myles Kearny et il avait eu l'honneur de serrer la main de ce dernier. La Légende. Kearny était à la hauteur du titre. Après le meurtre de sa femme, il devait avoir les tripes nouées à la pensée que Sepetti risquait de s'en prendre à sa fille.

La mère de Tony croyait que son fils cherchait à leur dire quelque chose, avait dit le préfet. Les infirmières avaient l'ordre de prévenir Jim dès que Tony serait en état de parler.

Cela eut lieu lundi, à quatre heures de l'après-midi. Les parents de Vitale venaient de partir, leur visage épuisé éclairé d'un rayon d'espoir. Sauf accident, Tony était hors de danger. L'infirmière vint chercher Jim. Il regarda Tony à travers la vitre, puis s'avança rapidement lorsqu'elle lui fit signe.

Le glucose s'écoulait goutte à goutte dans le bras de Tony et des tubes branchés dans ses narines lui insufflaient de l'oxygène. Il remua les lèvres, murmura un mot.

« Il prononce son propre nom », dit l'infirmière à Jim.

Jim secoua la tête. Il se pencha, posa son oreille sur les lèvres de Tony. Il entendit « Kearny. » Puis un faible « Nee... »

Il effleura la main de Vitale.

« Tony, je suis de la police. Tu as dit : " Neeve Kearny ", n'est-ce pas ? Serre-moi la main si j'ai raison. »

Une faible pression sur sa paume lui répondit.

« Tony, continua Jim, en arrivant ici, tu as essayé de parler d'un contrat. Est-ce cela que tu veux me dire ?

— Vous fatiguez le malade », protesta l'infirmière.

Jim lui jeta un bref regard.

« C'est un policier, un des meilleurs. Il ira mieux s'il arrive à communiquer ce qu'il veut nous confier. »

Il répéta sa question dans l'oreille de Vitale. À nouveau, une pression imperceptible sur sa main.

« Très bien. Tu veux nous dire quelque chose concernant Neeve Kearny et un contrat. » Jim chercha rapidement dans son souvenir les mots que Vitale avait prononcés le jour de son admission à l'hôpital. « Tony, tu as dit : " Nicky, pas de contrat. " Peut-être était-ce seulement une partie de ce que tu voulais dire. » Une pensée soudaine, glaçante, le traversa. « Tony, cherches-tu à nous prévenir que Sepetti n'a pas lancé de contrat contre Neeve Kearny, mais que c'est quelqu'un d'autre ? »

Un instant passa et sa main fut agrippée convulsivement.

« Tony, supplia Jim. Essaye. Je regarde tes lèvres. Si tu sais qui as donné l'ordre, dis-le-moi. »

Les questions de l'autre policier lui parvenaient comme à travers un tunnel. Un immense, irrésistible soulagement envahit Tony Vitale à la pensée d'avoir donné cette information supplémentaire. À présent, la scène était totalement claire dans son esprit : Joey disant à Nicky que Steuber avait lancé le contrat. Sa voix refusait de sortir, mais il parvint à remuer lentement les lèvres, à plisser la bouche pour former la syllabe « Stu », l'ouvrir pour articuler le son « ber ».

Jim le regarda avec intensité.

« Je crois qu'il prononce quelque chose comme " Tru... " »

L'infirmière l'interrompit.

« À mon avis, c'était Stu-ber. »

Dans un dernier effort, avant de retomber dans un sommeil réparateur, l'agent Anthony Vitale serra la main de Jim et hocha la tête.

Après la sortie furieuse de Doug Brown, les inspecteurs O'Brien et Gomez discutèrent entre eux des différentes données de l'affaire telles qu'elles étaient connues. Ils convinrent que Doug Brown n'était qu'un voyou ; que son récit ne tenait pas debout ; qu'il avait probablement volé sa tante ; que son alibi pour n'avoir pas répondu au téléphone était un mensonge éhonté ; qu'il avait sans doute été pris de panique en s'apercevant que son histoire de menaces coïncidait avec le moment où on avait retrouvé le cadavre d'Ethel.

O'Brien se renversa dans son fauteuil et voulut poser ses pieds sur la table, sa position favorite « de réflexion ». La table était trop haute pour que la posture soit confortable et il reposa ses pieds par terre, grommelant contre ce mobilier pourri. Puis il ajouta :

« Cette Ethel Lambston était sacrément psychologue. Son mari est une nouille ; son neveu un voleur. Mais des deux ordures, je dirais que c'est l'ex-mari qui l'a bousillée. »

Gomez regarda son collègue avec circonspection. Il avait son opinion personnelle et comptait bien l'imposer petit à petit.

« Supposons qu'on l'ait assassinée chez elle », dit-il comme si l'idée venait de lui traverser l'esprit.

O'Brien acquiesça avec un grognement.

Gomez poursuivit :

« À vous croire, Mlle Kearny et toi, quelqu'un a changé les vêtements d'Ethel, ôté les griffes, et probablement jeté ses valises et son sac. »

Les yeux mi-clos, O'Brien hocha la tête.

« Le problème est là. » Gomez estima qu'il était temps d'exposer son hypothèse : « Pourquoi Seamus aurait-il caché le corps ? C'est par hasard qu'on l'a découvert si rapidement. Sinon, il aurait été obligé de verser la pension alimentaire au comptable d'Ethel. D'autre part, quel était l'intérêt du neveu à cacher le cadavre et empêcher toute identification ? Si Ethel avait pourri tranquillement, il lui aurait fallu attendre sept ans pour avoir son pognon, avec de surcroît un paquet d'honoraires à filer aux avocats. Coupables, l'un comme l'autre avaient tout intérêt à ce qu'on découvre le corps, d'accord ? »

O'Brien leva la main.

« Ne crois pas ces ordures douées de cervelle. Continue de les harceler, de leur fiche les jetons, et tôt ou tard l'un des deux dira : " Je ne voulais pas le faire. " Je parie encore sur le mari. Tu mets cinq dollars sur le neveu ? »

La sonnerie du téléphone évita à Gomez de faire un choix. Le préfet de police voulait voir les deux inspecteurs dans son bureau, sur-le-champ.

En roulant vers le bas de la ville, O'Brien et Gomez tentèrent d'évaluer toutes les actions qu'ils avaient menées dans cette affaire. Le préfet de police s'en occupait personnellement. Avaient-ils fait une gaffe ? Il était seize heures quinze lorsqu'ils pénétrèrent dans son bureau.

Herbert Schwartz les écouta débattre de l'affaire. L'inspecteur O'Brien s'élevait contre l'idée que Seamus pût profiter d'une immunité partielle.

« Monsieur », dit-il à Herb avec déférence, « je suis convaincu depuis le début que c'est l'ex-mari qui a fait le coup. Donnez-moi trois jours pour vous le prouver. »

Herb était sur le point de se rallier à l'avis d'O'Brien quand sa secrétaire entra. Il les pria brièvement de l'excuser et se rendit dans le bureau voisin d'où il revint cinq minutes plus tard.

« On vient de m'apprendre que Gordon Steuber pourrait avoir lancé un contrat sur Neeve Kearny », dit-il calmement. « Nous allons l'interroger immédiatement. Neeve a attiré l'attention sur ses ateliers, donnant ainsi le coup d'envoi de l'enquête qui s'est soldée par la saisie de sa cargaison de drogue. Ce serait une raison suffisante. Mais Ethel Lambston aussi avait peut-être eu vent de ses activités. Si bien qu'à présent il y a toutes les chances que Steuber soit impliqué dans la mort de Lambston. Je veux en finir avec l'ex-mari dans cette histoire. Acceptez la proposition de son avocat. Soumettez dès aujourd'hui Seamus Lambston au détecteur de mensonges.

— Mais... »

O'Brien vit l'expression peinte sur le visage du préfet et ne termina pas sa phrase.

Une heure plus tard, les deux hommes étaient interrogés dans des pièces séparées, Gordon Steuber, qui n'avait pas encore rassemblé les dix millions de dollars de caution, et Seamus Lambston. L'avocat de Steuber se tenait à ses côtés. Les questions crépitaient dans la bouche de l'inspecteur O'Brien :

« Étiez-vous au courant d'un contrat lancé sur Neeve Kearny ? »

Impeccable malgré les heures passées dans la cellule de détention provisoire, pesant la gravité de sa situation, Gordon Steuber éclata de rire : « Vous plaisantez ou quoi ? Mais quelle idée formidable. »

Dans la pièce voisine, Seamus, sous immunité partielle, était branché à un détecteur de mensonges pour la seconde fois de la journée. Il se persuada que c'était le même appareil que le premier et qu'il s'en tirerait aussi bien. Mais il en fut autrement. Les visages durs et hostiles des inspecteurs, l'exiguïté étouffante de la pièce, la certitude qu'ils le croyaient coupable du meurtre le terrifièrent. Les encouragements de son avocat, Kennedy, n'y firent rien. Il avait fait une erreur en acceptant le test.

Seamus fut à peine capable de répondre aux questions les plus simples. Quand il arriva à sa dernière rencontre avec Ethel, il eut l'impression de se retrouver dans l'appartement avec elle, de voir son visage railleur, sachant qu'elle se réjouissait de sa détresse, qu'elle ne le laisserait jamais en paix. La rage gonfla en lui. Les questions devinrent secondaires.

« Vous avez poussé Ethel Lambston. »

Son poing qui atteignait sa mâchoire, lui repoussant violemment la tête en arrière.

« Oui. Oui.

— Elle a pris le coupe-papier et a essayé de vous attaquer. »

La haine inscrite sur le visage d'Ethel. Non. C'était du mépris. Elle savait qu'elle le tenait. Elle avait crié : « Je te ferai arrêter, espèce de brute. » Elle s'était emparée du coupe-papier et l'avait dirigé contre lui. Il le lui avait arraché de la main, lui coupant la joue dans la bagarre. Puis elle avait lu ce que reflétait son regard et dit : « D'accord, d'accord, ne parlons plus de pension alimentaire. »

Et puis...

« Avez-vous tué votre ex-femme, Ethel Lambston ? »

Seamus ferma les yeux.

« Non. Non... »

Peter Kennedy n'eut pas besoin de la confirmation de l'inspecteur O'Brien pour être certain de ce qu'il pressentait déjà. Sa tentative avait fait long feu.

Le test du détecteur de mensonges était défavorable à Seamus.

Pour la seconde fois de l'après-midi, Herb Schwartz, le visage impassible, écoutait attentivement les inspecteurs Gomez et O'Brien.

Il s'était rongé les sangs pendant toute l'heure précédente. Devait-il ou non annoncer à Myles que Gordon Steuber était soupçonné d'avoir lancé un contrat sur Neeve ? Cela suffirait à provoquer une autre attaque cardiaque.

Si Steuber avait lancé un contrat visant Neeve, était-il encore temps de l'arrêter ? Herb sentit son estomac se contracter, réalisant que probablement la réponse était non. Si Steuber avait déclenché le contrat, cinq ou six intermédiaires étaient intervenus avant que l'arrangement soit conclu. Le tueur ne saurait jamais qui était l'instigateur. Ils avaient très certainement recruté un gangster de l'extérieur, qui disparaîtrait dès le coup accompli.

Neeve Kearny. Dieu du Ciel, pensa Herb, je ne peux pas permettre ça. Il était jeune adjoint au préfet lorsque Renata avait été assassinée. Jusqu'au jour de sa mort, il n'oublierait jamais l'expression de Myles Kearny lorsqu'il s'était agenouillé près du corps de sa femme.

Et aujourd'hui sa fille ?

Le fil conducteur de l'enquête qui reliait peut-être Steuber à la mort d'Ethel Lambston ne semblait plus désormais valable. L'ex-mari n'avait pas réussi le test du détecteur de mensonges, et O'Brien ne faisait pas mystère de sa conviction : Seamus Lambston avait tranché la gorge de sa femme. Herb demanda à O'Brien de lui donner à nouveau ses raisons.

La journée avait été longue. Irrité, O'Brien haussa les épaules, puis, devant le regard glacé du préfet, prit une attitude respectueuse. Aussi précisément que s'il était au banc des témoins, il soutint sa vigoureuse argumentation contre Seamus Lambston.

« Il a craqué. Il est désespéré. Il s'est violemment querellé avec sa femme à propos d'un chèque sans provision concernant les frais de scolarité de leur fille. Il va voir Ethel, et la voisine du troisième étage les entend se disputer. Il ne se rend pas au bar de tout le week-end. Personne ne le voit. Il connaît le parc Morrison comme sa poche. Il emmenait ses enfants y passer le dimanche. Deux jours plus tard, il dépose une lettre chez Ethel pour la remercier de lui lâcher la bride, dans laquelle il inclut le chèque qu'il n'était pas censé envoyer. Il retourne le récupérer. Il avoue avoir poussé et blessé Ethel. Il a sans doute tout avoué à sa femme, car elle a volé l'arme du crime et s'en est débarrassée.

— Avez-vous retrouvé ce poignard ? l'interrompit Schwartz.

— Nos hommes le recherchent en ce moment. Et, monsieur — pour conclure —, il a échoué au test du détecteur de mensonges.

— Et réussi celui qu'il a passé dans le bureau de l'avocat », l'interrompit Gomez, décidant que c'était à son tour d'exposer ce qu'il pensait. « Monsieur, j'ai parlé avec Mlle Kearny. Quelque chose lui paraît anormal dans la tenue que portait Ethel Lambston. L'autopsie montre que la victime a déchiré ses collants en s'habillant. En enfilant le pied droit, son orteil a accroché le nylon et une maille a lâché sur le devant. D'après Mlle Kearny, Ethel Lambston ne serait jamais sortie comme ça. J'attache de l'importance à l'opinion de Mlle Kearny. Une femme aussi concernée par la mode ne quitterait pas sa maison avec des bas filés alors qu'il lui suffit de dix secondes pour en passer une autre paire.

— Avez-vous le rapport d'autopsie et les photos de la morgue ? demanda Herb.

— Oui, monsieur. »

Quand on lui apporta l'enveloppe, Herb étudia les photos avec un détachement objectif. La première photo, la main sortant du sol ; le corps après qu'on l'eut sorti de la cavité, figé par la rigidité cadavérique en un paquet de chair pourrie plié en deux. Les gros plans de la mâchoire d'Ethel, violette, noire et bleue, l'estafilade rougie sur sa joue.

Herb passa à une autre photo. Celle-ci montrait uniquement l'espace entre le menton d'Ethel et le bas de sa gorge. L'entaille affreusement déchiquetée fit frissonner Herb. Malgré de nombreuses années au service de la police, la preuve terrifiante de la cruauté de l'homme envers son prochain l'affligeait toujours autant.

Mais il y avait autre chose.

Herb s'empara vivement du cliché. La façon dont la gorge avait été tranchée. Cette longue balafre, puis la ligne précise de la base du cou jusqu'à l'oreille gauche. Il avait déjà vu un coup aussi précis. Il se précipita sur le téléphone.

Le choc de sa découverte n'affecta pas le timbre du préfet de police Schwartz quand il demanda calmement qu'on lui apporte des archives un dossier particulier.

Neeve réalisa rapidement qu'elle n'avait pas l'esprit à choisir des vêtements de sport. Elle s'arrêta d'abord chez

Coordonnés Islip. Les shorts et les T-shirts assortis de vestes déstructurées dans des tons contrastés étaient amusants et bien coupés. Elle s'imagina en train de décorer la devanture de la boutique avec ces tenues, sur le thème « scène de plage au début de l'été ». Mais après avoir pris cette décision, elle se trouva incapable de s'intéresser au reste de la collection. Invoquant le manque de temps, elle prit rendez-vous pour le lundi suivant et se débarrassa au plus vite du vendeur trop empressé qui voulait absolument lui « montrer les nouveaux costumes de bain ».

En sortant, Neeve resta indécise devant l'immeuble. Pour un peu, je rentrerais à la maison, pensa-t-elle. J'ai envie de calme. Et elle avait un début de migraine, chose inhabituelle chez elle.

Elle ne pouvait pas rentrer tout de suite chez elle. Avant de monter dans sa voiture, Mme Poth lui avait demandé de lui trouver une robe blanche qui conviendrait pour un simple mariage, dans l'intimité. « Rien de trop recherché, avait-elle expliqué. Ma fille a déjà rompu ses fiançailles à deux reprises. Le pasteur n'ose pas inscrire définitivement la date du mariage. Mais ça semble sérieux, cette fois-ci. »

Neeve avait en tête plusieurs maisons où chercher cette robe. Elle tourna sur sa droite, s'arrêta, se décidant pour un autre fabricant. Tandis qu'elle changeait de direction, elle regarda de l'autre côté de la rue. Un homme en survêtement gris, une grande enveloppe sous le bras, un homme qui portait d'épaisses lunettes noires et une coiffure bizarre de style punk, s'élançait vers elle à travers les embouteillages. Un instant, leurs yeux se rencontrèrent et Neeve éprouva une sensation d'alarme, l'impression qu'un poids lui pressait le front. Un camion démarra, lui masquant la vue du coursier, et, s'en voulant inconsciemment, Neeve parcourut le bloc d'un pas rapide.

Il était seize heures trente. Les ombres rasantes s'allongeaient dans la rue. Neeve pria le ciel de l'aider à trouver une robe à son premier arrêt. Puis elle pensa : Je vais laisser tomber et passer chez Sal.

Elle avait renoncé à convaincre Myles que le chemisier

porté par Ethel dans la mort était un indice important. Mais Sal comprendrait.

Après son déjeuner, Jack Campbell se rendit directement à la réunion du comité de lecture. Elle dura jusqu'à seize heures trente. De retour dans son bureau, il s'efforça en vain de se concentrer sur la montagne de courrier que Ginny avait trié à son intention. Le pressentiment d'une terrible erreur le submergeait. Quelque chose lui avait échappé. Quoi ?

Ginny se tenait sur le seuil de la porte qui séparait le bureau de Jack de la petite pièce où elle travaillait. Depuis que Jack avait pris la présidence de Givvons and Marks, un mois plus tôt, elle avait appris à l'admirer et à l'aimer. Après vingt années de collaboration avec son prédécesseur, elle avait craint de ne pas savoir s'adapter au changement, ou que Jack puisse renvoyer un membre de l'ancienne équipe.

Ces deux causes d'inquiétude s'étaient révélées sans fondement. Tout en l'étudiant avec attention à présent, admirant machinalement la tranquille élégance de son costume gris foncé, amusée par la façon désinvolte dont il avait desserré sa cravate et défait le premier bouton de sa chemise, elle se rendit compte qu'un souci le tourmentait. Les mains jointes sous son menton, il regardait fixement le mur en face de lui. Un pli barrait son front. La réunion s'était-elle bien passée ? se demanda-t-elle. Elle savait que certains esprits jaloux ne pouvaient encore se résoudre à ce que Jack ait été choisi pour prendre la tête de la maison.

Elle frappa à la porte ouverte. Jack leva les yeux et elle le vit revenir à la réalité.

« Êtes-vous absorbé dans une profonde réflexion ? » demanda-t-elle doucement. « Dans ce cas, le courrier peut attendre. »

Jack s'efforça de sourire.

« Non. C'est seulement cette affaire Ethel Lambston.

Quelque chose m'échappe, et je me creuse la cervelle pour savoir quoi. »

Ginny s'assit sur le bord de la chaise en face de lui.

« Peut-être puis-je vous aider. Rappelez-vous le jour où Ethel est venue vous voir. Vous avez passé à peine deux minutes avec elle et la porte était ouverte, si bien que j'ai pu l'entendre. Elle vous parlait d'un scandale dans la mode mais n'a donné absolument aucun détail précis. Elle voulait discuter d'une grosse avance et vous lui avez jeté un montant. Je crois que c'est tout. »

Jack soupira : « Je suppose. Mais passez-moi le dossier que Toni nous a envoyé. Peut-être y a-t-il quelque chose dans les notes d'Ethel. »

À dix-sept heures trente, lorsque Ginny passa lui dire bonsoir, Jack fit un signe de tête distrait. Il était encore en train de compulser l'enquête volumineuse d'Ethel. Pour chaque couturier mentionné dans son article, elle avait rassemblé un dossier séparé contenant des informations biographiques et des photocopies de douzaines d'articles de mode relevés dans des journaux et des magazines comme *Times*, *W*, *Women's Wear Daily*, *Vogue* et *Harper's Bazaar*.

C'était à l'évidence une enquêtrice méticuleuse. Les entretiens avec les couturiers contenaient des annotations fréquentes : « Elle dit le contraire dans *Vogue*. » « Vérifier ces chiffres. » « N'a jamais gagné ce prix. » « Se renseigner auprès de la gouvernante pour savoir s'il est vrai qu'elle cousait les vêtements de ses poupées. »...

Il y avait des douzaines de brouillons de l'article final d'Ethel, avec des ratures et des ajouts à chaque version.

Jack commença à éplucher les notes jusqu'à ce qu'il vît apparaître le nom « Gordon Steuber ». Ethel portait un de ses tailleurs lorsqu'on avait découvert son cadavre. Neeve avait beaucoup insisté sur le fait que le chemisier ôté du corps d'Ethel avait été vendu avec le tailleur mais qu'Ethel n'aurait jamais choisi d'elle-même de le porter.

Avec un soin minutieux, il analysa les informations sur Gordon Steuber et s'alarma de voir à quel point son nom était fréquemment cité dans les coupures de presse des trois dernières années, à propos d'enquêtes menées contre lui. Dans son article, Ethel avait attribué à Neeve le mérite d'avoir mis le doigt sur Steuber. Le dernier brouillon concernait non seulement la dénonciation des ateliers au noir, les problèmes de fraude fiscale, mais contenait aussi une phrase : « Steuber débuta dans les affaires de son père en confectionnant des doublures pour des manteaux de fourrure. On raconte que personne dans l'histoire de la mode n'a jamais fait autant d'argent dans les doublures et les coutures pendant ces dernières années que le fringant M. Steuber. »

Ethel avait mis la phrase entre parenthèses et noté « À conserver ». Ginny avait parlé à Jack de l'arrestation de Steuber après la saisie de la drogue. Ethel avait-elle découvert il y a plusieurs semaines que Steuber faisait passer de l'héroïne dans les doublures des vêtements qu'il importait ?

Ça se tient, pensa-t-il. Ça concorde avec la théorie de Neeve concernant la tenue portée par Ethel. Avec le « grand scandale » promis par Ethel.

Jack hésita à téléphoner à Myles, puis préféra montrer d'abord le dossier à Neeve.

Neeve. Était-il possible qu'il la connût seulement depuis six jours ? Non. Six ans. Il l'avait cherchée depuis ce jour où ils s'étaient rencontrés dans l'avion. Il jeta un coup d'œil vers le téléphone. Il éprouvait un besoin irrésistible d'être avec elle. Il ne l'avait même pas prise une seule fois dans ses bras, mais brûlait de la tenir contre lui maintenant. Elle avait dit qu'elle lui téléphonerait de chez son oncle Sal au moment où elle s'apprêterait à partir.

Sal. Anthony della Salva, le célèbre couturier. La pile suivante de coupures de presse, notes et articles le concernait. Un regard sur le téléphone, espérant que Neeve allait l'appeler à l'instant, Jack commença à parcourir le dossier d'Anthony della Salva. Il était bourré d'illustrations de la collection Barrière du Pacifique. Je comprends pourquoi les gens se sont enthousiasmés, et pourtant je suis un ignare en matière de mode. Robes et ensembles semblaient flotter à travers les pages. Il parcourut rapidement les commentaires des rédactrices de mode. « Tuniques droites avec des drapés glissant comme des ailes depuis les épaules... »; « ... manches plissées sur une mousseline arachnéenne... »; « ... simples robes d'après-midi enveloppant le corps avec une élégance discrète... », elles étaient lyriques dans leur éloge des couleurs.

Anthony della Salva a visité l'Aquarium de Chicago début 1972 et trouvé son inspiration dans les thèmes de la magnifique exposition de la Barrière du Pacifique.

Pendant des heures, il parcourut les salles et dessina le royaume sous-marin où les spécimens de la faune aquatique rivalisaient de beauté avec les merveilles de la flore marine, les coraux les plus somptueux, les centaines de coquillages aux nuances exquises. Il a reproduit ces couleurs dans les formes et les harmonies qui appartiennent à la nature, regardant bouger les créatures de l'océan pour capter ensuite à l'aide de ses ciseaux la grâce flottante de leurs mouvements.

Mesdames, rangez dans vos placards vos tailleurs masculins, vos robes du soir volantées et vos lourdes jupes. C'est l'année où vous serez belles et légères. Merci, Anthony della Salva.

Il est sans doute réellement doué, pensa Jack, rassemblant le dossier de della Salva. Mais quelque chose le tracassait. Un détail qui lui avait échappé. Quoi ? Il avait lu avec attention le texte définitif de l'article d'Ethel. Il reprit l'avant-dernière version.

Elle était très annotée. « Aquarium de Chicago — vérifier la date où il l'a visité ! » Ethel avait épinglé l'un des motifs de la collection Barrière du Pacifique en haut de la page. À côté, elle avait reproduit un croquis.

Jack sentit sa bouche devenir sèche. Il avait vu ce croquis récemment. Il l'avait vu sur les pages tachées du livre de cuisine de Renata Kearny.

Et l'Aquarium. « Vérifier la date. » Bien sûr ! Avec une horreur grandissante, il commença à comprendre. Il devait s'en assurer. Il était presque dix-huit heures. C'est-à-dire presque dix-sept heures à Chicago. Il composa rapidement le numéro des renseignements de Chicago.

À dix-sept heures cinq, heure locale, il obtint le numéro qu'il avait demandé.

« Voulez-vous rappeler le directeur demain matin, dit une voix impatiente.

— Communiquez-lui mon nom. Il me connaît. Je dois lui parler immédiatement, et laissez-moi vous dire une chose, jeune fille, si j'apprends qu'il est à son bureau et que vous avez refusé de le prévenir, vous pourrez faire une croix sur votre job.

— Je vous passe la communication, monsieur. »

Un moment plus tard, une voix surprise demanda :

« Jack, que vous arrive-t-il ? »

Les mots sortirent précipitamment de la bouche de Jack. Il avait les mains moites. Neeve, pensa-t-il, Neeve, soyez prudente. Il consulta du regard l'article d'Ethel, repérant l'endroit où elle avait inscrit : « Nous rendons hommage à Anthony della Salva, qui a créé la collection Barrière du Pacifique. » Ethel avait biffé le nom de della Salva et écrit par-dessus : « Au créateur de la collection Barrière du Pacifique. »

La réponse du conservateur de l'Aquarium fut plus alarmante encore qu'il ne le redoutait :

« Vous avez absolument raison. Et savez-vous le plus étrange ? Vous êtes la seconde personne à me poser cette question en deux semaines.

— Pouvez-vous me dire qui était la première ? demanda Jack, connaissant d'avance la réponse.

— Bien sûr. Une journaliste. Edith... ou plutôt, Ethel. Ethel Lambston. »

Myles eut une journée particulièrement occupée. À dix heures, le téléphone sonna. Serait-il disponible à midi pour discuter du poste que proposait Washington ? Il convint d'un rendez-vous pour déjeuner au Plaza. En fin de matinée, il alla nager et se faire masser à son club de gymnastique et se réjouit secrètement d'entendre son masseur lui dire : « Vous avez retrouvé la grande forme, monsieur Kearny. »

Myles savait qu'il avait perdu son teint de fantôme. Mais ce n'était pas seulement une apparence. Il se sentait heureux. J'ai peut-être soixante-huit ans, pensa-t-il tout en nouant sa cravate dans le vestiaire, mais je me défends encore pas mal.

Je me défends encore pas mal à mes yeux, rectifia-t-il piteusement tout en attendant l'ascenseur. Une femme peut être d'un autre avis. Ou, plus précisément, s'avoua-t-il en arrivant à la hauteur de Central Park Sud et en tournant à droite, vers la Cinquième Avenue et le Plaza, Kitty Conway peut me voir sous un jour moins flatteur.

Le déjeuner avec un haut fonctionnaire de l'administration avait un but précis. Acceptait-il la direction générale de l'Agence de lutte contre la drogue ? Myles promit de donner sa réponse dans les prochaines quarante-huit heures.

« Nous espérons qu'elle sera affirmative », lui dit son interlocuteur. « Le sénateur Moynihan semble confiant. »

Myles sourit :

« Je n'ai jamais contrarié Pat Moynihan. »

C'est en regardant son appartement que la sensation de bien-être se dissipa. Il avait laissé une fenêtre ouverte dans le bureau. Alors qu'il entrait dans la pièce, un pigeon pénétra à l'intérieur, tourna en rond, voleta, se percha sur l'appui de la fenêtre et s'envola vers l'Hudson. « Un pigeon dans la maison est un signe de mort. » Les paroles de sa mère résonnèrent à ses oreilles.

Foutaises, pensa Myles avec colère, mais sans parvenir à secouer le sentiment d'un mauvais présage. Il eut soudain envie de parler à Neeve, composa rapidement le numéro de la boutique.

Eugenia décrocha. « Elle vient juste de partir pour la Septième Avenue. Je peux essayer de la rattraper.

— Non. C'est sans importance, dit Myles. Mais si elle vous téléphone, pouvez-vous lui dire de me rappeler ? »

Il venait de reposer l'appareil quand le téléphone sonna. C'était Sal qui s'inquiétait lui aussi pour Neeve.

Pendant la demi-heure qui suivit, Myles se demanda s'il devait appeler Herb Schwartz. Mais pourquoi? Ce n'était pas parce que Neeve allait être citée comme témoin contre Steuber. C'était parce qu'elle avait mis le doigt sur ses activités et déclenché l'enquête. Une saisie de drogue d'une valeur de cent millions de dollars constituait un motif suffisant pour exiger une vengeance de la part de Steuber et de sa clique.

Peut-être pourrais-je convaincre Neeve de m'accompagner à Washington, se dit Myles. Ridicule. Neeve avait sa vie à New York, son travail. Et aujourd'hui, s'il possédait quelque don d'observateur, elle avait Jack Campbell. Par conséquent, adieu Washington, résolut Myles en marchant de long en large dans le bureau. Il ne me reste plus qu'à rester ici et à veiller sur elle. Qu'elle le veuille ou non, il allait engager un garde du corps.

Il attendait Kitty Conway vers dix-huit heures quinze, il alla dans sa chambre, se déshabilla, prit une douche et choisit avec soin le costume, la chemise et la cravate qu'il porterait pour dîner. À moins vingt, il était prêt.

Il y a longtemps déjà, il avait découvert que le travail manuel lui procurait un effet apaisant lorsqu'il se trouvait face à un problème difficile. Pendant les vingt minutes qui lui restaient à attendre, peut-être pourrait-il réparer la poignée du percolateur qui s'était détachée l'autre soir?

Une fois encore, il jeta malgré lui un regard anxieux vers le miroir. Ses cheveux étaient complètement blancs mais encore épais. Il n'y avait pas de chauves dans la famille. Et alors? Pourquoi une jolie femme de dix ans plus jeune que lui s'intéresserait-elle à un ex-préfet de police doté d'un cœur qui battait de l'aile?

Refusant de s'appesantir sur cette pensée, Myles contempla la chambre. Le lit à baldaquin, l'armoire, la commode, la glace étaient anciens, cadeaux de mariage de la famille de Renata. Le regard de Myles s'attarda sur le lit, revoyant Renata, appuyée sur les oreillers, en train d'allaiter Neeve.

« *Cara, cara, mia cara* », chantonnait-elle, effleurant d'un baiser le front du bébé.

Myles agrippa le pied du lit en entendant à nouveau l'avertissement inquiet de Sal : « Prends bien soin de Neeve. » Dieu du Ciel ! Nicky avait dit : « Prenez soin de votre femme et de votre môme. »

Ça suffit ! se reprit-il et il sortit de la chambre et se dirigea vers la cuisine. Tu tournes à la vieille névrosée qui sursaute à la vue d'une souris.

Dans la cuisine, il fouilla parmi les pots et les casseroles à la recherche de la cafetière qui avait ébouillanté la main de Sal jeudi dernier. Il l'apporta dans le bureau, la posa sur sa table, sortit sa boîte à outils du placard et s'installa dans son rôle que Neeve qualifiait de « réparateur à domicile ».

Un moment plus tard, il constatait que la poignée n'avait pas lâché pour une raison de vice de fabrication.

« C'est incroyable ! » s'exclama-t-il à voix haute.

Il s'appliqua à se rappeler exactement ce qui s'était passé le soir où Sal s'était brûlé...

Le lundi matin, Kitty Conway s'était réveillée avec un sentiment d'impatience qu'elle n'avait pas connu depuis bien longtemps. Repoussant la tentation d'un petit somme supplémentaire, elle enfila une tenue de jogging et courut dans Ridgewood de sept heures jusqu'à huit heures.

Les arbres qui bordaient les belles et larges allées bourgeonnaient déjà. La semaine dernière, en courant au même endroit, elle avait remarqué ce halo roux annonciateur du printemps. Elle avait pensé à Mike, se rappelant le vers d'un poème : « Qu'apporte le printemps, sinon le retour de mon désir pour toi ? »

Quelques jours auparavant, elle avait regardé avec nostalgie un jeune mari au bas de la rue, qui faisait un signe de la main à sa femme et à ses enfants en quittant la maison au volant de sa voiture. Il lui semblait que c'était hier qu'elle tenait Michael dans ses bras et disait au revoir à Mike.

Hier et il y a trente ans.

Elle sourit d'un air absent à ses voisins en approchant de sa maison. On l'attendait au musée à midi. Elle serait de retour chez elle à seize heures, juste à temps pour s'habiller et partir pour New York. Elle hésita à aller chez le coiffeur et décida qu'elle se débrouillerait mieux toute seule.

Myles Kearny.

Kitty chercha sa clé dans sa poche, l'introduisit dans la serrure et poussa un profond soupir. C'était bon de courir, mais Dieu du Ciel, elle n'avait plus vingt ans !

Elle ouvrit le placard de l'entrée et leva les yeux vers le chapeau que Myles Kearny avait « oublié ». En le trouvant là hier soir, Kitty n'avait pas douté qu'il s'agissait d'un prétexte pour la revoir. Elle pensa au chapitre dans *La Terre chinoise*** où le mari laisse sa pipe pour indiquer qu'il a l'intention de revenir passer la nuit dans les appartements de sa femme. Kitty sourit, salua le chapeau et monta prendre une douche.

La journée passa rapidement. À seize heures trente, elle hésitait entre deux tenues, une robe de lainage noire à encolure carrée qui mettait sa silhouette mince en valeur ou un deux-pièces imprimé bleu-vert qui rehaussait sa chevelure rousse. Elle opta pour le second.

À dix-huit heures cinq, le concierge annonça son arrivée et lui indiqua le numéro de l'appartement de Myles. Deux minutes plus tard, elle sortait de l'ascenseur. Myles l'attendait dans le couloir.

Elle sut immédiatement qu'il était préoccupé. Son accueil fut presque indifférent. Mais cette froideur n'était pas dirigée contre elle.

Il passa sa main sous son bras et la conduisit le long du couloir vers son appartement. À l'intérieur, il lui ôta son manteau, le posa distraitement sur une chaise dans l'entrée.

« Kitty, dit-il, je vous demande un peu de patience. J'essaye de piger un truc ; c'est important. »

Ils entrèrent dans le bureau. Kitty jeta un regard autour

---

* Roman de Pearl Buck *(The Good Earth)* (N.d.T.).

d'elle, admirant la pièce agréable, son aspect confortable, chaleureux et de bon goût.

« Ne vous occupez pas de moi, dit-elle. Continuez ce que vous faisiez. »

Myles retourna à sa table.

« Le problème », dit-il, pensant tout haut, « c'est que cette poignée n'a pas lâché toute seule. Elle était déjà *arrachée*. Neeve utilisait cette cafetière pour la première fois, elle était peut-être comme ça à l'origine, les choses sont si mal fabriquées à notre époque... Mais, bon sang, comment n'aurait-elle pas remarqué que cette maudite poignée tenait par un fil ? »

Myles n'attendait pas de réponse et Kitty le savait. Elle parcourut la pièce en silence, s'arrêtant devant les tableaux, les photos de famille. Elle sourit malgré elle à la vue des trois plongeurs sous-marins. On ne distinguait pas les visages à travers les masques, mais il s'agissait sans aucun doute de Myles, de sa femme et de Neeve, alors âgée de sept ou huit ans. Il fut un temps où Mike, elle et Michael faisaient de la plongée sous-marine à Hawaï.

Kitty regarda Myles. Il maintenait la poignée contre la cafetière, l'air concentré. Elle s'approcha de lui et son regard tomba sur le livre de cuisine ouvert. Les pages étaient maculées de taches de café, mais contre toute attente, la décoloration soulignait les contours des croquis. Kitty se pencha, les examina de près. Puis elle prit la loupe posée à côté du livre et étudia à nouveau les dessins, se concentrant sur l'un d'eux.

« C'est exquis, dit-elle. C'est le portrait de Neeve, bien sûr. Elle a dû être la première petite fille à porter la collection Barrière du Pacifique. Quel chic avait cette enfant ! »

Les doigts de Myles enserrèrent son poignet.

« Que dites-vous ? demanda-t-il. *Que dites-vous ?* »

Lorsque Neeve arriva chez Estrazy, la première maison où elle espérait trouver une robe blanche, le showroom était bondé. Les acheteuses de Saks, Bonwit's, Bergdorf et autres se bousculaient. Tout le monde parlait de Gordon Steuber.

« Vous savez, Neeve », lui confia l'acheteuse de Saks, « une bonne partie de sa collection de sport me reste sur les bras. Les gens sont bizarres. Vous seriez étonnée d'apprendre combien n'ont plus voulu entendre parler de Gucci et de Nippon quand ces derniers ont été accusés de fraude fiscale. L'une de mes meilleures clientes m'a déclaré qu'elle refusait d'engraisser des escrocs. »

Une vendeuse chuchota à Neeve que sa meilleure amie, qui était la secrétaire de Gordon Steuber, était aux abois.

« Steuber s'est toujours montré chic à son égard, raconta-t-elle, mais il a des ennuis jusqu'au cou maintenant, et mon amie n'est pas tranquille. Que doit-elle faire ?

— Dire la vérité, dit Neeve, et, je vous en prie, conseillez-lui de mettre sa loyauté dans sa poche. Gordon Steuber n'en mérite pas tant. »

La vendeuse lui trouva trois robes blanches. L'une d'entre elles conviendrait sûrement à la fille de Mme Poth. Neeve la commanda, réserva les deux autres.

Il était dix-huit heures cinq quand elle arriva devant l'immeuble de Sal. La rue était calme. Entre dix-sept heures et dix-sept heures trente, l'agitation du quartier de la confection cessait d'un seul coup. Elle entra dans le hall et s'étonna de ne pas voir le portier à son bureau. Probablement aux toilettes, pensa-t-elle en se dirigeant vers la batterie d'ascenseurs. Une seule cabine était en fonctionnement, comme toujours après dix-huit heures. La porte se refermait quand elle entendit des pas précipités sur le sol de marbre. Au moment où les deux battants se rejoignaient et où l'ascenseur commençait à monter, elle eut la vision fugitive d'un survêtement gris et d'une coiffure punk, croisa un regard.

Le coursier. Neeve se souvint soudainement de l'avoir remarqué en raccompagnant Mme Poth à sa voiture ; c'était lui qu'elle avait vu au moment où elle quittait le showroom des Coordonnés Islip.

La bouche soudain sèche, elle appuya sur le bouton du

douzième étage, puis sur tous les boutons des neuf étages supérieurs. Elle sortit au douzième et s'élança dans le couloir jusqu'aux bureaux de Sal.

La porte du showroom était ouverte. Elle entra en courant, referma derrière elle. La pièce était vide.

« Sal! » cria-t-elle, au bord de la panique. « Oncle Sal! »

Il sortit précipitamment de son bureau. « Neeve, que se passe-t-il?

— Sal, je crois que quelqu'un me suit. » Neeve lui agrippa le bras. « Ferme la porte à clé, je t'en prie. »

Sal la regarda fixement. « Neeve, en es-tu sûre?

— Oui. Je l'ai vu à trois ou quatre reprises. »

Ces yeux sombres enfoncés dans les orbites, ce teint cireux. Neeve sentit la couleur quitter ses joues.

« Sal, murmura-t-elle. Je sais qui c'est. Il travaille à la deli du coin.

— Pourquoi te suivrait-il?

— Je l'ignore. » Neeve regarda fixement Sal. « À moins que Myles n'ait raison depuis le début. Est-il possible que Nicky Sepetti ait voulu ma mort? »

Sal ouvrit la porte sur le couloir. On entendait le ronronnement de l'ascenseur qui descendait.

« Neeve, dit-il, es-tu prête à tenter un coup? »

Ne sachant à quoi s'attendre, Neeve hocha la tête.

« Je vais laisser cette porte ouverte. Nous bavarderons, toi et moi. Si quelqu'un est à ta poursuite, il ne faut pas le faire fuir.

— Tu veux que je reste dans son champ de vision?

— Exactement. Mets-toi derrière ce mannequin. Je me tiendrai derrière la porte. Si un type entre dans la pièce, je pourrai lui tomber dessus. L'essentiel est de le retenir, de découvrir qui l'envoie. »

Ils regardèrent l'indicateur d'étages. L'ascenseur était au rez-de-chaussée. Il commença à monter.

Sal courut dans son bureau, ouvrit le tiroir de sa table, sortit un revolver et revint vers Neeve.

« J'ai obtenu un permis depuis qu'on m'a cambriolé

l'année dernière, chuchota-t-il. *Neeve, va te placer derrière ce mannequin.* »

Comme dans un rêve, Neeve obéit. Bien qu'on eût baissé les lumières dans le showroom, elle distinguait les mannequins dans la pénombre. Ils portaient la nouvelle collection de Sal. Teintes sourdes d'automne, myrtille et bleu nuit, brun-gris et noir. Pochettes, écharpes et ceintures dans les couleurs éclatantes de la célèbre Barrière du Pacifique. Savantes harmonies de corail et d'or, de bleu d'émeraude et d'argent, alliées aux versions réduites des dessins délicats que Sal avait autrefois créés en visitant l'Aquarium. Accessoires et touches personnelles, rappels de son grand classique.

Elle regarda attentivement l'écharpe qui lui frôlait le visage. « *Ce motif... Maman, est-ce que tu dessines mon portrait ? Maman, ce n'est pas la robe que je porte... Oh,* bambola mia, *c'est simplement une idée de ce qui serait joli...* »

Les croquis — les croquis que Renata avait tracés trois mois avant de mourir, un an avant qu'Anthony della Salva n'enthousiasme le monde de la mode avec la collection Barrière du Pacifique. La semaine dernière, Sal avait cherché à détruire le livre à cause de l'un de ces croquis.

« Neeve, parle-moi. »

Le murmure de Sal perça la pièce, comme un ordre pressant.

La porte était entrouverte. À l'extérieur, Neeve entendit l'ascenseur s'arrêter. Elle s'efforça de prendre une voix normale : « Je me disais que j'aime beaucoup la façon dont tu as introduit la collection Barrière du Pacifique dans ta ligne d'automne. »

La porte de l'ascenseur s'ouvrit. Un bruit étouffé de pas parcourut le couloir.

La voix de Sal, amicale :

« Je les ai autorisés à partir plus tôt. Ils se sont donné un mal fou pour être prêts pour la collection. C'est probablement ce que j'ai créé de plus beau depuis des années. »

Avec un sourire rassurant dans la direction de Neeve, il s'avança derrière la porte. Les lumières tamisées projetèrent

275

son ombre contre le mur du fond, le mur tendu d'une reproduction de Barrière du Pacifique.

Neeve regarda le mur, toucha l'écharpe sur le mannequin. Elle voulut répondre, mais aucun son ne sortit de sa bouche.

La porte fut lentement repoussée. Neeve vit apparaître la forme d'une main, le canon d'un revolver. Denny pénétra avec précaution dans la pièce, cherchant à les repérer. Elle vit Sal s'avancer sans bruit, lever son arme.

« Denny, appela-t-il à voix basse. »

Au moment où Denny pivotait sur lui-même, Sal tira, l'atteignant en plein front. Denny lâcha son revolver et s'écroula sur le sol, sans un cri.

Glacée, Neeve regarda Sal sortir un mouchoir de sa poche, le tenir dans sa main, se baisser et prendre le revolver de Denny.

« Tu l'as tué, murmura-t-elle. Tu l'as tué de sang-froid. Tu n'avais pas le droit ! Tu ne lui as pas donné une chance.

— Il t'aurait abattue. » Sal jeta son arme sur le bureau de la réception. « J'ai agi ainsi uniquement pour te protéger. »

Il s'avança vers elle, le revolver de Denny à la main.

« Tu *savais* qu'il allait venir, dit Neeve. Tu *savais* son nom. C'est toi qui as tout manigancé. »

L'expression chaleureuse, joviale qui avait toujours animé les traits de Sal avait disparu. Ses joues bouffies luisaient de transpiration. Ses yeux au regard pétillant n'étaient plus que deux fentes plissées dans la chair du visage. Sa main, encore rougie et boursouflée, leva le revolver et le pointa vers Neeve. Le sang de Denny avait éclaboussé le tissu de sa veste. Une mare rouge s'agrandissait à ses pieds sur la moquette.

« Bien sûr que je le savais, dit-il. La rumeur dit que c'est Steuber qui a ordonné de te supprimer. Tout le monde ignore que c'est moi l'instigateur de ce bruit, moi qui suis à l'origine du contrat. Je dirai à Myles que j'ai pu abattre ton tueur, mais trop tard pour te sauver. Ne t'en fais pas, ma chérie. Je le consolerai. Je suis très bon pour ça. »

Neeve resta figée sur place, incapable de bouger, au-delà de la peur.

« C'est Maman qui a dessiné la collection Barrière du Pacifique, dit-elle. Tu lui as volé ses croquis, n'est-ce pas ? Et Ethel l'a découvert. C'est toi qui l'as tuée ! C'est toi qui l'a habillée et non Steuber ! Tu savais quel chemisier allait avec l'ensemble ! »

Sal se mit à rire, un gloussement sinistre qui le secoua de la tête aux pieds.

« Neeve, dit-il, tu es beaucoup plus intelligente que ton père. C'est pourquoi je dois me débarrasser de toi. Tu as deviné que la disparition d'Ethel était anormale. Tu as remarqué que tous ses manteaux d'hiver se trouvaient encore dans sa penderie. Je savais que tu t'en apercevrais. Quand j'ai vu un croquis de la collection Barrière du Pacifique dans le livre de cuisine, j'ai immédiatement su que je devais l'éliminer, de quelque façon que ce soit, y compris en m'ébouillantant la main. Tôt ou tard, tu aurais fait le rapprochement. Myles ne l'aurait jamais reconnu, pour sa part, même si on l'avait agrandi à la dimension d'un panneau d'affichage. Ethel a découvert que l'histoire de mon inspiration au cours d'une visite à l'Aquarium de Chicago n'était qu'un mensonge. Je lui avais promis de lui donner des explications et je me suis rendu chez elle. Elle était sacrément perspicace. Elle savait que j'avais menti, m'a-t-elle dit, et pourquoi j'avais menti — parce que j'avais volé ces dessins. Et elle allait le prouver.

— Ethel avait vu le livre de cuisine dit Neeve d'une voix blanche. Elle a reproduit l'un des croquis dans son agenda. »

Sal sourit.

« Comment est-elle parvenue à faire le rapprochement ? Elle n'a pas vécu assez longtemps pour me l'expliquer. Si nous avions le temps, je te montrerais le carton à dessin que ta mère m'a confié. Toute la collection s'y trouve. »

Ce n'était pas Oncle Sal. Ce n'était pas l'ami d'enfance de son père. C'était un inconnu qui la haïssait, haïssait Myles.

« Ton père et Dev, ils me traitaient comme un rien-du-

277

tout lorsque nous étions gosses. Se moquaient de moi. Ta mère. Grande classe. Belle. Avec un sens inné de la mode. Et qui gâchait ses dons avec un lourdaud comme ton père, incapable de reconnaître un peignoir d'intérieur d'une robe de cérémonie. Renata. Elle me regardait de haut, sachant que je ne l'avais pas, ce talent. Mais quand elle a voulu savoir quel couturier lui prendrait ses dessins, devine qui elle est venue trouver !

« Neeve, tu ignores encore le plus beau. Tu es la seule qui le saura jamais, et tu ne seras plus là pour le dire. Neeve, pauvre sotte, je n'ai pas seulement volé la collection Barrière du Pacifique à ta mère. *Je lui ai tranché la gorge pour l'obtenir !* »

« C'est Sal ! murmura Myles. Il a arraché la poignée de la cafetière. Il voulait détruire ces croquis. Et Neeve se trouve peut-être avec lui en ce moment même.
— Où ? »
Kitty agrippa le bras de Myles.
« À son bureau. Trente-sixième Rue.
— Ma voiture est dehors. Il y a le téléphone. »
Acceptant d'un signe de tête, Myles prit la main de Kitty et s'élança dans le couloir. Une minute atroce s'écoula avant que l'ascenseur ne s'arrête à l'étage. La cabine s'ouvrit ensuite à deux reprises avant d'atteindre le rez-de-chaussée. Myles et Kitty traversèrent le hall au pas de course. Sans se soucier de la circulation, ils foncèrent dans la rue.
« Je vais prendre le volant », dit Myles.
Virant sur les chapeaux de roues, il descendit West End Avenue pied au plancher, espérant qu'une voiture de police le verrait, le suivrait.
Comme toujours dans les moments critiques, il gardait la tête froide. Son esprit devenait une entité séparée, pesant ce qu'il devait faire. Il demanda à Kitty de composer un numéro de téléphone. Elle obéit sans rien dire, et lui tendit l'appareil.
« Bureau du préfet de police.
— Myles Kearny. Passez-moi le préfet. »

278

La voiture se glissait habilement dans les encombrements de la soirée. Ignorant les feux rouges, Myles laissa derrière lui un concert d'avertisseurs furieux. Ils atteignaient Columbus Circle.

La voix d'Herb.

« Myles, j'essayais justement de te joindre. Steuber a lancé un contrat sur Neeve. Nous devons assurer sa protection. Et, Myles, je crois qu'il y a un rapport entre le meurtre d'Ethel Lambston et la mort de Renata. La blessure en U sur la gorge de Lambston — c'est la même qui a tué Renata. »

Renata, la gorge tranchée. Renata, étendue dans le parc. Si calme. Aucun signe de lutte. Renata qui n'avait pas été victime d'une tentative de vol, mais qui avait rencontré un homme en qui elle avait confiance, l'ami d'enfance de son mari. Ô Seigneur! pensa Myles. Ô Seigneur!

« Herb, Neeve se trouve dans les bureaux d'Anthony della Salva, en ce moment. Au cinquante-deux Ouest de la Trente-sixième Rue. Douzième étage. Herb, envoie nos hommes là-bas, au plus vite. Sal est un meurtrier. »

Entre la Cinquante-sixième et la Quarante-quatrième Rue, le côté droit de la Septième Avenue était en travaux. Mais les ouvriers étaient partis. Myles passa derrière les barrières et conduisit à toute allure sur le macadam encore humide. Ils dépassèrent la Trente-huitième, la Trente-septième...

Neeve. Neeve. Neeve. Faites que j'arrive à temps, pria Myles. Épargnez mon enfant.

Jack raccrocha le téléphone, l'esprit occupé par ce qu'il venait d'apprendre. Son ami le conservateur de l'Aquarium de Chicago avait confirmé ses soupçons. Le nouveau musée avait ouvert il y a dix-huit ans, mais la magnifique exposition au dernier étage, qui vous donnait l'extraordinaire impression de marcher au fond de l'océan, n'avait été terminée qu'il y a *seize ans*. Peu de gens avaient su qu'un problème était survenu dans la mise en place des réservoirs

279

et que l'étage de la Barrière du Pacifique était resté fermé au public pendant presque deux ans après l'ouverture de l'Aquarium. Le directeur n'avait pas jugé utile de le souligner dans les communiqués de relations publiques. Jack le savait parce qu'il venait souvent visiter le musée lorsqu'il travaillait dans le Nord-Ouest.

Anthony della Salva prétendait que c'est en visitant l'Aquarium de Chicago *dix-sept ans* auparavant que l'inspiration de la collection Barrière du Pacifique lui était venue. Impossible. Alors pourquoi avait-il menti ?

Jack jeta un regard sur les notes volumineuses d'Ethel ; les feuillets agrafés des interviews et des articles concernant Sal ; les points d'interrogation inscrits en noir sur les descriptions lyriques de ses réactions à la vue de l'exposition de la Barrière du Pacifique ; la reproduction du croquis pris dans le livre de cuisine. Ethel avait relevé la contradiction dans les dates et mené son enquête. Maintenant, elle était morte.

Jack se rappela l'obstination de Neeve à souligner qu'il y avait quelque chose de bizarre dans la façon dont Ethel était vêtue. Il se souvint de la réponse de Myles : « Tout meurtrier laisse une carte de visite. »

Gordon Steuber n'était pas le seul couturier à pouvoir s'être trompé en habillant sa victime dans un ensemble apparemment coordonné.

Anthony della Salva aurait pu agir exactement de la même manière.

Le silence régnait dans le bureau de Jack, le calme qui succède habituellement aux allées et venues des visiteurs et des secrétaires, aux sonneries du téléphone.

Jack prit l'annuaire du téléphone. Les bureaux d'Anthony della Salva se trouvaient à six adresses différentes. Fébrilement, Jack composa le premier numéro. Il n'obtint pas de réponse. Le second et le troisième étaient branchés sur répondeur : « Les bureaux ouvrent de huit heures trente à dix-sept heures. Voulez-vous laisser un message. »

Il essaya l'appartement de Schwab House, laissa la sonnerie retentir six fois, puis renonça. En dernier ressort, il appela la boutique. Mon Dieu, faites que quelqu'un réponde, pria-t-il.

« Chez Neeve.

— Il faut que je joigne Neeve Kearny. Ici Jack Campbell. Un ami. »

La voix d'Eugenia était enjouée.

« Vous êtes l'éditeur... »

Jack l'interrompit. « Elle a rendez-vous avec Anthony della Salva. Où?

— Dans ses bureaux personnels. Au cinquante-deux Ouest, Trente-sixième Rue. Est-il arrivé quelque chose? »

Jack raccrocha sans répondre.

Son bureau était situé dans Park Avenue, à la hauteur de la Quarante et unième Rue. Il franchit les couloirs déserts au pas de course, attrapa un ascenseur qui descendait et héla un taxi au vol. Il jeta vingt dollars au chauffeur et lui cria l'adresse. Il était dix-huit heures dix-huit.

Est-ce ainsi que cela s'est passé pour Maman? se demanda Neeve. Avait-elle regardé Sal ce jour-là et vu le changement se produire sur son visage? Sans aucun signe d'avertissement?

Neeve savait qu'elle allait mourir. Tout au long de la semaine, elle avait senti que son temps était écoulé. Maintenant qu'il ne lui restait plus d'espoir, il lui semblait soudain vital d'obtenir des réponses à ses questions.

Sal s'approcha d'elle. Il était à moins d'un mètre cinquante. Derrière lui, près de la porte, le corps recroquevillé de Denny, le garçon livreur qui se donnait toujours la peine d'ôter le couvercle du récipient contenant le café, baignait dans son sang, par terre. Du coin de l'œil, Neeve pouvait voir le flot rouge qui s'écoulait de sa blessure à la tête ; sa grande enveloppe de papier kraft était ensanglantée. sa chevelure punk, une perruque, lui recouvrait à moitié le visage.

Il semblait qu'un siècle s'était écoulé depuis que Denny avait fait irruption dans cette pièce. C'était il y a combien de temps? Une minute? Peut-être moins. L'immeuble lui avait paru désert, mais il était possible que quelqu'un ait entendu le coup de feu. Quelqu'un cherchait peut-être... Le gardien était censé se trouver en bas... Sal n'avait pas de temps à perdre, et ils le savaient tous les deux.

Dans le lointain, Neeve entendit un faible ronronnement. Un ascenseur se mettait en marche. Quelqu'un montait peut-être. Pourrait-elle retarder l'instant où Sal allait appuyer sur la gâchette?

« Oncle Sal », dit-elle calmement, « peux-tu me dire seulement une chose? Pourquoi était-il nécessaire pour toi de tuer ma mère? Ne pouvais-tu travailler avec elle? Il n'y a pas un couturier qui n'utilise le talent de ses assistants.

— Quand je rencontre un génie, je ne partage pas, Neeve », répliqua froidement Sal.

Le glissement d'une porte d'ascenseur dans le couloir. Quelqu'un arrivait. Voulant empêcher Sal d'entendre le bruit des pas, Neeve cria :

« Tu as tué ma mère par convoitise. Tu nous as consolés, tu as pleuré avec nous. Près de son cercueil, tu as dit à Myles : " Essaye de penser que ta jolie dort. "

— La ferme! » Sal tendit la main.

Le canon du revolver surgit devant le visage de Neeve. Elle tourna la tête et vit Myles debout sur le seuil de la porte.

« Myles, attention, il va te tuer », hurla-t-elle.

Sal se tourna brusquement.

Myles ne bougea pas. L'autorité absolue de sa voix résonna dans la pièce quand il dit :

« Donne-moi cette arme, Sal. Tout est fini. »

Sal les tenait tous les deux sous la menace de son revolver. Le regard fou, empli de peur et de haine, il reculait à mesure que Myles s'avançait vers lui.

« Ne fais pas un pas de plus, cria-t-il. Je vais tirer.

— Non, Sal », dit Myles d'une voix mortellement calme, sans trace de peur ou de doute. « Tu as tué ma femme. Tu as tué Ethel Lambston. Une seconde de plus et tu allais tuer ma fille. Mais Herb et la police seront là dans une minute.

Ils sont au courant. Tu ne peux plus t'en tirer par des mensonges. Donne-moi cette arme. »

Les mots sortaient de sa bouche avec une force et un mépris impressionnants. Il se tut un instant avant de poursuivre :

« Ou alors accorde-toi une faveur ainsi qu'à nous tous, tourne le canon de ce revolver dans ta bouche de salaud et fais-toi sauter la cervelle. »

Myles avait dit à Kitty de ne pas quitter la voiture. Elle attendit, morte d'angoisse. Pitié — pitié, aidez-les. Dans la rue, le hurlement strident des sirènes retentit soudain. En face d'elle, un taxi s'arrêta et Jack Campbell en sortit comme une bombe.

« Jack. »

Kitty ouvrit la porte de sa voiture et courut après lui dans le hall. Le portier était au téléphone.

« Della Salva », demanda Jack.

L'homme leva la main.

« Une minute.

— Douzième étage », dit Kitty.

La seule cabine en service était occupée. L'indicateur marquait le douzième étage. Jack saisit le portier par le cou.

« Mettez un autre ascenseur en marche.

— Hé, qu'est-ce que vous croyez... »

À l'extérieur de l'immeuble, les voitures de police stoppaient dans un crissement de pneus. Les yeux du portier s'agrandirent. Il jeta à Jack une clé.

« Voilà pour les débloquer. »

Jack et Kitty s'engouffraient déjà dans l'ascenseur quand la police fit irruption dans le hall. Jack dit :

« Je crois que della Salva...

— Je sais », répondit Kitty.

La cabine monta lentement jusqu'au douzième étage, s'arrêta.

« Attendez ici », lui dit Jack.

Il arriva à temps pour entendre Myles dire d'une voix calme, contrôlée :

« Si tu n'as pas l'intention de l'utiliser contre toi-même, Sal, *donne-moi ce revolver.* »

Jack se tenait sur le seuil de la porte. La pièce était plongée dans la pénombre et la scène ressemblait à un tableau surréaliste. Le corps sur la moquette. Neeve et son père avec le canon de l'arme pointé sur eux. Jack aperçut l'éclat du métal sur le bureau près de la porte. Un revolver. Pourrait-il l'atteindre à temps ?

Puis il vit la main d'Anthony della Salva retomber sur le côté.

« Prends-le, Myles. » Il supplia : « Myles, je ne voulais pas. Je ne l'ai jamais voulu. » Sal tomba à genoux, entoura de ses bras les jambes de Myles. « Myles, tu es mon meilleur ami. Dis-leur que je ne le voulais pas. »

Pour la dernière fois de la journée, le préfet de police Herbert Schwartz s'entretint avec les inspecteurs O'Brien et Gomez. Herb revenait des bureaux d'Anthony della Salva. Il y était arrivé en même temps que la première voiture de police. Il avait parlé à Myles après qu'ils eurent emmené cette ordure de della Salva.

« Myles, tu t'es rongé les sangs pendant dix-sept ans en pensant que tu n'avais pas pris les menaces de Nicky Sepetti au sérieux. Ne crois-tu pas qu'il est grand temps de laisser tes sentiments de culpabilité de côté ? Penses-tu que si Renata était venue te trouver avec ses dessins, tu aurais été capable de dire qu'ils étaient géniaux ? Tu es peut-être un flic de premier ordre, mais tu serais plutôt daltonien en matière vestimentaire. Je me souviens de Renata racontant qu'elle choisissait tes cravates. »

Myles s'en tirerait. Quel dommage, pensa Herb, que l'adage, « œil pour œil, dent pour dent » ne soit plus opportur. Les contribuables vont devoir entretenir della Salva pour le restant de ses jours...

O'Brien et Gomez attendaient. Le patron semblait

épuisé. Mais cela avait été une sacrée journée. Della Salva avait avoué avoir assassiné Ethel Lambston. Ils n'auraient plus la Maison-Blanche et le maire sur le dos.

O'Brien avait quelques informations à communiquer au préfet.

« La secrétaire de Steuber est venue nous trouver spontanément il y a environ une heure. Lambston était venue voir Steuber dix jours auparavant. Pour le prévenir qu'elle allait le dénoncer. Elle soupçonnait probablement son trafic de drogue, mais ce n'est pas le problème. Il n'a pas tué Lambston. »

Schwartz acquiesça d'un signe de tête.

Gomez prit la parole : « Monsieur, nous savons que Seamus est innocent du meurtre de son ex-femme. Voulez-vous maintenir les charges contre lui, ainsi que l'accusation de falsification de preuve portée contre sa femme ?

— Avez-vous retrouvé l'arme du meurtre ?

— Oui. Dans la boutique indienne, comme elle nous l'avait indiqué.

— Donnez une chance à ces pauvres bougres. » Herb se leva. « La journée a été bien remplie. Bonne nuit, messieurs. »

Devin Stanton prenait un apéritif avec le cardinal dans sa résidence de Madison Avenue et regardait le journal du soir. En vieux amis, ils discutaient de la prochaine nomination de Devin.

« Vous me manquerez, Dev », lui dit le cardinal. « Vous êtes sûr de vouloir cette situation ? Baltimore peut être une fournaise en été. »

La nouvelle tomba au moment où le programme prenait fin. Le célèbre couturier Anthony della Salva venait d'être arrêté pour les meurtres de Ethel Lambston, Renata Kearny et Denny Adler, et pour tentative d'assassinat envers la fille de l'ex-préfet de police Kearny, Neeve.

Le cardinal se tourna vers Devin : « Ce sont vos amis ! »

Devin bondit de son siège. « Si vous voulez bien m'excuser, Éminence... »

Ruth et Seamus Lambston écoutèrent les nouvelles de dix-huit heures sur N.B.C., certains qu'ils allaient apprendre que l'ex-mari d'Ethel Lambston avait échoué au test de détecteur de mensonges. Ils avaient été surpris lorsque l'on avait permis à Seamus de quitter le commissariat central. Ils étaient tous deux convaincus que son arrestation n'était qu'une question de temps.

Peter Kennedy avait tenté de leur remonter le moral.

« Les tests ne sont pas infaillibles. Si nous devons comparaître devant le tribunal, nous pouvons fournir la preuve que vous avez réussi le premier. »

La police avait demandé à Ruth de l'accompagner à la boutique indienne. La corbeille dans laquelle elle avait jeté le poignard avait changé de place. C'est pourquoi les flics ne l'avaient pas trouvé. Elle le trouva pour eux, les regarda le glisser négligemment dans un sac de plastique.

« Je l'ai nettoyé, leur dit-elle.

— Les taches de sang ne disparaissent pas toujours. »

Comment tout cela avait-il pu leur arriver ? se demanda-t-elle, assise dans le vieux fauteuil de velours qu'elle avait toujours détesté et qui lui semblait maintenant familier et confortable. Comment avons-nous perdu le contrôle de nos vies ?

La nouvelle de l'arrestation d'Anthony della Salva tomba au moment où elle s'apprêtait à éteindre le poste. Elle et Seamus se regardèrent, incapables pendant un instant de saisir le sens de ce qu'ils entendaient. Puis ils tombèrent dans les bras l'un de l'autre.

Douglas Brown entendit sans y croire l'annonce faite au journal du soir de C.B.S., puis il s'assit sur le lit d'Ethel — non, *son* lit — et se prit la tête dans les mains. C'était fini.

Ces foutus flics ne pourraient pas prouver qu'il avait piqué du fric à Ethel. Il était son héritier. Il était riche.

Il voulut fêter ça. Il sortit son agenda et chercha le numéro de téléphone de la petite réceptionniste à son travail. Puis il hésita. La gosse qui faisait le ménage, l'actrice. Il y avait quelque chose chez elle. Ce surnom idiot. « Tse-Tse. » Son nom était inscrit dans le carnet d'adresses personnel d'Ethel.

Le téléphone sonna trois fois.

« Allô. »

Elle devait partager sa chambre avec une Française, se dit Doug.

« Puis-je parler à Tse-Tse, s'il vous plaît ? De la part de Doug Brown. »

Tse-Tse, qui répétait le rôle d'une prostituée française, oublia son accent.

« Laisse tomber, pauvre cloche », lui dit-elle, et elle raccrocha d'un coup sec.

Devin Stanton, archevêque pressenti pour l'archidiocèse de Baltimore, se tenait à la porte du living-room et regardait les silhouettes de Neeve et de Jack dans l'encadrement de la fenêtre. Derrière eux, un croissant de lune venait d'apparaître entre les nuages. Avec colère, Devin pensa à la cruauté, l'avidité et l'hypocrisie de Sal Esposito. Avant de retrouver le sens de la charité chrétienne, il marmonna pour lui-même : « Salaud d'assassin. » Puis, en voyant Neeve dans les bras de Jack, il pensa : Renata, j'espère et je prie pour que tu voies ça.

Dans le bureau, Myles prit la bouteille de vin derrière lui. Kitty était assise dans un coin du canapé, ses cheveux roux brillaient doucement à la lumière de la lampe victorienne. Myles se surprit à dire :

« Vos cheveux ont un joli ton de roux. Je crois que ma mère aurait appelé ça blond vénitien. Est-ce exact ? »

Kitty sourit.

« C'était vrai à une époque. Maintenant, il faut donner un petit coup de pouce à la nature.

— Dans votre cas la nature n'a besoin d'aucune aide. »

Myles se sentit soudain la langue liée. Comment remercier la femme qui a sauvé la vie de votre fille ? Si Kitty n'avait pas fait le rapport entre le dessin et la collection Barrière du Pacifique, il n'aurait pas rejoint Neeve à temps. Myles revit la façon dont Neeve, Kitty et Jack l'avaient entouré de leurs bras après que les policiers eurent emmené Sal. Il avait sangloté : « Je n'ai pas écouté Renata. Je ne l'ai jamais écoutée. Et par ma faute, elle est allée trouver Sal et elle est morte. » « Elle est allée le voir pour avoir l'avis d'un expert », avait dit Kitty d'un ton ferme. « Soyez assez honnête avec vous-même pour admettre que vous ne pouviez pas lui offrir cet avis. »

Comment dire à une femme que par sa seule présence, la rage et le sentiment de culpabilité qui vous ont accablé pendant toutes ces années font partie du passé, qu'au lieu de vous sentir vide et dévasté, vous vous sentez fort et rempli d'ardeur pour le reste de votre vie ? C'était impossible.

Myles s'aperçut qu'il avait encore la bouteille en main. Il chercha le verre de Kitty.

« Je ne sais pas très bien où il est, dit Kitty. J'ai dû le poser quelque part. »

Voilà la façon de le lui dire. Myles remplit délibérément son propre verre jusqu'au bord et le tendit à Kitty.

« Prenez le mien. »

Neeve et Jack se tenaient près de la fenêtre et regardaient l'Hudson, l'autoroute, la ligne d'immeubles et de restaurants qui bordaient la rive du New Jersey.

« Pourquoi êtes-vous venu jusqu'au bureau de Sal ? » demanda doucement Neeve.

« Les notes d'Ethel concernant Sal étaient pleines de références du style Barrière du Pacifique. Elle avait rassemblé une masse de publicités dans les magazines qui montraient cette collection, et à côté, elle avait fait un croquis. Il m'a rappelé quelque chose et je me suis rendu compte que c'était celui qui se trouvait dans le livre de cuisine de votre mère.

— Et vous avez compris ?

— Je me suis souvenu vous avoir entendu dire comment Sal avait créé cette collection après la mort de votre mère. D'après les notes d'Ethel, Sal affirmait avoir trouvé son inspiration en visitant l'Aquarium de Chicago. Ce n'était simplement pas possible. Tout s'est mis en place quand j'ai compris cela. Puis, sachant que vous vous trouviez avec lui, j'ai cru devenir fou. »

Il y a longtemps, alors qu'elle n'était qu'une enfant de dix ans et qu'elle se précipitait chez elle au milieu des tirs de deux armées, Renata, à cause d'un pressentiment, était rentrée dans une église et avait sauvé un Américain blessé. Neeve sentit le bras de Jack étreindre sa taille. Un geste sans hésitation, sûr et ferme.

« Neeve ? »

Pendant toutes ces années, elle avait dit à Myles que lorsque le jour viendrait, elle le saurait.

Tandis que Jack l'attirait plus près de lui, elle sut que ce jour était enfin arrivé.

« SPÉCIAL SUSPENSE »

« SPÉCIAL FANTASTIQUE »

CLIVE BARKER
Livre de Sang
Une course d'enfer

JAMES HERBERT
Pierre de Lune

ANNE RICE
Lestat le Vampire

« SPÉCIAL POLICIER »

WILLIAM BAYER
Voir Jérusalem et mourir

NINO FILASTÒ
Le Repaire de l'aubergiste

PATRICK RAYNAL
Fenêtre sur femmes

LAWRENCE SANDERS
Le Privé de Wall Street

ANDREW VACHSS
La Sorcière de Brooklyn

N° d'édition 10741. N° d'impression 8782-1307.
Dépôt légal : septembre 1989

Achevé Imprimerie
d'imprimer Gagné Ltée
au Canada Louiseville